Mario Tippenhauer

Ballerinainsel

Zwischen Liebe und Terror

Mario Tippenhauer

Ballerinainsel

Zwischen Liebe und Terror

Rediroma-Verlag

Bibliografische Information der Deutschen Nationalbibliothek:
Die Deutsche Nationalbibliothek verzeichnet diese Publikation in der Deutschen Nationalbibliografie; detaillierte bibliografische Daten sind im Internet über http://dnb.ddb.de abrufbar.

ISBN 978-3-96103-079-8

Umschlagfoto: Mario Tippenhauer

www.rediroma-verlag.de
9,95 Euro (D)

„Die wahren Abenteuer sind im Kopf.“

André Heller

1

Zum dritten Mal saß er hier in der wenig behaglichen Hinterhauswohnung am Ende der Bernhardtstraße. Umgeben von kalkgetünchten Wänden spürte Tobias Stegner innerliche Beklemmung, Unentschlossenheit und war mit Zweifeln behaftet.

Feucht umklammerten seine Hände die Armlehne des knarrenden Stuhls, der so gar nicht zum prunkvollen Teppich von herrschaftlicher Dominanz passte, auf dem er stand. Das fiel ihm beim letzten Mal schon auf. Überhaupt, fand er, offenbarte das Zimmer wenig Gemütliches. Schmales Tageslicht mühte sich, seine Strahlen in die Triste des Raumes zu schicken. Es roch muffig.

Er war es, der dieses Unbehagen in ihm auslöste. Diese Masse an Kerl mit dem enthemmten Hang zur Schnoddrigkeit. Schier endlos ließ er die Zunge im Munde kreisen und saugte zischend durch die Zähne. Immer wieder zog er brodelnd durch die Nase, um eilends mit dem Ärmel bis über den Handrücken nachzuwischen. Während seine Lippen die linke Daumenkuppe umschlossen, vernahm Stegner das harte Aufeinanderschlagen seiner Zähne.

Plötzlich stieß der massige Oberkörper mit unvermitteltem Schwung und weit ausgebreiteten Armen auf ihn zu und stoppte klatschend mit den Händen auf der Tischplatte. Bücher fielen zu Boden und Stegner erschrak.

»Lass Blut fließen!«

Seine Augen weiteten sich, während er sprach, und der dicke Schädel, der augenscheinlich mit dem beleibten Oberkörper im Eins verschmolz, zuckte hastig nach vorn, wie die ruckartige Bewegung einer Ausschau haltenden Echse.

Langsam sank der Mann zurück in den Ledersessel und fuhr sich mit offener Hand durch den bis zur Brust reichenden Rauschebart. Misstrauisch musterte er den Jungen.

»Nimm sie mit, auf deine Reise!«, sagte er aus halb zugekniffenen Augenschlitzen.

Stegner hörte einen verachtenden Ton.

»Willst du nun etwas verändern oder nicht?«, fuhr der Kerl ihn ungehalten an.

Ja, natürlich, das wollte er.

Er, der fünfundzwanzigjährige Germanistikstudent im sechsten und letzten Semester. Drei Jahre in Dresden hatten ihn reifen lassen. An der Uni, aber auch in seiner Persönlichkeit. Tobias Stegner wusste, was er wollte, auch wenn der Mann nicht überzeugt von ihm schien. Er wollte Veränderung, endlich selbst aktiv werden. Und er sehnte sich nach Anerkennung. Anerkennung in der Gruppe und bei den Kommilitonen.

»Ich halte an meinem Vorhaben fest«, entgegnete er mit gespielter Standhaftigkeit dem Mann über den Tisch. Dabei wusste er selbst: 'Es muss so kommen! Zu lange ist nichts passiert. Es muss wie eine Bombe einschlagen – die Zeit ist reif!'

»Gut«, hörte er sein Gegenüber erleichtert sagen. »Denk daran, es dient dir und einer guten Sache.« Und nach einer kurzen Pause: »Wenn es gelingt, dann kannst du auf mich zählen!«

Ohne sich hinter seinem Tisch zu erheben, reichte er dem Studenten die Hand, und ihm war, als fasste er einen toten Fisch.

Gerade noch rechtzeitig erreichte Tobias Stegner die Straßenbahn am Münchner Platz. Ein schweifender Blick und er fand einen freien Sitzplatz in der abendlich gut mit Studenten besetzten Tram. Dem Fremdländischen nickte er kurz zu und nahm den Fensterplatz neben ihm ein. Eilig schloss dieser sein Buch, in das er soeben noch geschrieben hatte und verstaute es in der Brusttasche.

Das Basecap tief in die Stirn gezogen, war Stegners Blick versunken nach draußen gerichtet. In mechanischem Tempo zog die dunkle Außenwelt an ihm vorüber. Grelles Scheinwerferlicht brach sich in den Regentropfen des Fensterglases vor seinen Augen. Rot schweifende Lichter schlängelten sich wie Kondensstreifen über den Asphalt. Das Grummeln der vielen Gespräche um ihn herum vermengte sich zu einem wirren Sprachbrei. Gelegentlich vernahm er lautes Gelächter, das ihn kurzzeitig aus seinen Gedanken herausriss. Immer wieder spukten die eindringlich mahnenden Worte des Mannes in seinem Kopf umher. *'Werde aktiv ... tue endlich das einzig Richtige ... lass Blut fließen.'* Dieser ständig fordernde Blick, sein unappetitliches Wesen. Nein, dieser Mann tat ihm eigentlich nicht gut. Es schien, als könnte er es ihm nicht recht machen. Aber er brauchte ihn. Ohne seine Hilfe gelang es nicht.

Tobias Stegner öffnete die Tasche auf seinem Schoß und griff nach der dunklen Mappe. Er zog den Reißverschluss auf und abrupt fiel das Futteral in zwei Hälften auseinander. Ungelenk fingerte er nach Block und Stift, die durch das Aufklappen des Etuis zu Boden gingen. Hastig sammelte er alles zusammen, als aus dem Lautsprecher eine freundliche Frauenstimme leichthin verkündete: »Nächste Haltestelle – Pirnaischer Platz.«

Eilig verstaute er die Mappe in seiner Tasche und drängte zur Tür der Straßenbahn, deren Abfahrtsignal bereits ertönte. Er zog den Kopf in den Kragen, überquerte den Knoten und entschwand im nasskalten Novemberwetter raschen Schrittes in die Wilsdruffer Straße.

2

»Hallo, Ihre Karte …«

»Zu spät«, murmelte der Mann mit der Umhängetasche vor sich hin. Er musterte das Kärtchen in seiner Hand und schaute ein wenig skeptisch.

Farbig, nicht größer als eine Zigarettenschachtel, hatte er deutlich gesehen, wie es dem Fremden beim Hinauseilen heruntergefallen war. Eilig hatte der Mann, augenscheinlich kein Deutscher, soeben am Bahnhof Neustadt die Straßenbahn verlassen, die unmittelbar nach dem Türenschließen mit leisem Surren ihre Fahrt fortsetzte.

Was sollte er damit anfangen? Und was bedeutete die Aufschrift?

'TAGX-3/SZTANZ/FRITZLEHMANN/FADIMASAADWECKEN/ALLAHHISTGROSS/SS165/109/ZOALTM/TG1500', las er.

Vielleicht ein Spielkärtchen oder ein belangloser Schrieb unter ihren Gleichen, dachte er. Sicherlich etwas Simples, dem keine weitere Beachtung geschenkt werden müsse.

Nun ja, einfach fallen lassen konnte er es unter den Augen weiterer Mitfahrender nun nicht wieder, schoss es ihm in den Sinn, zumal er durch sein Rufen bestimmt auch die Aufmerksamkeit anderer Fahrgäste in der Straßenbahn auf sich gezogen hatte. Er schob das Kärtchen in seine Jackentasche und machte ein Gesicht der Belanglosigkeit.

Er würde später seiner Frau zu Hause davon berichten.

»Ich weiß nicht, möglich, dass etwas Ernsthaftes dahintersteckt«, machte Susanne Völlner ein nachdenkliches Gesicht.

Ihr Mann berichtete von der Sache in der Straßenbahn, die sie offenbar ebenfalls nicht gänzlich zweifelsfrei machte.

»Die Überlegung hatte ich anfangs auch«, räumte ihr Mann Peter ein. »Aber würden die, die da wirklich einen Anschlag planen, es so offenkundig und simpel auf einem Zettel notieren?«, stellte er in einem Anflug von kriminalistischem Feingespür ableitend in den Raum.

Vor seinen Augen ließ Peter Völlner einen Film ablaufen. Was, wenn wirklich 'Entsandte' unter der großen Flut an Flüchtlingen sind? Entsandte, sogenannte islamistische Gotteskrieger, die in Deutschland Anschläge verüben wollen. Seit der großen Flüchtlingswelle 2015 waren viele in Europa deshalb verängstigt. Das sah er schließlich tagtäglich im Fernsehen. Die Medien diskutierten offen über derartige Szenarien.

Die Eheleute waren unschlüssig, was sie mit dem verlorenen Kärtchen tun sollten. Nach einer Pause des Schweigen richtete Susanne Völlner einen zögernden Blick zu ihrem nachdenklichen Ehemann und meinte: »Geh am besten morgen nach der Arbeit bei der Polizei vorbei und schildere den Fall.«

Peter Völlner nickte kurz mit starrem, versunkenem Blick und als bedurfte es einer Rechenschaft für sein Vorhaben, schickte er noch nach: »Ich denke, in der heutigen Zeit kann man nicht vorsichtig genug sein!«

*

3

Manuskript

Ein Sommer – Ein Leben

Jennifer öffnete die großen Flügel der Terrassentür. Die Frische des neuen Tages vermengte sich schwadenhaft mit dem vorüberziehenden Elbwasser.

»Schau nur, mein liebes Geburtstagskind, was für ein schöner Morgen!«, sagte sie und strich ihm sanft durchs Haar. Mit einem Tuch tupfte sie Speichel aus dem Mundwinkel und seinen ausgestoßenen Lauten entnahm sie Wohlbehagen.

»Ich mache jetzt Frühstück und dann gehen wir spazieren, ja?«, richtete sie an ihn, keine Reaktion auf ihre Worte erwartend.

Versunken vernahm er ihr Tun in der Küche. Ihr Reden am Telefon schaukelte wie ein tanzender Schleier in seinen Ohren. »Prima, Fadi, dann kann ich mich Charlotte widmen und wir kommen alle vier zusammen an die Luft«, freute sie sich. »Du auch, mach's gut, bis nachher«. Sie lächelte am Telefon und schien nicht unglücklich.

»Hast du gehört?« Angestrengt mühte sie sich, den kleinen Löffel in seinem Mund unterzubringen. »Fadi kommt dann und wir gehen alle gemeinsam spazieren.« Sie bemerkte ein Leuchten in den Augen und ein leichtes Zucken um seine Lippen – eine Träne rann ihr über die Wange.

*

4

Ein Jahr zuvor.

Conny schaute auf die Uhr, als sich die Tür am Ende des langen Stationsflures surrend öffnete.

»Ach, Jenny, nach dir können wir die Uhr stellen«, begrüßte Schwester Cornelia schelmisch die flotten Schrittes herannahende Kollegin.

Auf die Minute pünktlich trat Jennifer in das Schwesternzimmer und ihre kurzen, raschen Atemzüge offenbarten, dass sie die drei Etagen zwischen Umkleide im Erdgeschoss und der Neurochirurgie in der dritten im Eiltempo beschritten hatte.

Die selbst genähte, olivgrüne Stofftasche mit Sonnenblumenapplikation bestach durch Schlichtheit und hielt sich mühsam auf der Schulter. Der halb zugeschlagene Umschlag gab den Blick auf Unsortiertes frei. Eine Art Wühltasche, in der man blind suchend nichts findet, was frau gerade sucht, für dessen Besitzer vielmehr Zweckmäßigkeit im Vordergrund steht.

Überhaupt: Damenchic war nicht Jennifers Ding. Dabei war sie selbst eine auffallend gutaussehende Frau.

In modischem Halbarm-Kasack mit V-Ausschnitt, zwei aufgesetzten Taschen und den pfiffigen Farb-Applikationen in Brusthöhe überzeugte Jennifer auch in Schwesternkleidung. Ihr schmales, ausgeprägte Gesicht, gediegenes Wangenrouge, dunkle Augenbrauen über den langen und dezent geschminkten Wimpern unterstrichen ihre Natürlichkeit und reichten aus, Urinstinkte männlicher Triebe in Weckruf zu versetzen.

Sechsunddreißig, einszweiundsiebzig. Die naturblonden Haare, verzwirbelt mit schnörkellos gewölbter Holzhaarklammer, trug sie fraulich hochgesteckt.

»Diese Parkplatznot zur Mittagszeit«, suchte Jennifer zu rechtfertigen. Sie ahnte, dass sie sich ihre steten Erklärungen schenken konnte. Conny wusste, wie Jenny tickte. Durchorganisiert, bis auf die letzte Minute. Puffer gab's keinen bei ihr – niemals.

»Na, komm erst mal zu dir. Ich hab uns einen schönen heißen Tee gekocht.«

Cornelia war das Pendant zu ihr. Die fünf Jahre jüngere Jennifer schätzte die gute Mischung aus Strukturiertheit und Temperament an ihrer Kollegin. Ihre Offenherzigkeit, die zwischen ihnen nahezu existierende Seelenverwandtschaft, war es, die sie seit vielen Jahren nicht nur beruflich verband.

Conny, geschieden und nach dem Auszug der erwachsenen Tochter nunmehr allein lebend, war für ihre Aufgeschlossenheit beliebt unter der Schwesternschaft der Neurochirurgie.

»Deine Ruhe und Ausgeglichenheit – ein Geschenk! Dank's Gott! «, sagte Jennifer schon ein wenig gelöster.

»Gab's Stress?«, wollte Conny wissen, als die anderen Schwestern das Dienstzimmer verlassen hatten.

»Das Übliche«, stöhnte Jenny mit hörbar resignierender Stimme.

Verlegen umfasste Conny mit beiden Händen die Teetasse, als wollte sie sich trotz der Behaglichkeit im Zimmer die Hände wärmen. »Denk an deine Gesundheit, Mädel!«

Jennifer schnaufte durch die Nase, um nach einer kurzen Pause und abgewandtem Blick sogleich dienstlich zu werden: »Alles unverändert hier?«

Conny musterte Jennifer noch kurz nachdenklich: »Soweit ja. Auf der 318 ist vor einer Stunde ein Neuzugang gelegt, würdest du gleich die Aufnahme erledigen?«

»Schon unterwegs«, antwortete Jennifer und schnappte sich Kurven und Aufnahmebögen.

»Hallo, ich bin Schwester Jennifer«, begrüßte sie freundlich den jungen Mann, als sie an dessen Bett in der 318 stand. Sie reichte ihre ausgestreckte Hand und spürte einen kräftigen Druck. Mechanisch tasteten ihre Augen die Gesichtspartie ihres Gegenübers ab.

»Mühlhaus. Stefan Mühlhaus.«

Jenny nickte höflich. Und mit freundlicher Stimme: »Na, so richtig scheinen Sie noch nicht dazu gekommen, sich ein bisschen einzurichten. Soll ich Ihnen behilflich sein?«

Groß, schlank, dunkler Kurzhaarschnitt, Dreitagebart. So hockte der junge Mann, der nach Jennifers Schätzungen Ende zwanzig, Anfang dreißig sein mochte, mit angewinkelten Beinen auf dem Bett und stützte die Arme verschränkt über dem Kopf gegen das hochgestellte Kopfteil der Liege.

Wie lange harrte er schon so aus? Was spielte sich gerade in seinem Inneren ab? Ein Bett, ein Schrank, Stuhl und Tisch, ein Fernseher an der Wand. Umgeben von pastellgelben Wänden. Dreißig Jahre sind kein Alter für einen Tumor im Hirn, dachte sie. Nein – es wäre wahrlich kein Trost, auch kein Scherz, zu sagen, dass er den Altersdurchschnitt der Station nach unten drücke.

Jennifer entging nicht sein Desinteresse. Fahl lächelnd schaute er sie an und sie spürte, dass seine Gedanken abwesend waren.

»Ach, lassen Sie, das hat noch Zeit«, winkte Stefan Mühlhaus ab und bemerkte in Jennifers Gesicht diese kleine Irritation seiner Abwesenheit.

»Gut, ich würde gern die Aufnahme mit Ihnen machen. Wollen wir gleich hier oder uns lieber an den Tisch setzen? «

»Wenn es Sie nicht stört, dass ich hier liege?«

»Nein. Ist schon in Ordnung«, antwortete sie mit einem Lächeln.

Achtundzwanzig, las Jennifer in der Akte Stefan Mühlhaus, nachdem sie sein Zimmer verlassen hatte.

Sie war noch in Gedanken, als sie im Vorbeigehen hörte: »Sind Sie morgen wieder mit von der Partie, Schwester Jennifer?«

»Ich hatte es vor. Ich habe frei«, rief sie Oberarzt Dr. Meinhardt, dem Leiter der Neurochirurgie, auf dem Flur hinterher.

Jennifer mochte den Oberarzt. Er war noch einer vom alten Schlag, was nicht nur sein Auftreten, sondern auch den Umgang mit den Schwestern anbelangte. Nicht jeder auf Station konnte mit ihm – Jennifer schon.

»Gut. Dann bis morgen!«

Jennifer hatte sich, kurz nach Errichtung der Flüchtlingsunterkunft auf der Bremer Straße, bereit erklärt, das Rote Kreuz bei der Erstversorgung der Ankömmlinge zu unterstützen. Einen entsprechenden Listenaushang hatte das Stadtklinikum auf allen Stationen publik gemacht, um die Kräfte vor Ort mittels bereitwilligen geeigneten Personals zu unterstützen.

Zu ihrem Erstaunen hielt sich die Bereitschaft unter weiteren Kollegen der Ärzte- und Schwesternschaft in Grenzen.

Im Gegensatz zu Conny war es für Jennifer keine Frage des Überlegens. Vielmehr hielt sie es für ihre moralische Pflicht, Menschen, die Hilfe brauchten, zu unterstützen. Ihr christlicher Glaube befähigte sie, über den Tellerrand hinauszuschauen. Zudem stand Jennifer von jeher Neuem, Unbekanntem aufgeschlossen gegenüber. Conny bereitete der unaufhaltsame Flüchtlingszulauf Unbehagen. Sie mochte sich in dieser Sache nicht einbinden.

Seit Tagen sengende Hitze über der Zeltstadt. Heiße Luft verschwamm wabernd über dem staubtrockenen Boden. Der letzte Regen lag vergessen weit zurück. Bäume, die Schatten spenden konnten, gab es nicht. Stattdessen weitflächig ätzender Geruch von Plastik und Polyester über der Zeltstadt.

Zwanzig Großzelte hatten das Deutsche Rote Kreuz und das Technische Hilfswerk auf einer Brache im Dresdner Westen in Windeseile aus dem Boden gestampft. Eine Stadt in der Stadt.

Seit zwei Wochen lebten die Menschen hier dicht gedrängt und jeden Tag kamen neue hinzu. Sie waren geflohen. Geflohen aus ihrer Heimat; viele von ihnen dem Krieg entkommen.

Ärzte und Freiwillige aus Praxen und Kliniken kümmerten sich seit Tagen in ihrer Freizeit um die Erstversorgung von neunhundert Flüchtlingen, darunter viele Kinder. Im Nacken der Ärzte die ständige Angst vor der Ausbreitung von Epidemien. Für Oberarzt Doktor Meinhardt war eine systematische Untersuchung innerhalb von drei Tagen nach Ankunft der Flüchtlinge im Camp zwingend.

Aus Zeitgründen und hohem Andrang war die Prozedur auf eine Inaugenscheinnahme begrenzt, bei der sichergestellt werden sollte, dass die Flüchtlinge keine unmittelbaren oder ansteckenden Erkrankungen hatten. Das gewährleistete Früherkennung und gegebenenfalls Isolationsunterbringung. Häufig waren es akute Infekte, womit es die Ärzte und Schwestern im Camp zu tun hatten. Was darunter schwelte, wussten sie oftmals nicht.

Jennifer passierte den Kontrolleingangsbereich des Flüchtlingscamps. Im ambulanten Stützpunkt, einem zentral errichteten Planenzelt des Areals, streifte sie sich in einem hinteren abgetrennten Teil des Zeltes ihre weiße Schwesternkleidung über. Das auffällige, rot umkreiste Kreuz über der linken Brust trug sie würdevoll. Überhaupt: Jennifer mochte anziehen, was sie wollte: Sie machte in jedem Outfit eine gute Figur.

»Schwester, versorgen Sie bitte den Fuß«, bat Oberarzt Meinhardt. Der Mann mit den nach oben gekrümmten Fußnägeln kam aus dem Irak, seine Füße waren wund infolge unpassenden Schuhwerks. Jennifer trug Salbe auf und bandagierte den Fuß. Der Dank: ein Lächeln.

»Kann ich Ihnen helfen?«, hörte der Oberarzt in gebrochenem Deutsch jemanden hinter sich fragen.

Fadi Masaad stellte sich als syrischer Arzt vor und bot seine Hilfe in Kommunikationsfragen an. Er hob sich ab aus der Masse der hier Untergebrachten. Eine gepflegte Erscheinung, groß und von athletischer Statur, Ende Dreißig, Anfang vierzig vielleicht, schätzte Jennifer.

»Gern«, nahm der Mann vom Roten Kreuz eine Antwort des heute Dienst tuenden Lagerarztes vorweg. »Mit Übersetzern hapert es im Moment noch bei uns.«

Jennifer musterte den Fremden. Nein, irgendwie passte er tatsächlich nicht in dieses Durcheinander. Wo kam er her?

Während die überwiegende Anzahl der Männer in Jogginghosen oder Bermudas durchs Camp spazierte, trug dieser Mann Hosen aus feinem Tuch. Sogar die Bügelfalte war deutlich sichtbar. Ein weißes eng anliegendes, mit fadendünnen blauen Längsstreifen verlaufendes Hemd umhüllte seinen muskulösen Oberkörper. So stellte sich Jenny vielleicht einen Fitnesstrainer vor, der sich sportlich elegant auf irgendeinem abendlichen Empfang amüsierte. Aber einen Geflüchteten?

»Hallo, ich bin Jennifer.« Gerade die Versorgung des irakischen Fußpatienten beendend, wandte sie sich mit einem Kopfnicken dem Unbekannten zu. Wider Erwarten reichte er ihr seine Hand.

»Fadi Masaad«, entgegnete er charmant und unaufdringlich. »Wenn ich helfen kann, dann sehr gern.«

»Sie sind hier im Camp untergebracht?«, richtete sich Doktor Meinhardt an den Mann.

»Nein, ich lebe seit zwei Jahren in Dresden und wohne in einem Wohnheim«, antwortete der Fremde, den Unterton des Oberarztes durchaus heraushörend. Er griff in die Innentasche seines Jacketts und reichte ihm ein Papier.

Doktor Meinhardt fingerte nach seiner Brille und betrachtete das vermeintliche Dokument, welches als solches erkennbar war.

Es wies seine Approbation als Facharzt für Allgemeinchirurgie des syrischen Gesundheitsministeriums aus. Das angeheftete Papier einer deutschen Behörde bescheinigte Masaad seine vorläufige Berufserlaubnis als Arzt aus einem nichteuropäischen Land.

»Na wunderbar«, stupste Doktor Meinhardt erfreut den Beleg, so, als sei dieser für ihn Bestätigung genug. »Herzlich willkommen im Team, Doktor Masaad. Wir werden Sie hier gut brauchen können.«

*

5

Es ging ruhig zu am Empfang des Polizeireviers Dresden-Mitte.

Peter Völlner hatte das Büro fünfzehn Minuten früher verlassen, um nach Dienstschluss noch den Abstecher hierher zu machen.

Die ehrwürdig schwere Eingangstür des Polizeipräsidiums weckte sogleich Erinnerungen an frühere Zeiten in ihm. Nicht, dass er öfter mit dem Gesetz in Konflikt geriet. Vielmehr waren es zeit- und nervenaufreibende Behördenangelegenheiten, wie die Bearbeitung und das Ausstellen eines Führerscheins. Von diesem unguten Gefühl, ständiger Willkür ausgesetzt gewesen zu sein, ganz zu schweigen. Nicht zu vergessen auch der zynische Blick jenes Polizeihauptwachtmeisters, der ihm dazumal, seine Überlegenheit zur Schau tragend, die 'Nichtstattgebung seines Antrages auf Reise in die BRD' kundgetan hatte.

Dreißig Jahre mochte das jetzt her sein. Kaum etwas erinnerte noch an jene Zeit, in der eine Ansammlung Wartender in langen, sockelhoch mit Ölfarbe getünchten Fluren ihrem Aufruf entgegenfieberte.

Die mannsgroße Glasscheibe ließ das Spartanische der Wache rasch überblicken. Piepgeräusche eines Funkgerätes und abgehackte Wortfetzen mit Knacken waren zu hören. Die Türen eines Metallschrankes gaben Aktenordner frei. Zwei Beamte waren an diesem Nachmittag diensttuend. Während einer von ihnen, dem Empfang abgewendet, am Computer beschäftigt tat, richtete der andere telefonierend seinen Blick in Richtung Glasfenster, um dem Vorsprechenden mit einer kurzen Handbewegung seine Kenntnisnahme zu signalisieren.

Kurz darauf trat er an die Scheibe und öffnete eine Klappe.

»Wie kann ich Ihnen helfen?«, fragte der Uniformierte knapp.

Augenblicklich beschlichen Peter Völlner Zweifel und er spürte ein innerliches Zucken.

»Hallo, Völlner mein Name. Ich hab da etwas, von dem ich

nicht recht weiß, ob es von Bedeutung ist. Keine Ahnung!«

Etwas verunsichert reichte er dem Polizisten den zigarettenschachtelgroßen Karton durch das halboffene Fenster. Über der linken Brusttasche las Völlner den blau aufgestickten Namen des Beamten: POM Friedrich.

»Das hab ich gestern Abend in der Straßenbahn gefunden. Das heißt, ein anderer Mann, ein Ausländer, hat es verloren«, schickte er hinterher. »Es kam mir schon etwas seltsam vor und ich dachte, gib's mal lieber ab!«

Der Polizeiobermeister musterte das Kärtchen, drehte und wendete es und fragte mit hörbar überfordertem Ton durch sein Fenster: »Ja – und was sollen wir jetzt damit machen? Das wird völlig bedeutungslos sein, ein Scherz!«

Peter Völlner war erbärmlich zumute, fühlte sich vorgeführt. Wie ein kleines Kind, das sein Handeln noch nicht selbst abschätzen konnte. Sprach hier vor, wegen eines kleinen Zettels, den jemand verloren hatte. Fehlte bloß noch, dass der Mann in Uniform hinter seiner Scheibe anfing, ihn auszulachen.

»Naja«, stammelte er, abermals von Bedenken eingeholt, »daran dachten wir auch schon, also meine Frau und ich. Ein Spielekärtchen vielleicht oder so etwas. Aber es war ja diesem Ausländer aus der Tasche gefallen«, machte er deutlich.

Der Polizeibeamte starrte noch immer auf das Kärtchen mit der ominösen Aufschrift und rieb es zwischen den Fingern, so, als ob er dem Papier förmlich noch mehr entlocken wollte.

»Hm, komische Sache. Aber eine wirkliche Drohung, ich meine, das schreibt doch niemand so plump auf!« Er atmete betont lang aus und fragte Völlner: »Also, was wollen wir jetzt machen? Ich kann das Ding hier lassen und ne Aktennotiz dran.«

»Das überlasse ich Ihnen, was sie tun«, sagte Peter Völlner, der sich inzwischen punktgleich mit seinem Gegenüber sah. »Es hätte ja auch sein können, dass mehr dahinter steckt«, fuhr er selbstsicher fort.

»Und ich nehme jetzt kurz dazu Ihre Daten auf«, entfuhr es

dem Polizeiobermeister gereizt. »Sie sind der Herr …?«

»Völlner«, kam es ihm mit hörbar erleichterter Stimme heraus. »Peter Völlner.«

»Na dann kommen Sie mal rum«, zischte der Beamte durch die Luke.

»Ist der Friedrich schon im Haus?«, polterte es durch die geöffnete Tür des Büros. Sybille Meissner, die Sekretärin, schaute auf den Schichtplan der Diensthabenden, den sie mit einem kurzen Kopfdreh nach links an der Wand einsah und verneinte. »Kommt erst zwölf Uhr, Chef!«

»Dann bitte sofort zu mir schicken«, grummelte es aus dem Nebenzimmer.

Bernd Frömmel, Leiter des Reviers Dresden-Mitte, verschaffte sich wie jeden Morgen in einer seiner ersten Amtshandlungen einen Überblick über alle Ereignisse während seiner Abwesenheit.

Unter dem Eintrag *'Kartenfund mit Drohankündigung'* hatte Polizeiobermeister Friedrich am Vorabend die Angelegenheit im Zusammenhang mit dem in der Straßenbahn gefundenen Kärtchen im elektronischen Erfassungsportal abgelegt.

Aus der vor ihm liegenden Tagesmappe fischten seine Finger unter weiteren Belegen besagtes Kärtchen und sein Blick verharrte darauf.

Nach einem Moment des Innehaltens nahm er seine Brille vom Kopf, stützte den Arm auf die Lehne des Drehstuhls und rieb sich mit Daumen und Zeigefinger die zugekniffenen Augen.

Er nahm den Telefonhörer ab und drückte hastig auf dem Zahlenfeld. Im Hörer ertönte ein klingender Dreiton. »Mist«, stammelte er vor sich hin und schob forsch Papier von seiner Schreibunterlage beiseite. »Friedrich, Fried… hier!« Er stieß einen deutlich hörbaren Atemzug aus, als er ein Rufzeichen in der Leitung vernahm.

»Sven? Bernd hier. Entschuldige die Störung, aber ich muss mit dir reden. Jetzt!« Und ohne Friedrich eine Chance auf Geltendmachung irgendeiner Verhinderung zu bieten, fuhr er fort: »Es ist dringend. Es geht noch mal um die Sache mit dem abgegebenen Kärtchen von gestern Abend.«

Dem Polizeiobermeister kam die Aufmerksamkeit seines Chefs nicht ungelegen. Jedenfalls bedankte sich Hauptkommissar

Frömmel entsprechend bei ihm: »Danke dir, wir sehen uns dann in meinem Büro. Alles klar!«

Der Revierleiter telefonierte noch, als Polizeiobermeister Friedrich nach kurzem Klopfen durch die offene Tür des Dienstzimmers trat und Frömmel ihm zunickend vor ihm den Platz zuwies. »Jo, so machen wir's – in diesem Sinne, Machs gut!« Er legte den Hörer auf.

»Sven, schön, dass du etwas eher kommen konntest.« Er reichte die Hand über den Schreibtisch und begrüßte Friedrich.

»Du, sag mal«, fuhr er sogleich ohne Umschweife fort, »du hast doch gestern dieses verdächtige Kärtchen entgegengenommen.«

»Ja«, erwiderte der etwas stutzige Obermeister. »Was ist denn damit?«

»Was war das für ein Typ, der es abgegeben hat? Wie hat er auf dich gewirkt?«

Friedrich berichtete. Auch, dass der Mann einen unschlüssigen Eindruck gemacht habe.

»Wie, unschlüssig?«, fragte Frömmel mit gedehnter Stimmlage.

»Na, etwas skeptisch halt. Der war sich ziemlich unsicher, ob der Wichtigkeit des Ganzen eben«, entgegnete Friedrich.

»Und für dich war das völlig belanglos?«, wollte sein Chef in vorwurfsvollem Ton wissen.

»Wie gesagt, die Sache schien mir zwar etwas zweifelhaft. Allerdings nicht von akutem Handlungsbedarf, wenn du darauf hinauswillst.«

»Was dahinter steckt, wissen wir beide nicht«, kam es dem Vorgesetzten schroff heraus. »Auf jeden Fall ist die Sache nicht mit einer Aktennotiz in unserem Hause erledigt, das sollte dir auch klar sein. In einer ähnlichen Angelegenheit wünsche ich künftig umgehend darüber informiert zu werden.« Frömmel wollte den Bogen jetzt nicht überspannen und ruderte etwas zurück. »Du hast ja prinzipiell erst mal richtig gehandelt«, sagte er. »Aber etwas mehr Sensibilität, gerade in der momentan angespannten Zeit, wäre sicher nicht unangebracht.«

Friedrich erhob sich mit einem kaum sichtbaren Nicken und verließ das Dienstzimmer.

»Sybille, mach mir bitte einen Termin beim Brockmöller. Dringend!«

Der Ruf des Revierleiters hallte abermals durch die weit geöffnete Bürotür ins Vorzimmer.

Frömmel war noch ein Vorgesetzter alten Schlags. Chefallüren kannten seine Unterstellten nicht bei ihm. Der Fünfundfünfzigjährige hatte von der Pike auf den Polizeidienst durchlaufen und war überall im Haus anerkannt.

Die Sekretärin bestätigte kurz darauf ein Treffen um vierzehn Uhr im Innenministerium.

»Die Meissner meinte, es sei dringend?« Jan Brockmöller begrüßte scherzend und mit gespielter Freundlichkeit den ehemaligen Kollegen und wies ihm den Stuhl.

Der Enddreißiger, vormals selbst im Polizeidienst und Frömmels Stellvertreter, war vor drei Jahren zum Abteilungsleiter im Referat operative Angelegenheiten im sächsischen Innenministerium aufgestiegen. Im Gegensatz zu seinem ehemaligen Chef vermochte der umtriebige Brockmöller schon von jeher, zur richtigen Zeit am richtigen Ort zu sein. Er verstand es wie kaum ein anderer, die Karriereleiter im Eiltempo zu erklimmen, ohne einen Blick nach rechts und links zu richten. Das hatte ihm in der Vergangenheit kaum Freunde beschert und nicht wenige im Polizeirevier waren über das weitere Hochstolpern des Stellvertreters bekümmert.

Frömmel wusste um die Einhaltung des Dienstweges, so war es nun einmal. Nur aus diesem Grunde saß er jetzt hier. Schließlich wollte er sich nicht ans Bein pinkeln lassen. Erst recht nicht vom jungen Brockmöller.

Der Revierleiter erstattete Bericht zu der verdächtigen Fundsache am Vortag und schob den Beleg über den aufgeräumten Schreibtisch.

Jan Brockmöller fingerte unaufgeregt danach. Er las den nebulösen Zweizeiler und Frömmel bemerkte, wie sich die noch recht glatte Stirn des Achtunddreißigjährigen begann in Falten zu legen. Erkannte er Unschlüssigkeit? Oder witterte er tatsächlich Gefahr?

Die nach wie vor sehr angespannte Situation im Zusammenhang mit der Flüchtlingswelle und den Zigtausenden Flüchtlingen in Dresden rief Brockmöller offensichtlich auf den Plan und Frömmel hatte offenbar den Finger in eine Wunde gelegt.

»Mensch, Bernd, inzwischen sind fast zwanzig Stunden vergangen, und du kommst erst jetzt«, entgegnete er nach einer kurzen Pause mit verständnislosem Gesichtsausdruck.

»Ja, das Prozedere hab ich mit der Schicht schon besprochen«, meinte Frömmel mit gespielter Gelassenheit, um dem Klugscheißer den Wind aus den Segeln zu nehmen.

Ohne auf den Inhalt des Kärtchens eingehen zu wollen, hatte Brockmöller bereits die gebotene weitere Vorgehensweise auf den Lippen.

»Ich informiere dazu die Stabsstelle des Ministers und der wird ganz sicher das LKA einschalten.«

Sein Gesichtsausdruck nahm eine Art von Überlegenheit an, die dem Gegenüber zu signalisieren versuchte, dass er, der Chef, auf dieser Ebene keine weiteren Erörterungen in der Angelegenheit zu besprechen habe.

Menschenkenner Frömmel sah sich durch die Verabschiedung Brockmöllers in seinem Eindruck bestätigt: »War's das, Bernd?«

Brockmöller hatte seine Sekretärin angewiesen, keine Anrufe durchzustellen. Er sei im Moment für niemanden zu sprechen. »Außer für die Herren des LKA!«, drückte er noch fahrig über die Sprechanlage ins Vorzimmer.

Intuitiv sah sich Brockmöller befähigt, das weitere Vorgehen in der vermeintlichen Anschlagsbedrohung abzustecken.

Unmittelbar nach Frömmels Rapport unterrichtete Brockmöller unter bewusster Umgehung der sonst üblichen Hausetikette, dem Informationsfluss an die Staatssekretäre, seinen obersten Dienstherrn.

Für Innenminister Hubrich waren Brockmöllers Schilderungen für den ansonsten ungewöhnlich kurzen Dienstweg hinreichend Grund genug. Schließlich, und das wusste Jan Brockmöller nur zu gut, sollte auch für den Minister das aufgetauchte Kärtchen mit der ominösen, verschlüsselten Botschaft durchaus Grund zur Besorgnis darstellen.

Volker Hubrich haftete in den vergangenen Monaten öfter der Makel einer zögerlichen Innenpolitik an. Der rasant übers Land hereingebrochene Flüchtlingsstrom ließ ihn, wie viele andere seiner Kollegen auf politischen Entscheidungsebenen, hilflos agieren.

»Gut, Brockmöller. Was, denken Sie, ist dran an der Sache?«, wollte der Minister wissen.

Brockmöller, der sich zuvor nach dem Gehen Frömmels auf dem Weg zu seinem Vorgesetzten natürlich schon seine Gedanken dazu gemacht hatte, wog mit leicht zusammengepressten Lippen den Kopf. »Schwierig einzuschätzen, Herr Minister«, säuselte er in betonter Vertraulichkeit, um eilends den erwarteten Ratschlag folgen zu lassen: »Gut möglich, dass sich das alles als haltlos herausstellt. Aber«, fuhr er nach einer aufgesetzten Denkpause fort, »ich glaube auch, es wäre fatal, eine solche Drohung, die noch dazu von einem Ausländer arabischer Herkunft auszugehen scheint, zu ignorieren.«

Hubrich saß friedfertig in seinem Ledersessel, dessen oberes Ende noch weitläufig Platz ließ und den schmalen Kopf, von seitlich ergrautem Kurzhaar, stützte. Vor ihm, im modern dunkel gefassten Holzrahmen, Frau und Tochter, offenherzig lachend.

Neben der aus massivem Nussbaumholz filigran gefertigten Stiftablage mit Rollladen, ein würfelförmiger elektrischer Anspitzer. Kleinlich kam Brockmöller Hubrich vor. Und während seine Augen den Schreibtisch und die hinter dem Minister karg gehaltene Wand abtasteten, grübelte er darüber, wie es der kleine, nahezu unscheinbare Mann ihm gegenüber in diesen viel zu großen Sessel bis nach oben geschafft hatte. *'Ja, so eine Flut spült eben auch solche Leute nach oben'*, sinnierte er.

»Ich denke auch«, meinte der Innenminister nachdenklich und blies hörbar Luft aus. »Ich leite die Sache ans LKA weiter und dann wird das sowieso ein Fall fürs BKA.«

Brockmöller, dem urplötzlich die eigenen Felle davonzuschwimmen drohten, entgegnete rasch: »Ich könnte Ihnen den Rücken freihalten, Herr Minister, und die Sache begleiten! Und als kompetenter Verbindungsmann zwischen den Häusern fungieren ...«

»Ich weiß ihr Engagement zu schätzen. Aber überlassen Sie das mal den dafür zuständigen Stellen. Sie haben mit Ihrem Referat genug zu tun«, wies er den ungestümen Abteilungsleiter in die Schranken. »Ich danke Ihnen, Brockmöller.«

Dem Innenminister entging nicht dessen Verstörtheit, die ihm ins Gesicht geschrieben stand, als er aus dem Dienstzimmer trat. Nach kurzem Überlegen griff er nach dem Hörer und wählte.

»Bernd, Volker hier, grüß dich!«

»Volker, was verschafft mir die Ehre?«, erkundigte sich Frömmel.

»Der Brockmöller hat mich über eure dubiose Fundsache, du weißt schon, dieses Kärtchen …«

»Richtig«, bestätigte der Revierleiter. »Was hältst du davon?«

Hubrich, der den erfahrenen Frömmel als loyalen Unterstellten schätzte, war jetzt nicht zu einem ausgedehnten Smalltalk aufgelegt und wirkte nervös. »Ich gebe das erst mal ans LKA weiter, der Staatsschutz wird sich höchstwahrscheinlich die

Jacke anziehen«, klang er unsicher. »Ich würde aber die Sicherstellung der Videoaufzeichnung aus der Straßenbahn in deine Hände legen. Kannst du dich darum kümmern?«

»Das hab ich vorsorglich schon veranlasst. Die Jungs müssten in Kürze zurück sein«, entgegnete Frömmel unaufgeregt.

»Gut, Bernd. Ich erwarte dich dann sofort bei mir. Ich schau, ob ich vom LKA noch jemanden ran kriege.«

Der Revierleiter bestätigte: »Alles klar, Volker, bis später.«

Der Datenschutzobmann der Verkehrsbetriebe hatte den Chip aus drei Wagenzügen, die für den relevanten Zeitraum in Betracht kamen, auf CD gebrannt und der Landespolizei übergeben. In einer ersten Sichtung begutachteten Hubrich, Frömmel und ein Mann des Landeskriminalamtes im Innenministerium das Material.

Ihr Augenmerk richtete sie insbesondere auf die Aufzeichnungen etwa fünf Minuten vor Ausstieg des Verdächtigen am Bahnhof Dresden – Neustadt.

»Hier!«, rief der Mann vom LKA. »Fahrt noch mal ein Stück zurück!«

Völlner, der Finder des dubiosen Kärtchens, hatte in einer weiteren Befragung Frömmels den Sitzplatz des Ausländers genau benannt, den die Filmaufnahmen der Kamera neun in der Straßenbahn nun aufschlussreich wiedergaben.

»Hier steht er auf und verliert das Ding«, wiederholte er fahrig.

»Und hat es ziemlich eilig«, stellte Innenminister Hubrich fest. »Können wir noch weiter ranzoomen?«

Seinem Mitarbeiter, der die Technik bediente, gelang es, Gesichtspartien des aufrecht stehenden Verdächtigen zu vergrößern: nahöstliches Aussehen, kurzes dunkles Haar, markante Nase.

»Jetzt hebt der Völlner den Schriebs auf und läuft in Richtung Tür«, erklärte Frömmel.

»Was denken Sie, meine Herren?«, lehnte sich Hubrich zurück.

Der LKA-Mann knabberte an den Nägeln und atmete tief durch. »Das Gebot der Stunde zwingt uns, meiner Meinung nach, nicht inaktiv zu bleiben, Herr Minister. Ich schlage vor, eine Gruppe zu bilden, auch unter Einbeziehung unserer Kryptologen, die der Sache nachgeht.«

Hubrich legte Daumen und Zeigefinger zwischen Kinn und Oberlippe und nickte bestätigend.

»Ich erwarte Sie morgen zehn Uhr zur weiteren Lagebesprechung.« Er verabschiedete die Herren und überließ ihnen jeweils eine Kopie der Videoaufzeichnung.

*

»Guten Morgen! Na, gut geschlafen die erste Nacht?«

Jennifer schickte ein Lächeln in Richtung Bett und lief zum Fenster, um das Oberlicht zu öffnen.

Stefan Mühlhaus sah nicht aus, als wäre es ihr freundliches 'Guten Morgen', was ihn geweckt habe. Er hatte längst die Morgentoilette absolviert und las interessiert auf seinem Bett in einer Zeitung. Das bisonschwarze Poloshirt, das er heute trug, gab den Blick auf muskulöse, braun gebrannte Arme frei. Der vom rechten Oberarm nach unten verlaufende Schwanz einer farbig tätowierten Schlange endete kurz auslaufend über der Elle und Jennifer ertappt sich in Gedanken, herausfinden zu mögen, an welcher Stelle seines Körpers die gespaltene Zunge des geheimnisvollen Reptils nach Beute spähte.

»Danke! Ich hoffe, Sie ebenso«, blickte Stefan Mühlhaus sichtbar erfreut aus seiner Vertiefung kommend spitzbübisch.

»Naja«, stakste Jennifer, »kurz war die Nacht schon.«

Stefan Mühlhaus entging auch ihre kleine Abwesenheit nicht.

»Oh, Sie waren aus?«, klang ihr keck und neugierig zugleich entgegen.

Jennifer schmunzelte amüsiert. »Je nachdem, was man unter Ausgehen versteht«, zog sie die Augenbrauen hoch.

Stefan Mühlhaus wollte nicht indiskret wirken und beließ es bei einem vielsagenden Lächeln.

»Wenn es meine Zeit erlaubt, bin ich nach Feierabend im Flüchtlingscamp und helfe dort mit«, klärte sie auf.

»Toll«, wog Stefan Mühlhaus respektvoll den Kopf. »Das klingt spannend. Darüber müssen Sie mir unbedingt mehr erzählen.«

Jennifer wusste die Bitte nicht recht einzuordnen, versprach aber, gern darauf zurück zu kommen.

»Um neun Uhr ist erst einmal Chefvisite«, merkte sie noch an, bevor sie das Zimmer verließ.

Es war kurz nach acht, als Jennifer aus dem gegenüberliegenden Patientenzimmer trat und laut ihren Namen aus Richtung Dienstzimmer vernahm. Schwester Sigrid kam ihr mit dem Telefon entgegen und überreichte: »Dein Mann!«

»Ja?«, fragte sie mit emotionsloser Stimme in den Hörer, und nach einer Pause des Schweigens: »Das müssen wir nicht jetzt besprechen, Thomas! Meinetwegen, dann musst du das machen ..., bitte!«. Ihr 'Tschüß' vernahm Thomas Radisch am anderen Ende nicht mehr; sie schaute auf das Telefon, er hatte bereits aufgelegt.

Jennifer drehte den Schlüssel im Schloss herum, öffnete die holzvertäfelte Eingangstür ihres Hauses, schwang den Schlüssel auf die Apothekerkommode im Flur und entledigte sich ihrer Riemchensandalen. Sie lief durch die Diele, geradewegs auf die Terrassentür zu, legte beim Hinaustreten den Kopf mit geschlossenen Augen in den Nacken und holte tief Luft. Erschöpft atmete sie aus. Die Blumenvielfalt des Gartens schenkte ihren Augen ein erstes kleines Erholen vom Klinikalltag. Diesen Nachmittag hatte sie für sich. Abseits jeglichen Trubels und keiner, der sie beanspruchte. Auch nicht Thomas.

Sie schlüpfte in ihre braunen Clogs und schlenderte, hier und da Blütenwelkes ausbrechend, Gedankenversunken durch den Garten.

Jennifer und ihr Mann Thomas hatten das Haus vor Jahren in renovierungsbedürftigem Zustand gekauft. Es war die Lage des Grundstücks, eingebettet im alten Dorfkern am Rande von Dresden, mit unberührten Wiesen und alten Obstbäumen, die sie verzauberte. Von Anfang an war, neben einer umfassenden Haussanierung, die Planung ihres Gartens gleichbedeutend. Hier wuchsen Rosen, Strauchgehölze und eine Vielzahl verbindender Farbtupfer in der Bepflanzung.

Auf der in kleinem Plangestein errichteten Kräuterschnecke gediehen Thymian, Rosmarin, Salbei und Zitronenmelisse einträchtig neben Kapuzinerkresse und Ringelblumen. Den Mittelpunkt ihres Kräutergärtchens bildete die reich blühende, weiße Hochstammrose 'Schneewittchen'. Mehrere Plätze an unterschiedlichen Orten zum Sitzen und Verweilen hatte Jennifer angelegt, je nach Jahreszeit und Lichteinfall. Sie mochte es, sich mit einem Buch in verwunschene Ecken zurückzuziehen. Und sie liebte den alten Apfelbaum.

Der Garten war ihrer. Hier konnte sie entspannen, sich verwirklichen und abschalten. Nicht, dass Thomas weniger Gefallen daran hatte. Auch er liebte die Ruhe und das Grün.

Für ihn waren vielmehr praktische Dinge wie das Werkeln und

handliche Tun nicht minder entspannend. Das Gewächshaus war sein Revier. Die Zucht und Pflege der prächtigen Gurken, die sich ein ums andere Jahr das Haus mit seinen selbst gezüchteten Tomaten teilten, oblag ihm allein.

In Jennifers Nase machte sich der Duft von Nelken breit, als plötzlich ein Eichelhäher sie mit seinem typisch heiseren, rätschenden Ruf, der sich in ein lautes Kreischen steigerte, aus ihren Gedanken riss.

Sie war von wohliger Wärme umgeben. Auch im Herzen.

Thomas trug diese Wärme auch in sich, das wusste sie. Und doch erreichte beider Innigkeit einander nicht mehr. Wie hatte sich die Zeit verändert!

Sie wollten das Haus – alle beide. Einzig das Glück schien inzwischen ausgezogen.

Wieder und wieder kreisten die immer gleichen Gedanken in ihr umher. Längst schon waren sie keine Momentaufnahmen mehr. Die Sorgen und Nöte hatten sich mit den Wochen, den Monaten und Jahren manifestiert. Eingebrannt und krustig wie ein böses Geschwür. Oft hatte sie sich gefragt, wie es weitergehen sollte, welchen Sinn noch alles hatte, um welchen Preis? Und – war es dieses Leben, was sie wollte, was sie verdiente? Oder war es schon die Zukunft, die sie gefangen nahm? Dabei wusste sie: Sie hatte sich arrangiert mit ihrem Schicksal. Weil sie sich verantwortlich fühlte. Verantwortlich für sich *und* für Thomas. Für ihre Ehe. Die, die sie vor zehn Jahren gemeinsam geschlossen hatten.

Glücklich war sie und dachte, dass auch er es war. Dabei waren die Umstände ihres Kennenlernens weit weniger schön, als man es sich für gewöhnlich vorstellte.

Thomas' Mutter war für mehrere Wochen als Krebspatientin in der Neurochirurgie stationiert und er erschien regelmäßig zu den Besuchszeiten. Aus einem wurden mit der Zeit zwei Blumensträuße, die Thomas mit ins Krankenhaus brachte und nicht nur seine Mutter erfreute sich daran, wenn auch nur noch für kurze

Zeit.

In Jennifer fand Thomas nach dem Tod seiner Mutter Trost und aus anfänglicher Freundschaft wurde bald Liebe.

Ihr Haus würde nicht mit Kinderlachen erfüllt werden, das wussten beide. Anfänglich hatten sie es auf den beruflichen Stress, dem sie regelmäßig ausgesetzt waren, und die zeitweiligen Belastungen, die mit dem Ausbau des Hauses einhergingen, geschoben. Als sich weiterhin keine Schwangerschaft bei Jennifer einstellen wollte, ließ sich Thomas, wenn auch widerwillig, untersuchen. Die niederschmetternde Diagnose einer Hormonbestimmung stellten das Leben von Jennifer und Thomas anfangs kopf.

In beiderseitiger Absprache vertagte man das Thema Nachwuchs im Hause Radisch mit all seinen Möglichkeiten, um Druck wegzunehmen und sich neu auszurichten. Ein gänzliches ad acta führen in der Angelegenheit sahen die Pläne von Jennifer und Thomas dessen ungeachtet nicht vor. Beide standen einer künstlichen Befruchtung offen gegenüber und begannen, sich damit tiefgründiger zu befassen.

'Wo stünden sie heute und wie wäre ihr Leben verlaufen, wenn es nicht diesen entsetzlichen Tag in Thomas' Leben gegeben hätte, der ihn zunehmend veränderte und ihn in sich zurück ziehen ließ', sinnierte Jennifer, wie sie es in letzter Zeit so oft tat.

Noch Wochen und Monate später verfolgten ihn die schrecklichen Bilder, in denen er mit seinem Zug bei nächtlichem Regen auf den lachenden, vor ihm mit ausgebreiteten Armen stehenden Mann zuraste. Aus dem Schlaf gerissen, fasste sie dann nach seiner Hand und beruhigte ihn.

Wie im Tagtraum streifte Jennifer durch den Garten und war erst im Hier angekommen, als sie drinnen im Haus das Klingeln an der Tür vernahm. Sie blinzelte flüchtig und beschleunigte ihre Schritte. Hastig richteten die Finger vorm Spiegel das Haar.

»Mensch, Bea, schön dich zu sehen, komm rein!«, zeigte sie

sich erfreut. Sie umarmten sich und Bea lief geradewegs zur Küchentür und legte das Kuchenpäckchen ab.

Es mochte vier Wochen her sein, dass sie sich letztmalig sahen, dachte Jennifer, die die Haustür schloss und Bea hinterher schaute. Gut, telefoniert hatten sie zwischenzeitlich ein-, zweimal.

Bea war Beate und gute, nein – beste Freundin.

Beide kannten sich seit der gemeinsamen Schulzeit, verloren sich jedoch danach aus den Augen. Erst bei einem der letzten Klassentreffen sahen sie sich wieder und hielten seither engen Kontakt.

Beate war wie Jennifer eine ansehnliche, attraktive Frau, auch wenn sie, im Gegensatz zu ihrer Freundin, gern ihr Äußeres ein wenig mehr herausstellte.

Volle Wangen und weiche Gesichtskonturen sowie die ausgeprägte Kinnpartie und das markant eckige Gesicht ließen Beate stark und selbstbewusst wirken. Der Seitenscheitel fiel frech nach rechts ab und umspielte ihr kantiges Kinn.

Die Freundin verkörperte das, was man schlechthin eine unbeschwerte Frohnatur nennt. Obwohl an zwei länger währenden Beziehungen gescheitert, hangelte sie sich, wenig unglücklich darüber, seit geraumer Zeit von einer Affäre zur anderen. Lebensabschnittsbegleiter, ihr Sahnehäubchen, wie sie es nannte. Weil sie sich nicht verschließe, die Augen nach ihnen aufhalte und sie ja überall frei herum liefen. Man müsse nur wollen. Vergeudete Zeit, wie sie es nannte, einen Langweiler an seiner Seite zu haben, und schade obendrein um das eine Leben, was ein beschert ist. Lieber einen aufregenden Herzensbrecher, als eine Schlafmütze, so Beas Devise. Schließlich wollte sie am Ende nicht in die Grube gekippt werden und feststellen müssen: Toll, vierzig von siebzig Jahren habe ich mich gelangweilt!

Ihr Heil war Sohn Sebastian, eine stolze Hinterbliebenschaft aus einer ihrer ersten festeren Liaisonen. Sie schien zufrieden mit ihrem Leben, so wie es ist. Auch Jennifer machte sie das sichtbar glauben. Dann und wann beneidete sie Bea, die freiberuflich als Psychotherapeutin in einer Gemeinschaftspraxis praktizierte, um ihr erfülltes und freizügiges Leben, das sie führte.

»Du gucktest ungläubig, wie du die Tür öffnetest, hast du deinen Anrufbeantworter nicht abgehört?«, wollte Bea wissen.

»Ich bin noch nicht lange rein«, erklärte Jennifer, die dabei war, Wasser in den Kaffeeautomaten zu füllen, und erst jetzt das Blinken der Telefonstation bemerkte.

Bea, die sich nachsichtig dem Auspacken des mitgebrachten Kuchens widmete, stupste ihre Freundin an: »Na, komm, gib zwei Kuchenteller heraus!«

Gemütlich, bei bilderbuchmäßigem Sonnenschein, plauderten Jennifer und Beate im schattenspendenden Rosenrundling unweit der alten Schwengelpumpe.

Bea war gern zu Besuch bei Jenny. In unregelmäßigen Abständen trafen sich die vertrauten, ehemaligen Schulfreundinnen zum Quasseln im häuslichen Wechsel, wobei Bea nicht minder heimelig wohnte, als es bei Jenny der Fall war. Mit ihrem Einkommen konnte sie sich gut die traumhafte Dachterrassenwohnung in Zschachwitz, unweit der Elbauen leisten.

»Wie sieht's bei Sebastian aus?«, erkundigte sich Jennifer, »hat es mit der Stelle geklappt?«

Beas Sohn musste sich kurzfristig für eine Anstellung seines freiwilligen sozialen Jahres entscheiden, und da Jennifer um dessen mitmenschliche Ader wusste, schlug sie ihm eine Art Sozialarbeit im Flüchtlingssektor vor.

»Siehst du, das hätte ich beinahe vergessen«, fiel es Bea sogleich ein. »Basti lässt dich herzlich grüßen. Er ist froh, dass er in der Ausländerbehörde untergekommen ist«, entschuldigte sie ihre Vergesslichkeit.

Jennifer zeigte sichtlich Freude über die gute Botschaft und meinte: »Super! Dann werden wir uns vielleicht hin und wieder sehen.«

Sie berichtete Bea über ihre Einsätze im Flüchtlingscamp und welche Erfüllung es ihr bereitete, ihren Beitrag zu leisten.

Auch Doktor Masaad, den sympathischen Arzt, erwähnte sie, wie dieser unerwartet aus dem Nichts aufgetaucht und seither eine große Unterstützung im Camp war.

»Er hilft nicht nur, Sprachbarrieren zu überwinden, sondern scheint obendrein ein guter Arzt zu sein, zumindest hat mein Chef den Eindruck.« Und weil sie ihre Freundin Bea nur zu gut in ihrer Lebensauffassung hinsichtlich des starken Geschlechts kannte, stöhnte sie noch mit sacht schwingendem Oberkörper und verträumten Blick: »Und gut sieht er obendrein noch aus!«

Jenny bereiteten ihre aufreizenden Worte sichtlich Freude, hatte Bea doch angebissen wie ein zappelnder Fisch, der nicht vom Wurm lassen konnte: »Hach, Jennykind, darüber musst du mir mehr erzählen«, schmolz sie im Schatten des Rosenrundlings dahin – unweit der Schwengelpumpe.

*

7

»Der Fahrtweg ist ab sofort wieder frei; die Straßenbahnlinien 4 und 9 können planmäßig verkehren«, sendete der vor Ort stationierte Dispatcher der Verkehrsbetriebe um 20.30 Uhr an die Betriebsleitstelle.

Der Pegida - Demonstrationszug hatte den Kreuzungsbereich Stadt – Metz aus Richtung Bahnhof Neustadt kommend bereits dreißig Minuten früher passiert, als es das Polizeiprotokoll vorsah. Die rund sechstausend Demonstranten erreichten vorzeitig den Theaterplatz, als eine laute Detonation das umliegende Stadtzentrum erschütterte. Dem Vernehmen nach kam der Knall, dem zwei, drei weitere Donnerschläge folgten, aus Richtung Neustädter Bahnhof.

Umgehend beorderte die Zentrale der Polizeidirektion alle verfügbaren Einsatzkräfte zum Ort des Geschehens. Der Knotenpunkt Antonstraße/Leipziger Straße war in Rauchschwaden gehüllt, die das Ausmaß und den Umfang der Explosion am dortigen Eckhaus durch die geringe Luftbewegung schwer überblicken ließen.

In der elbseitigen Fassade des ehrwürdigen Gründerzeithauses, in dessen Erdgeschoss das Sex-Kaufhaus »Dolly Buster« seine Verkaufsräume beherbergte, klaffte ein riesiges Loch. Stämmige Holzbalken von Zwischendecken wippten in Wandverankerungen, Gardinen bandelten flüchtig im Wind. Verkeilt zwischen Ziegelschutt, eine luftgefüllte mannsgroße Frauenpuppe, kopfüber, mit weitoffenem rotem Mund.

Polizisten trafen erste Sicherungsmaßnahmen, sperrten das Gebiet weiträumig ab und sichteten unter größter Vorsicht das nähere Umfeld. Nach kurzer Einschätzung der Sachlage winkte ein Uniformierter die auf Abstand wartenden Erstversorger heran, um sich der beiden augenscheinlich Verletzten auf dem Fußweg anzunehmen. Eine junge Frau krümmte sich, mit dem Gesicht auf dem Asphalt liegend und wimmerte kaum hörbar.

Ein weiterer Passant, cirka dreißig Jahre, lag in einer Lache aus Blut unweit der Fußgängerampel. Die gewaltige Detonation hatte einen tiefen Krater in den angrenzenden Gehweg gerissen.

Während der Einsatzleiter einen ersten Situationsbericht an die Zentrale übermittelte, rückten weitere Helfer an den Unglücksort vor. Sicherungskräfte installierten auf giraffenförmigen Dreigebeinen Flutlichtstrahler. Den für gewöhnlich rund um die Uhr pulsierenden Knotenpunkt umhüllte gespenstische Ruhe. Hektisches Blaulicht zappelte im Zickzack in geborstenen Schaufensterscheiben, stehende Abendluft verbreitete verkohlten Geruch. Feuerwehren tasteten sich langsamen Rades sternförmig an das brennende Haus.

Innenminister Hubrich, der sich selbst in den späten Abendstunden des Vortages noch ein Bild vom Unglücksort machte, hatte, entgegen dem für heute ursprünglich zehn Uhr anberaumten Treffen, zur frühen Krisensitzung einbestellt. Vier Männer vom Staatsschutz ergänzten nunmehr die Runde um die BKA-Leute und Polizeirevierleiter Bernd Frömmel.

»Wie weit sind die Ermittlungen gediehen?«, erkundigte sich der Minister knapp.

So kurze Zeit nach dem Ereignis könnten noch keine Angaben zu den Hintergründen gemacht werden. Die Ermittlungen würden in alle Richtungen laufen, so die Aufklärer des Staatsschutzes. Fakt sei, dass Dresden an einer Katastrophe von unabsehbarem Ausmaß vorbeigeschrammt sei. Dass nur wenige Passanten und Fahrzeuge zum Zeitpunkt der Explosion zugegen waren, sei ein ausgesprochen glücklicher Umstand. Nicht auszudenken, hätte sich eine Straßenbahn in unmittelbarer Haltestellennähe befunden.

Ein Toter, eine Schwerverletzte – das werfe Fragen auf. Zufälliges Unglück? Oder doch ein Anschlag? Für Letzteres, so die Vermutungen der in der Runde Sitzenden, spreche ein schwerwiegendes Indiz: der Zeitpunkt der Explosion.

»Richtig!«, stellte einer der LKA-Männer fest. »Ihr sagtet, die Pegida - Leute sollten ursprünglich dreißig Minuten später, zum Zeitpunkt der Explosion also, die Stelle passieren…«

»So war der Zeitplan«, entgegnete Frömmel.

»Dann müssen wir also von einem gezielten Terroranschlag ausgehen«, folgerte der Innenminister.

Er unterrichtete die Staatsschutzleute von dem fragwürdigen Papier, das der unbekannte Ausländer in der Straßenbahn beim Aussteigen aus der Hosentasche verlor, dessen Bewertung sowie das weitere Vorgehen dazu heute abgesprochen werden sollten.

Nunmehr, in dieser Hinsicht waren sich alle Beteiligten einig, sei das Auftauchen dieser verschlüsselten Botschaft von enormer Brisanz.

In die Zusammenkunft platzten zwei Abgesandte des Bundesinnenministeriums, die eiligst aus Berlin angereist waren und auf der Fahrt nach Dresden die Aufnahmen der Überwachungskamera aus der Straßenbahn sichteten.

`Das sei mehr als ein Anschlag auf unsere freiheitlichen Grundrechte`, so auch die Überzeugung ihres obersten Dienstherrn, verkündeten sie. Der Bundesinnenminister sehe einer zügigen Aufklärung entgegen und wolle fortlaufend unterrichtet sein. »Ab sofort schalten wir uns in die Untersuchungen ein«, so einer der Berliner Ermittler.

Es vergingen nur wenige Stunden, bis der Verdächtige aus der Straßenbahn durch Auswertung des Aufnahmematerials ausfindig gemacht wurde, was in seine sofortige Observation mündete. Die Vermutung der Beamten, dass es sich bei der Zielperson um einen vermeintlichen Hochschüler handelte, erwies sich als erster rascher Erfolg.

Parallel zu dessen Überwachung arbeiteten im Landes- und Bundeskriminalamt Kryptologen fieberhaft an der Entschlüsselung des Textes.

»Was wissen wir?«, begann der Mann vom Bundeskriminalamt die neuerliche Runde im Besprechungsraum beim sächsischen Innenminister.

»Bei dem Verdächtigen handelt es sich um den 27-jährigen syrischen Staatsbürger Tarek Hamidi, Student an der Technischen Universität, erstes Semester – Fachrichtung Rechtswissenschaft, Öffentliches Recht, Strafrecht, Zivilrecht. Seit sechs Monaten in Dresden, eingereist mit Visum über Düsseldorf. Nach seiner Registrierung sofortige Wohnsitzverlagerung nach Dresden, Wohnheim Helmholtzstrasse 8, Einzelzimmerbelegung. Vor seiner Einreise nach Deutschland Visum-Antragstellung auf Studienfortführung bei der deutschen Auslandsvertretung in Damaskus. Verdacht auf Scheinstudienaufnahme nicht ausgeschlossen«, tat er kund und ergänzte ohne Pause: »Unsere Leute sind dran.«

»Wie ist der Sachstand hinsichtlich der Entschlüsselung?«, wollte Hubrich wissen.

»Wir stehen in ständiger Verbindung mit unseren Experten. Sie sind guter Dinge, zeitnah mit einer ersten Auswertung aufwarten zu können.«

Ziemlich zugeknöpft, dachte Bernd Frömmel. ‘Die wollen sich nicht in die Karten gucken lassen’, hatte er den Eindruck. Ein zaghaftes Klopfen an der getäfelten Holztür und Hubrichs Vorzimmerdame trat mit einem Tablett herein und servierte schweigend Kaffee. Beinahe wäre sie beim Verlassen des Dienstzimmers von den hereineilenden Männern umgerissen worden.

»Guten Tag«, richtete einer der beiden in die Runde und begrüßte Innenminister Hubrich per Handschlag. Ohne Aufforderung setzten sie sich an den eichenen Beratungstisch und warteten mit einem ersten Ergebnis der chiffrierten Schrift auf.

»Meine Herren«, tat sich der Kleinere hervor, »nach derzeitigem Erkenntnisstand muss mit sehr hoher Wahrscheinlichkeit davon ausgegangen werden, dass es sich bei dem vorliegenden verschlüsselten Text um eine glaubhaft ernstzunehmende Botschaft an einen oder mehrere Adressaten handelt, mit dem Ziel, in Dresden in der Tiefgarage des Altmarktes eine größere Menge an Sprengstoff zur Detonation zu bringen.«

Der Minister bat seinen Sekretär um die Zuschaltung des Beamers, während der Kryptologe vom LKA seinen Laptop an die Technik anschloss.

Einleitend zu seinen Ausführungen erklärte der Beamte, dass es sich um einen gewöhnlichen Karteikarton, wie ihn alle Schreibwarenläden und Papeterien führten, handle. Dies hätten die Auswertungen hausinterner Spezialisten nach sorgfältiger Untersuchung ergeben. Verwertbare Fingerabdrücke hielten sich dagegen in Grenzen, ein Abgleich mit der Datenbank sei negativ.

Hubrich erhob sich aus seinem Sessel, zog die Leinwand zwischen der hohen Fensterfront herab und bediente die elektrische Verdunkelung.

»Kollegen«, kreiste der Kriminalbeamte mit dem Mauszeiger, »das ist die Ausgangslage. Der zweizeilige Text ist ausnahmslos in Großbuchstaben gehalten. Teile von ihnen sind, wie Sie unschwer erkennen können, krakelig, jedoch weitestgehend fehlerfrei gehalten. Das spräche für bemühte Akribie und könnte auf eine Unsicherheit schließen lassen. Oder für spontanes Niederschreiben. Unklar war zunächst, wieso der Text in deutscher Sprache verfasst wurde. Der Empfänger könnte eine Erklärung dafür sein«, machte er es spannend. »Wir gehen daher geringstenfalls von einem deutschen Helfershelfer, zumindest aber einem Mitwisser aus!«

Ob die verdächtige Zielperson der Drahtzieher oder nur Mittelsmann sei, blieb bisher im Dunkeln.

»Zu den Details«, fuhr er fort. »In unserer Analyse sind wir zweifarbig vorgegangen: Die grün unterlegten Textstellen konnten wir mit ziemlich genauer Sicherheit entschlüsseln. Die roten«, kreiste er mit dem Cursor um die Buchstaben 'FADI-

MASAAD', blieben bisher unergründet und warfen Fragen auf. Da diese unmissverständlich in Verbindung zu 'WECKEN' stünden, so der Ermittler, sei von einem Namen auszugehen.

»Unsere Recherchen haben ergeben, dass Fadi ein gebräuchlicher Vorname im arabischen Raum ist. Das hieße, dass wir es bei Masaad aller Wahrscheinlichkeit nach mit einem Zunamen zu tun haben«, mutmaßte der Schriftsachverständige vom Landeskriminalamt.

»Spannt uns nicht auf die Folter«, wurde der Innenminister unruhig. »Welche Bedeutung hat TAGX?«

»Das war unser größter Brocken«, erklärte der Sachverständige. »Zwischen dem X und der Zahl Drei ist ein Bindestrich erkennbar, der aller Wahrscheinlichkeit für Minus steht. Im Ergebnis und in Verbindung mit der Buchstabenkombination SZ erschloss sich für uns, dass der vermeintliche Anschlagstag drei Tage nach Erscheinen der Todesanzeige eines gewissen Fritz Lehmann in der Sächsischen Zeitung terminiert ist.«

Ein Raunen ging durchs Rund.

»Wir können euch vorerst beruhigen, Kollegen. Bisher ist keine derartige Anzeige aufgegeben worden und wir erhalten unverzüglich Kenntnis darüber, sobald dies geschieht«, beruhigte der Beamte.

»Das bedeutet, ab Veröffentlichung tickt die Uhr und uns bleiben zweiundsiebzig Stunden«, stellte Frömmel fest.

»Davon müssen wir ausgehen! Aber…«, gab der LKA-Mann zu bedenken, »machen wir uns nichts vor. Die Terroristen werden kaum zur Annahmestelle laufen und diesen Text so inserieren. Erst recht nicht, sollten sie den Verlust der Botschaft bemerkt haben.«

»Online?«, kombinierte Hubrich fragend.

»Möglich!«

»Verstehe ich richtig? Der Verdacht ist also, dass dieser Fadi Masaad, sofern er existiert, ein Komplize ist, der als sogenannter Schläfer geweckt werden soll?«, schaute der Minister fragend.

»Das ist aller Wahrscheinlichkeit nur ein Teil des Komplotts«, räumte der Experte ein. Was die Vielzahl diffuser Zahlenkombinationen anginge, so verwiesen diese einerseits auf Textstellen des Koran, zum anderen der Nennung des Zielortes sowie der Sprengstoffmenge.

»Rätsel gibt uns die Zahl 109 auf. Im Koran heißt es auf Seite 165 unter Sure 109: *'Wenn sie sich abkehren, dann sag: Ich habe es euch allen gleichermaßen angekündigt. Werdet ihr nun Allah ergeben sein?'*«, zitierte er die zweifelhafte Botschaft.

Es könne ein Hinweis sein, bei dem sie bisher im Dunkeln tappten. Möglich wäre, dass besagter Fadi Masaad als Verbindungsmann über eine Liste verfüge, deren Position 109 auf einen Namen verweise, als ausgewählter Schläfer aktiviert zu werden. Was die Menge an Sprengstoff anginge, so würden 1.500 Kilogramm die Dimension des geplanten Vorhabens besorgniserregend untermauern.

Betroffenheit machte sich breit und nur das monotone Rauschen des Beamers durchbrach die Stille. Gebannt richteten die Anwesenden ihre Blicke auf die lichtdurchflutete Leinwand.

»Welche Schlüsse zieht ihr aus der Schreibweise Allah mit drei H?«, wollte Frömmel wissen.

»Das ist unter verschlüsselten Botschaften keine Seltenheit«, erklärte der Experte und lieferte umgehend die Erklärung. »Allah ist groß – eine übliche Begrüßung, die hier als Codewort verwendet wird und, speziell in unserem Fall, für die Glaubhaftigkeit des Überbringers gilt.«

In die Erklärungen des LKA-Beamten schaltete sich Hubrichs Faxgerät ein. Den um den Beratungstisch Versammelten entging nicht das Kopfschütteln des Ministers. »… *könne auch zwölf Stunden nach der Explosion noch nichts zu den Ursachen gesagt werden. Bisher ergeben sich keinerlei Anhaltspunkte, die auf einen Anschlag hindeuten. Die Suche nach Sprengstoffrückständen und Brandbeschleunigern blieb bislang erfolglos. Die*

Möglichkeit eines technischen Defekts kann nicht ausgeschlossen werden«, zitierte er den Bericht aus der Lagezentrale. »Ist das nun eine gute Nachricht?«, stellte er fragend in den Raum.

Seit fünfundzwanzig Minuten observierte das Ermittlungspärchen vom Staatsschutz Tarek Hamidi in der Eckkneipe Alaunstraße. Unauffällig redeten sie Belangloses, nickten sich verstohlen zu und lachten gespielt. Genüsslich saugte die junge Blondine mit gesenktem Kopf am Trinkröhrchen, ihre Augen fixierten den Studenten und seine etwa gleichaltrige männliche Begleitung unweit ihres Tisches. Die jungen Männer fühlten sich unbeschwert und nahmen kaum Notiz von ihrer Umgebung. Auf die Beamten machten sie einen unauffälligen Eindruck, nichts, was auf Verdächtiges schließen ließ. Steckte hinter dem anderen dieser mysteriöse Fadi Masaad? Und was schrieb Hamidi schon seit einigen Minuten auf seinen Zettel?

»Ich schau mir das mal an«, scherzte sie entrückt beim Aufstehen und lief zu den Toiletten.

»Oh, tut mir leid«, entschuldigte sich die junge Frau, als sie Hamidi durch den engen Gang am Arm anstieß.

Hastig fingerte der Student nach dem zu Boden gefallenem Papier und hob es auf. »Kein Problem«, beschwichtigte er freundlich.

Abstruse Striche und Kreise ertasteten ihre Augen und sie lächelte zurück.

Sie vermied den Blickkontakt, als sie zum Tisch der beiden Männer zurückkam. Das Papier war vom Tisch verschwunden und sie schienen verstummt. Wenig später bezahlten die beiden Männer und verließen die Kneipe.

»Verdächtige Zielperson verlässt das Lokal und kommt jetzt nach draußen«, hielt der Ermittler abgewendet den Kragen vor den Mund.

»Die übernehmen«, nickte er seiner Kollegin zu.

Nach einigen Metern heftete sich ein im Auto wartender Beamter an die Fersen des Studenten. Wie aufgeschreckt begann dieser loszurennen, um die einfahrende Straßenbahn in der Haltestelle am Albertplatz zu erreichen. Mit Mühe schaffte es auch sein behördlicher Schatten, der sich etwas abseits mit Sichtkontakt ins Polster fallen ließ. Hamidi, so beobachtete er, war während der fünfzehnminütigen Fahrt tief in sein Handy versunken und stieg in der Plauener Nöthnitzer Straße aus der Bahn. Zügigen Schrittes legte er die wenigen Meter bis zum Wohnheim zurück.

*

8

Es gab weiß Gott angenehmeres, als sich träumend viertel vor fünf vom Wecker aus dem Schlaf reißen zu lassen, dachte Jennifer. Sie erinnerte sich, dass Thomas früher stets vom Schrillen des alten Glockenweckers ihres Großvaters aufwachte, dessen unermüdliches Ticken sie dennoch mochte.

Schon lange wachte Thomas neben ihr vom Weckergeläut nicht mehr auf. Jennifer wusste, dass es anders war. Trotzdem beugte sie sich sanft über seine Schulter und küsst ihn warm.

Im Stationszimmer macht sich Kaffeeduft breit. Schwester Sigrid schob Jennifer die Tasse zu: »Ich hab dich wieder hinten rechts zugeteilt«, sagte sie, die heute Morgen die Stationsleitung inne hatte.

»Geht in Ordnung«, verzog Jennifer das Gesicht. Kaffee kochen konnte Sigrid. Und sie war die einzige von allen anderen, die ihn frisch gekocht nicht auf den Tisch, sondern wieder auf die Wärmeplatte zurückstellte. Sigrid war eine Launige. Ihr war ziemlich schnell anzumerken, wenn es zu Hause nicht lief, wie sie es sich vorstellte. Dann reagierte die Mittfünfzigerin barsch und kurz angebunden. Nicht jede der Schwestern kam mit ihren Allüren zurecht, was ab und an zu Tuscheleien unter der Schwesternschaft führte.

Jennifer wusste sie zu nehmen, ohne ihr den Hof zu machen. Zwistigkeiten oder Disharmonien mochte sie nicht ausstehen. Probleme sind dazu da, sie im Gespräch auszuräumen, so ihre Devise. Ihre Einstellung kannten die Kolleginnen. Gerade diese mitmenschlichen Charaktereigenschaften waren es, die Jennifer mit überwiegender Akzeptanz unter der Schwesternschaft ausstattete.

Jennifer schlürfte an ihrem Kaffee, nahm sich die Kurven ihrer Patienten vor und studierte sie eingehend.

Franz Hohenthal, 312, Ausgliederung, Transportverlegung nach

Sebnitz
Volkmar Schrader, 314, Chefarztgespräch 9 Uhr – Vorbereitung zur OP,
Monika Linsmeyer, 316, Ausgliederung, Vorbereitung zur Entlassung,
Stefan Mühlhaus, 318, Untersuchungsauswertung, Vorgespräche OP.

In letzter Akte verweilten Jennifers Augen deutlich länger. *'Medulloblastom'*, las sie leise. Sie stützte den Kopf in die Hand und atmete tief durch die Nase.

Sie wusste: Das Medulloblastom ist ein bösartiger embryonaler Tumor des Kleinhirns. Auch, dass der Krankheitsverlauf und dessen Heilung von mehreren Faktoren, wie der Tumorgröße beziehungsweise dem Ausmaß der Elimination abhängig war.

Heute sollte das MRT erfolgen, um das Geschwür punktgenau zu analysieren und zu schauen, ob es Absiedlungen gab, entnahm sie der Akte. Oberarzt Meinhardt und Doktor Lyssell hatten das weitere Vorgehen mit Stefan Mühlhaus bei der gestrigen Visite besprochen.

»Hallo, guten Morgen!«, trat Jennifer betont freundlich und mit einem Lächeln ins Zimmer. Stefan Mühlhaus stand, das rechte Bein auf einem Stuhl abgestützt, mit ausgebreiteter Zeitung vor dem Fenster. Ein heroischer Duft aus Frische und Sinnlichkeit durchzog unsichtbar den Raum.

»Oh, Guten Morgen, Schwester Jennifer. Schön, Sie zu sehen!« Sichtlich erfreut und aus wachen Augen schauend, drehte er sich ins Zimmer zurück, um eiligst seine Zeitung zusammenzufalten. Dabei wandte er seinen Blick nicht von ihr.

Erstmals vor ihr stehend, nahm Jennifer in Stefan Mühlhaus einen durchaus gutaussehenden Mann von sportlicher Erscheinung wahr.

Trotz seiner flüchtig weich wirkenden Gesichtszüge, denen Jennifer für gewöhnlich mehr abgewinnen konnte als denen von kantigen Kerlen, machte Stefan Mühlhaus nicht den Eindruck eines Weichlings, verband sie doch damit grundsätzliche Eigenschaften wie Zuverlässigkeit, Wärme und Ehrlichkeit. Und die mochte sie an Männern. Es lag wohl an seiner sympathischen Ausstrahlung, dass sie sich, betört und kurzweg zu einem »was für ein überwältigender Duft« hinreißen ließ, um sogleich, ob ihrer Anzüglichkeit, über sich selbst zu erschrecken.

»Ein Parfum sollte ebenso bedeutungsschwer wie leicht zu tragen sein«, entgegnete Stefan Mühlhaus gewählt. Und um nicht den Anschein zu erwecken, er schmücke sich mit fremden Federn, fügte er noch hinzu: »Paco Rabanne – Invictus.«

Jennifers Augen weiteten sich und mit hochgezogener Stirn meinte sie vielsagend: »Na, dann: danke für den Aufschluss. Und ich dachte schon, ich hätte es mit einem verkannten Poeten zu tun.«

»Naja, Poet vielleicht nicht gleich, obwohl mir, von Berufs wegen, eine ästhetisch wohlklingende Verständigung am Herzen liegt«, meinte er.

Er beobachtete die grübelnde Jennifer und brachte Licht ins Dunkel: »Ich bin Journalist. Das geschriebene Wort in all seinen Facetten hatte es mir schon in der Schule angetan. Und ich liebe die Vielseitigkeit an meinem Beruf«, vernahm sie einen leichten und erfüllenden Nachdruck seiner Worte.

Das erklärte sein allmorgendliches Ritual des Zeitunglesens und der Fülle an Lektüre auf seinem Nachtschrank, verstand Jennifer.

»Und worüber schreiben Sie, wenn ich fragen darf?«

Durfte sie. Stefan Mühlhaus hatte sichtlich Freude an der interessierten Jennifer und es schmeichelte ihm, auch wenn er nicht den Eindruck machte, dass dies sein Selbstwertgefühl erforderte.

»Ich schreibe für die Dresdner Tagespost, bin da zuständig für Lokales«, sagte er.

Jennifer spitzte den Mund, zog die Stirn nach oben und ihre warm leuchtenden Augen ließen sie imponiert feststellen: »Das ist sicherlich interessant und spannend zugleich.«

»Ohne Frage, das ist es. Man lernt sehr viele Menschen kennen, verschiedene Menschen. Und deren Eigenheiten.«

Die Dresdner Tagespost las Jennifer schon einige Jahre, der Name Stefan Mühlhaus sagte ihr nichts. Gut, das musste nichts bedeuten. Namen waren für sie Schall und Rauch.

Stefan Mühlhaus berichtete von seiner Arbeit und gab Jennifer einen Einblick in den Alltag der Schreibstuben und des Zeitung Machens allgemein. »Uns öffnen sich eben auch mal Türen, die anderen verschlossen bleiben«, hob er als einen der Vorzüge des Journalistenberufes hervor.

»Da geht's aber zumeist etwas später los, als ich hier aufstehen muss«, scherzte er. »Ein angenehmer Begleitumstand meines Broterwerbs!«

Ja, das glaubte Jennifer. Sie presste die Lippen aufeinander, griff nach seiner Hand, sah ihm in die Augen und sagte leise in vertrauter Ernsthaftigkeit. »Dann lassen Sie uns mal alles dafür tun, dass das so bleibt.«

Die kleine Pause wirkte verbindend und Jennifer wollte aus ihrer angenehmen Unterhaltung nicht mit Trübsinn gehen. »Möchten Sie jetzt frühstücken oder noch etwas warten?«

»Gern. Da ich dies ja wahrscheinlich allein tue, ist es doch einerlei, ob jetzt oder später«, sagte er wenig ernsthaft.

Klang aus seinem Sagen Traurigkeit? »Keine Angst…«, schmunzelte sie. »Ich werde heute wegen des MRTs sowieso noch länger an Ihrer Seite sein, als Ihnen vielleicht lieb ist!«

Der Gram des allein frühstücken Müssens verflog aus seinem Gesicht: »Und das freut mich ganz besonders!«, frohlockte Stefan Mühlhaus, von dessen Art Humor Jennifer beim Gehen sichtbar angetan war.

»Thomas?« Jennifers Arbeitstag ging heute länger als für gewöhnlich. Das MRT bei Stefan Mühlhaus hatte sich hingezogen und Jennifer blieb bis zum Abschluss der Untersuchung an seiner Seite. Obwohl unspektakulär und schmerzlos, hatte Jennifer den Eindruck, dass es ihm gut tat, sie in seiner Nähe zu wissen.

'Morgen früh', hatte sie auf seine Frage geantwortet, wann sie wieder zum Dienst komme. Und, nein – frei habe sie erst am kommenden Wochenende wieder. Ihr schien, als habe sie bei ihren Worten ein Leuchten in seinen Augen gesehen.

»Wo kommst du denn jetzt her?«, erschrak sie und wandte ihren im Draußen versunkenen Blick zurück. Thomas stand wie aus dem Nichts kommend mit verschlafenem Gesicht vor ihr. Auch das verwuselte, mit erstem Grau vermischte nackenlange Haar deutete von einer mittäglichen Auszeit.

Jennifer wusste die Frage ihres Mannes als Begrüßung zu deuten, denn ohne jegliche Empathie erkennen zu lassen, schritt er zum Kühlschrank. »Willst du auch einen Eiskaffee?«

»Guten Tag, Mann!«, stieß sie missbilligend hervor und aus ihren Augen sprach Kühle. Es war sein Desinteresse, seine Ignoranz, die sie innerlich zum Kochen brachten, auch wenn es längst schon zur Gewohnheit verkam.

»Tag«, erwiderte Thomas Radisch genervt und hauchte seiner Frau einen Kuss auf die Wange. Die Folge war ein beiderseitiges 'auf Durchzug schalten' gekränkter Eitelkeiten, bis der Erste nachgab.

»Und, wie war dein Tag?«, erkundigte sich eine friedliebende Jennifer.

Versunken drehte der Löffel unaufhörlich seine Runden. Den Kopf in die Hand des aufgestützten Armes gelegt, überkam Thomas erneutes Gähnen und Jennifer Lustlosigkeit auf eine weitere Unterhaltung.

»Ich mach am Wochenende die Extraschicht«, durchbrach ihr Mann unerwartet die Stille.

»Okay«, bemerkte Jennifer unbeteiligt, die Post durchsehend

und fügte daraufhin an: »Um mir das zu sagen, musst du mich beim nächsten Mal nicht von der Arbeit wegholen lassen.«

»Entschuldigung«, zischte Thomas aufgebracht, »die brauchten aber meine Zusage.«

Jennifer war sauer, passte es doch zur gegenwärtigen Gesamtsituation. »Schade, ich dachte wir hätten wenigstens den Sonntag, um mal wieder was Gemeinsames zu unternehmen.«

»Tut mir leid. Der Krüger ist krank geworden«, presste Thomas hervor.

Jennifer spürte ein Brodeln in sich. »Vor drei Wochen war es Schneider, letztes Mal war Schmidt von heute auf morgen unpässlich und diese Woche der Krüger«, platzte es aus ihr angesichts neuerlicher Vorschübe ihres Mannes heraus. »Weißt du was, Thomas«, begann sie sich in Rage zu reden, »langsam glaube ich, das kommt dir alles recht gelegen. Vielleicht sollten wir mal anfangen, über grundlegende Dinge zu sprechen.«

»Aha, die da wären?«, ließ sich Thomas von ihrem Eifer mitreißen. »Denkst du, ich springe aus Lust und Laune an den Wochenenden für die Kollegen ein?«

»Das hab ich nicht gesagt. Du weißt genau, was ich meine. Wir unternehmen kaum noch was zusammen, wenn du zu Hause bist, schläfst du oder ziehst dich stundenlang in den Keller an deine Eisenbahnanlage zurück. Dann hockst du bis in die Nacht vor dem Computer, machst deinen eigenen Krempel. Von der Hausarbeit klinkst du dich weitestgehend aus, na gut, die Einkäufe. Das kann's aber nicht sein, wir leben hier gemeinschaftlich. Und so langsam geht mir das gehörig auf die Nerven!«

Intuitiv hatte sie sich Luft gemacht, ein Ventil geöffnet. Sie war nicht nur Bedienstete im häuslichen Hier. Dabei hätte sie weit mehr Gründe gehabt, ihrem Unmut freien Lauf zu lassen. Doch Jennifer hielt an sich; ihre eigene Unzufriedenheit war nicht die Schuld ihres Mannes.

Oder sollte sie ihm vorhalten, wie sehr sie sich nach Wärme, Zärtlichkeiten und Geborgenheit sehnte? Wie sehr es ihr fehlte, einfach mal wieder in die Arme genommen zu werden, gestreichelt, ein Kompliment zu hören. Von körperlichen Sehnsüchten ganz zu schweigen.

Nein, so hatte sie sich ihre Ehe auf Dauer nicht vorgestellt. Es passierte in ihrer Beziehung mit Thomas nichts, rein gar nichts. Eine Woche reihte sich an die andere und sie konnte genau absehen, was sie Montag und Dienstag und an jedem anderen Tag auch machen würden. Sinnbringendes verband beide kaum noch. Zu lang schon. Zu lange? Dabei hatte sie doch seinerzeit ihre große Liebe geheiratet. Heute fühlte sie sich gefangen. Gefangen in sich selbst.

Ein Sturm im Wasserglas, so empfand sie den gestrigen Nachmittag zu Hause, der schnell verflog, und mit ihm Thomas – in seinen Keller. Mal wieder. Jennifer fühlte sich ohnmächtig und kraftlos. Es widerstrebte ihr, mit Thomas über ihre Sorgen und Ängste, die Eingefahrenheit ihrer Beziehung, zu sprechen. Mit welcher Konsequenz auch? Sie würde es nicht fertigbringen, ihn zu verlassen. Soviel wusste sie.

'In guten wie in schlechten Zeiten'. Die mahnenden Worte des Pfarrers hörte sie heute deutlicher denn je. Nie hätte sie für möglich gehalten, dass dieser Satz einmal von solch großer Bürde sein würde. Aber können Liebe und lieben so weit auseinander liegen?

»Jenny, aufwachen!«, fuchtelte Conny umher.

»Entschuldige, ich weiß auch nicht, wo ich gerade mit meinen Gedanken war«, sinnierte Jennifer und trank ihren Kaffee aus.

Nach der Frühstückspause wollte sie erneut bei Stefan Mühlhaus vorbeischauen, der sich schon am Morgen bei ihrem Erscheinen zuversichtlich gab, dass ihn, trotz der heute bevorstehenden Operation, ein guter Tag erwartete.

Zimmer 318 schien verwaist, als Jennifer nach kurzem Klopfen eintrat und das gerichtete Bett erblickte. Eine halb ausgebreitete Zeitung lag auf dem Tisch, so, als habe sie sein Leser nur kurz beiseite gelegt.

»Ich bin hier, kommen Sie nur herein«, vernahm sie seine Stimme aus dem Bad. Stefan Mühlhaus mühte sich mit vorgebeugtem, freiem Oberkörper, das karge Kopfhaar zu rasieren. Mit mäßigem Erfolg wendete er sich aufrecht stehend zur Tür und ihre Blicke waren gefesselt von der Würde einer sich windenden Schlange, deren Kopfende, züngelnd, oberhalb seiner rechten Brustwarze endete.

Ihre Blicke trafen sich, als Stefan Mühlhaus die kleine Stille unterbrach. »Das macht sich doch etwas schlecht allein, ob sie mir vielleicht behilflich sein könnten, Schwester Jennifer?«

Sie, die nicht dem ersten Mann mit freiem Oberkörper gegenüber stand und zu deren Aufgaben es natürlich gehörte, in Verbindung stehende Vorbereitung für Operationen zu treffen, war gebannt von seinem athletisch, lebendig wirkendem Oberkörper. Dazu umgab ihn ein würziger Duft seines After Shave und sie hätte ihn glattweg ganz dicht an sich heranziehen und an seinem Ohrläppchen knabbern wollen. Auf einmal spürte sie etwas. Etwas, was längst verschüttet schien: eine Mischung aus Zuneigung und Verlangen.

»Ja, selbstverständlich, gern«, stammelte sie und erfasste mit leicht zitternden Händen den Rasierer.

Stefan Mühlhaus vernahm wohlwollend ein gleichermaßen festes wie gefühlvolles Ziehen auf seinem Kopf, und Jennifer blieben die sich auf seinen Unterarmen aufstellenden Härchen nicht verborgen. Seinem wohlgeformten Kopf mit den hervortretenden Schädelknochen tat die Glätte keineswegs Abbruch, was sie mit großen Augen und abwägend anmerken ließ: »Also, ich finde, Sie können das durchaus tragen!« Sie schickte bestätigend, ob des misslichen Umstandes noch ein »wirklich, Sie wirken dadurch nicht uninteressanter!« hinterher.

»Na, wenn Sie das sagen, bin ich beruhigt«, rang sich Stefan Mühlhaus ein Lächeln ab, dessen schwindender Optimismus mit heranrückender Zeit des Eingriffs auch ihr nicht verborgen blieb.

»Denken Sie zuversichtlich«, bemühte sie wohl eine geläufige Floskel, auch wenn sie es diesmal anders meinte. »Dem Tumor ist beizukommen, trotz seines Grades haben Sie eine recht gute Prognose. Glauben Sie fest an sich!«

Stefan Mühlhaus nickte und lächelte Jennifer an, schlug die Augen für einen Moment zu und hielt inne. Er erinnerte sich an die schonungslose Diagnose Doktor Lyssells hinsichtlich der MRT-Auswertung zur gestrigen Visite. Auch, dass sich für keinen Hirntumor eine genaue prognostische Aussage hinsichtlich seines Verlaufs treffen ließe. So könnten selbst gutartige Tumore eine schlechte Prognose haben, dann nämlich, wenn sie an ungünstiger Stelle lebenswichtige Hirnfunktionen beeinträchtigten und nicht operabel seien. Umgekehrt könne ein kleiner, bösartiger Tumor, der gut zu operieren und im Ganzen entfernt werden kann, bessere Heilungschancen haben.

Jennifer, der seine Verschlossenheit nicht entging, versuchte Stefan Mühlhaus mit ernst gemeinten Worten Mut zu machen: »Ich habe mich mit Ihrem Krankheitsbild ein wenig beschäftigt«, untertrieb sie. »In bestimmten Fällen ist die neurochirurgische Behandlung gar nicht möglich, der Tumor also inoperabel. Das trifft insbesondere dann zu, wenn der Tumor direkt in funktionstragenden Arealen liegt, die durch eine Operation stark beeinträchtigt oder sogar zerstört würden«, klärte sie auf und tröstete: »Das ist nicht der Fall bei Ihnen.«

Es schmeichelte Stefan Mühlhaus, in ihren Augen kein gewöhnlicher Patient zu sein, umso mehr verwunderte es sie, als er, gedankenlos, von allen guten Geistern verlassen schien, anmerkte: »Und wenn's schief geht, c'est la vie – so ist das Leben!«

Was sollte das? Packte er jetzt die Mitleidskeule aus? Entschuldigung, aber hier stimme ich nicht mit ein, wollte sie Stefan Mühlhaus wissen lassen, der ihr die Verstimmung ansah und relativierte: »Zumindest wird mich keiner vermissen«, sagte er.

Jennifer hielt es für angebrachter, auf seine Empfindungen nicht unmittelbar zu reagieren, und ließ seine Worte für den Moment unbeantwortet im Raum stehen.

»Verzeihung, das war blöd von mir«, reflektierte er seine unsinnigen Bemerkungen.

Sie tat, als schenke sie seinen Worten nicht übergebührend Bedeutung. Nein, im Grunde machte Stefan Mühlhaus nicht den Eindruck, als brauchte er dieses Mitgefühl von ihr. Gleichwohl konnte sie sich sehr gut in seine Lage versetzen. »Wenn Sie möchten, kann ich Ihnen vorher noch ein Beruhigungsmittel spritzen«, sagte sie, auch, um nicht minder mitfühlend den Anschein einer abgestumpften Krankenschwester abzugeben.

Bis zum Mittag war Jennifer in der 324 vollumfänglich mit der

Aufnahme von Frau Bögner ausgelastet.

»Entschuldigung, heut geht's mal wieder ziemlich hektisch zu bei uns, aber wir haben ja noch etwas Zeit.« Sie trat an Stefan Mühlhaus' Bett und platzierte eine Besteckschale auf seinem Nachttisch. Aufrecht angelehnt, blätterte er in einer Zeitschrift, deren Titel ihr verborgen blieb und die er forsch beiseite legte, bevor er sie aus freudigen Augen ansah. »Und ich dachte, wir sehen uns erst im nächsten Leben wieder«, spaßte er. 'Witzig', dachte sie abgeklärt grinsend, die für derart makabre Erheiterung wenig Empathie aufbringen konnte.

»Ja, aber zuvor werd ich Sie noch ein wenig piesacken«, antwortete sie bestimmt. »Welcher Arm darf's sein?«

»Suchen Sie sich einen aus!«

Verzückt griff sie nach seinem linken Handgelenk, tupfte desinfizierend und legte den Zugang. Dabei vernahm sie seinen nicht von ihr weichenden Blick. 'Was für ein hinreißendes Frauenzimmer du bist', fraß er sie auf.

»Alles gut?«, erkundigte sie sich errötend.

»Hmm«, kniff Stefan Mühlhaus die Augen zusammen und rang gleichzeitig nach passenden Worten. »Sie verstehen was von gefühlvoller Arbeit am Patienten, Schwester.«

Jennifer schien das Hereintreten Doktor Lyssells nicht unrecht. »Hallo Herr Mühlhaus, es bleibt dann dabei. Ich denke, so in einer Stunde. Haben Sie noch Fragen?«, wollte er kurz angebunden wissen. Stefan Mühlhaus verneinte dankend. »Gut, dann, wie sieht es mit einem Beruhigungsmittel aus, soll Ihnen Schwester Jennifer…?«, kurvte Doktor Lyssell mit Händen und Oberkörper.

»Gerade dabei«, deutete sie.

Stefan Mühlhaus hatte das Angebot, sich vor der Operation ein Sedativum verabreichen zu lassen, gern angenommen und ließ sich gelöst von Jennifer im Bett über den Flur hinaus zum Fahrstuhl schieben. Beide umgab Stille, die auch Jennifer nicht durchbrechen wollte. In seinen Gedanken war er nahe dem Bevorstehenden. Ein unvorstellbares wie ängstliches Gefühl beschlich ihn bei der Vorstellung, dass sogleich ein Bohrer sich den Weg in sein Kopfinneres bahnen sollte. Neuroendoskopische OP – intrakraniell, wie Oberarzt Meinhardt zur Visite erläuterte, bei dem ein schmales Endoskop durch die Schädeldecke eingeführt werde, um das erweiterte Hirnkammersystem inspizieren zu können und die Durchführung notwendiger Eingriffe ermögliche.

Dabei war alles nur eine lapidare Routineuntersuchung, der er sich nach zuletzt häufig auftretender Kopfschmerzen und Müdigkeit unterzogen hatte und die diese verheerende Diagnose ans Licht brachte. Die zurückliegenden ereignisreichen Tage liefen nun wie ein Film vor seinen Augen ab.

Als sich die Fahrstuhltür öffnete, umgab Stefan Mühlhaus weißes Neonlicht und Jennifer lenkte angestrengt sein Bett entlang an betongrauen Wänden in den Einleitungsraum, unmittelbar vor den Operationssaal. Ihm, dem es augenscheinlich unangenehm vorkam, wie ein Behinderter umherbugsiert zu werden, entgingen ihre Anstrengungen nicht. »Glauben Sie mir, ich könnte mir auch gerade etwas Besseres vorstellen, als mich von Ihnen herumkarren zu lassen.«

Jennifer kam nicht mehr dazu, zu antworten.

»Guten Tag, ich bin die Anästhesistin. Ich werde Sie während der Operation im Auge behalten.« Die nüchtern wirkende Doktor Voss griff eilends nach seiner Hand und setzte beherzt eine Kanüle in die Armvene.

»Denken Sie daran: Alles wird gut!«, fasste Jennifer nach seiner Hand und sah in geweitete, warme Augen, die sagen wollten,‘bleib DU an meiner Seite und halte meine Hand’.

»Ich hole Sie dann wieder hier ab, Stefan, versprochen!«, schluckte sie und schaute ihm beim Einfahren in den Operationssaal mit einem aufmunternden Lächeln hinterher. Jennifer verließ bereits den Einleitungsraum, als sie eindringlich ihren

Namen aus dem OP vernahm und rückkehrend in der Tür verweilte. Stefan wich der Narkosemaske aus, die ihm Doktor Voss soeben aufdrücken wollte und blickte zu ihr in die Tür: »Invictus…«, rief er und lächelte sie an.

»Ich weiß«, nickte Jennifer zurück.

Keineswegs sorgenfrei, aber mit einem pochenden Herzen trat sie in den Fahrstuhl. Was war das mit ihr?

»Hoppla, Schwester Jennifer«. Oberarzt Doktor Meinhardt wollte soeben die Neurochirurgische Station verlassen, hielt ihr die schwere Glastür auf. »Was denken Sie, schaffen Sie es diese Woche noch mal mit einem Einsatz im Camp?«, wollte er wissen. Jennifer ging im Kopf fix ihre Termine durch. »Ja, ich denke schon. An einem der Wochenendtage könnte ich da sein«, erinnerte sie sich, dass Thomas eh nicht zu Hause war.

»Wunderbar«, so der Oberarzt. »Im Moment fehlt es mal wieder an allen Ecken, insbesondere bei den Zuarbeiten.« Er eilte in Richtung Treppe und schickte, sich zurückgewandt, hinterher: »Doktor Masaad ist ein echter Glücksfall und eine Kapazität.«

Im Schwesternzimmer hatten die Kolleginnen noch Kaffee für sie aufgehoben und Jennifer nahm sich ihr Pausenbrot hervor und blätterte mehr desinteressiert in der auf dem Tisch liegenden Strickzeitung. Sie genoss die Ruhe. Ihre Gedanken fuhren Fahrstuhl – ins Untergeschoss. Sie stützte den Kopf auf ihre Arme, schloss die Augen und bat, alles gut für Stefan werden zu lassen.

»Hey, Jenny«, wurde ihre Stille durchbrochen. Conny hatte soeben ihren Spätdienst angetreten, schwang die Tasche über den Stuhl und umarmte Jennifer. »Gibt's was Neues?«

»Eigentlich nicht«, meinte Jennifer, die nicht recht wusste, worauf ihre Frage zielte.

»Und uneigentlich?«, bohrte Conny mit gesenktem Kopf.

Jennifer stand nicht der Sinn nach Small Talk und blätterte gespielt interessiert in bunten Maschen. »Nö, alles okay«, lächelte sie wenig überzeugend.

Conny, im Gegensatz zu vielen anderen Kolleginnen mit der seltenen Gabe von Taktgefühl ausgestattet, wollte die Unterhaltung in eine ihrer Empfindung nach, andere Richtung lenken. Auch, weil ihr die festgefahrene Situation aus Jennys Ehe bekannt war. »Die 318 alles gut überstanden?«, fragte sie arglos.

Jennifer, die glaubte, an einem Kloß im Hals ersticken zu müssen, stand hastig auf und Conny konnte sich nicht erklären, was sie falsch gemacht hatte, als Jennifer eilends mit Tränen in den Augen den Raum verließ.

Eindringliches Telefonklingeln aus dem Stationszimmer durchzuckte sie, als sie im Spritzenzimmer am Sterilisator beschäftigt war und Sigrid daraufhin nach Conny rief. Stefan Mühlhaus sei abholbereit aus dem OP. »Aber du hast gleich Feierabend«, rief Conny ihr nach.

Mit verbundenem Kopf und taumelnden Augenlidern schaute Stefan Mühlhaus erschöpft wie aus einer anderen Welt. Er hatte einige Zeit kontrolliert im Aufwachraum der Intensivstation verbracht und soeben mühten sich seine Augen, an ihr kleben zu bleiben, doch immer wieder schweiften sie unkontrolliert in verschiedene Richtungen.

»Schließen Sie die Augen, Stefan«, besänftigte sie.

Sein Zimmer wirkte trotz der Unbekanntheit vertraut und die Wachphasen wurden länger. »Wie spät ist es, Jennifer?«, wollte Stefan Mühlhaus wissen.

»Gleich sechzehn Uhr«, entnahm sie dem Wecker auf seinem Nachttisch. Sie hatte seit über einer Stunde an seiner Seite gesessen und schaute ihn an. »Wie geht es Ihnen?«

»Aber, dann haben Sie doch längst Dienstschluss«, erinnerte er sich.

»Ich habe doch versprochen, dass ich bei Ihnen bleibe«, legte sie ihre Hand auf die seinige.

Stefan Mühlhaus atmete kaum hörbar und Jennifer bemerkte seine Benommenheit.

»Ich werde Sie jetzt in Ruhe lassen. Schlafen Sie sich erst einmal richtig aus.«

Sie spürte einen festen Druck, der ihre Hand umschloss, so, als wollte er sie festhalten.

»Ich werde Schwester Conny bitten, öfters vorbei zu schauen. Und morgen früh bin ich wieder bei Ihnen, ja?«. Er blinzelte aufgeregt und zog sie halbwach an sich heran. Sie streichelte seine Stirn und küsste ihn auf die Wange.

9

Thomas parkte wie immer um die Ecke und ging die letzten Schritte zu Fuß. »Und hier ich!«, sprach er in die Wechselsprechanlage. Das Schloss der Tür surrte ohne Nachfrage und Thomas nahm die Stufen gruppenweise.

Sie lehnte in der offenen Tür und lächelte kühn. Pustend umgriff er ihre Taille, drückte sie fest an sich heran und küsste sie. Sie genoss das Abgleiten seiner Hände. Sie hakte einen Finger in den Halsausschnitt seines T-Shirts, zog ihn herein und stieß die Tür zu.

Gegeißelt in ihrer Lust rissen sie einander das wenige von ihren heißen Körpern. Umschlungen hob er sie vor sich, der ausladende Korbstuhl dem Zerbarsten nahe, schlang sie ihre Beine über die Armlehnen und ergab sich. Durch eine Haarsträhne erblickte er unbändiges Verlangen in ihren Augen und ihrem Mund. Seine Finger gruben sich fest in ihren Unterkiefer, er verlangte.

Sie brannte, sie schrie.

Seine Knie schmerzten und von Bastmatten abdruckwund zog er sie nach unten, gönnerhaft lachend, ob ihres aufflammend, unzähmbaren Entzückens. Hockend, bitter lächelnd, rotierte sie einnehmend auf ihm.

Er sah in erfüllte Augen. Und dennoch: *Was ging hinter diesem hübschen Gesicht vor?*

»Ich will dich!«

Sie schwieg. Küsste die Stirn, die Lippen, das Kinn, seinen Hals, die Brust. Ihre Innigkeit hielt sie auf: »So weit ich weiß«, unterbrach sie zärtlich aufwärts küssend, »… bist du … bereits vergeben.«

'Nichts muss! Alles kann!' Sie durfte die Tür nicht zuschlagen. Sie wusste: Ein gebundener Mann bietet für gewöhnlich Vorteile, stellt keine ernsthaften Ansprüche, die Opferrolle – garantiert. So gefiele ihr das. Aber in ihrem Falle? Eine Affäre bliebe

immer spannend, auch wenn sie wüssten, dass Schmetterlingen im Bauch kaum Zeit bliebe, sich niederzulassen. Die Vorzeichen ihrer Beziehung eigneten sich jedoch nicht, Sentimentalitäten Raum zu geben. Niemals.

Hin- und Hergerissenheit machte sich breit in ihm. Wenn er aber seiner Frau endlich reinen Wein einschenkte?

»Ist es nicht schön, so, wie es ist?«, wollte sie wissen.

»Ja.« Er kannte sie inzwischen recht gut. »Es ist eben immer wieder das Gleiche bei mir. Jedes Mal, wenn ich innerlich Glück verspüre, will ich es mit beiden Händen festhalten.«

»Ach, Thomas …«

»Manchmal denke ich, ist alles nur ein Spiel!«, brachte er heraus. »Wie lange wollen wir das noch?«

»Du kennst meinen Standpunkt dazu. Und ich hatte dich vor aufrichtigen Gefühlen gewarnt«, gab sie sich gereizt.

Ihre Affäre, das wussten beide, nährte sich ausschließlich aus Höhepunkten. Für mehr war in der Eile ohnehin kein Platz.

Als Geliebte, machte sie nicht minder geltend, habe sie immer ein Imageproblem, stünde auf der falschen Seite, sei illegal, ja – ein Sexobjekt und darüber hinaus eine Bedrohung für die Familie. Trotzdem: »Irgendwann kommt auch unsere Zeit!«, vernahm er ein Flüstern im Ohr.

Sie stieg in die Dusche, als die Tür ins Schloss fiel.

10

Sie hatte unruhig geschlafen und war noch vor dem Weckerklingeln munter. Nein, das hatte Schwester Sigrid in all den Jahren noch nicht erlebt. Dass Jennifer vor ihr zum Frühdienst erschien und das Schwesternzimmer kräftiger Kaffeeduft einhüllte. ‘Sie schlafe im Moment schlecht und was solle sie sich da wach im Bett herumwälzen’, war auch plausible Erklärung genug für Petra, die Nachtschwester, die noch mit einer kleinen Anekdote der ungewöhnlichen Art aufzuheitern wusste. Demnach hatte Stefan Mühlhaus wohl nicht nur einmal laut gefordert: »Ich will jetzt meinen Tee.« Zudem hätten kleine grüne Männchen, die von der Decke herab fielen, beim Nachtdienst für Kopfschütteln gesorgt. »Auch von seinem neuen Buch hat er erzählt, was uns nicht so brennend interessiert hat wie die Frage, ob er sich wohlfühlt«, lachte Petra.

Jennifer widmete sich unbeteiligt der Spülmaschine und brachte Ordnung ins Schwesternzimmer. Sigrid beließ sie, wie schon die Tage zuvor, bei den ihr vertrauten Patienten und so kam Stefan Mühlhaus nach der aufregenden Nacht in den Genuss längeren Schlafens.

»So ein schöner Morgen«, war er schon wieder zu Heiterkeiten aufgelegt, als er sie erblickte.

An die zurückliegenden Stunden hatte er nur Erinnerungsfetzen. Am einprägsamsten waren die kurzen Momente des Wachseins, die sich anfühlten, als wäre er in Watte gepackt, während er immer wieder wegdämmerte. Dazu kamen der staubtrockene Mund und das Gefühl, jemand habe ihm Sägespäne zu essen gegeben.

»Entscheidend ist, was am Ende des Tages steht. Guten Morgen!«, freute sich Jennifer, die Hände am Fußende seines Bettgestells aufgelegt, über seinen Frohsinn. »Schon wieder ganz der Alte?«, fragte sie erheitert mit einem Augenzwinkern.

»Wie man’s nimmt, ich hoffe, nicht.«

Natürlich. Wie dumm von ihr. Sie ging einen Schritt um das Bett und erkundigte sich nach seinem Wohlbefinden. Mit der linken Hand klopfte Stefan andächtig auf sein Unterbett und Jennifer schickte sich an, brav seinem Wunsch zu entsprechen.

Er schaute sie gefesselt aus seinem Wickelverband an und fasste nach ihrer Hand.

»Guten Morgen, Jennifer!«, sagte er leise und zog zaghaft bärenbraune Augen an sich heran. Der Augenblick schien wie eine Ewigkeit. Dann berührten sich ihre Lippen sanft und Jennifer befürchtete, ihr Herz zerplatze, so sehr pochte es unter der engen Bluse.

»Guten Morgen, Stefan«, hauchte sie leise und umstrich mit dem Finger seine Kinnpartie. Dann richtete sie sich auf, schluckte und strich sich durch das Haar.

»Ich glaube, ich muss jetzt wieder …«, sagte sie leicht verstört, ihre Kleidung zupfend. »Visite ist heute schon um acht.«

Übelkeit und Kopfschmerzen seien während der postoperativen Phase durchaus üblich. Dennoch konnte Doktor Lyssell zur Visite mit guten Nachrichten aufwarten. »So weit wir das Ganze überblicken, ist alles gut verlaufen.«

Eine Reihe positiver Umstände wie das frühzeitige Erkennen, auch Ort und Lage der bösartigen Geschwulst, hätten sich begünstigend bei dessen Entfernung erwiesen. Auch, dass er so etwas wie der Idealfall sei, das Krankheitsbild seltener auftrete, bei dem der Gehirntumor vollständig operativ entfernt werden konnte, ohne Tumorzellen zurückzulassen.

An die Decke blickend und sichtlich übermannt von der Fülle guter Nachrichten, atmete Stefan Mühlhaus tief durch die Nase und blickte aus gläsernen, gefüllten Augen zu Jennifer, die, unbemerkt anderer Beteiligter im Raum, ihren kleinen Finger in den Seinen hakte. Er vernahm die nachdrücklichen Worte Doktor Lyssells, der trotz seiner guten Prognose eine Nachbehandlung anrate.

»In drei, vier Tagen«, wiederholte Stefan Mühlhaus ungläubig, nachdem Arzt und Oberschwester gegangen waren.

»Manchmal haben wir eben auch kleine Fische hier im Becken«, scherzte Jennifer und stupste seine Hand, als bereite es ihr besonderes Vergnügen, einen ungleichen Kampf mit dem beeinträchtigten Stefan vom Zaune zu brechen. Zu gern hätte er die kleinen Foppereien beflügelt, doch das Pochen unter dem Verband bremste seinen Drang.

»Du musst ruhig liegen bleiben«, stoppte sie sein aufflammendes Temperament und erinnerte ihn an die enorm physische und psychische Belastung der zurückliegenden Stunden. Für Leidenschaft sei es zu früh, mahnte sie vielsagend und öffnete den Durchflussregler der neuen Infusionslösung. Danach setzte sie sich aufs Bett und beugte sich küssend über ihn. »Schlaf jetzt!«, flüsterte sie.

Als sie Stefans Zimmer verließ, wurde ihr bewusst: Je länger sie von ihm umgeben war, um so mehr spürt sie: Da ist noch Platz in meinem Herzen.

Im Schwesternzimmer roch es nach frischen Brötchen und nacheinander fanden sich die anderen zum Frühstück ein. Sigrids Platz schmückten ein bunter Mix aus Bartnelken, daneben ein Bündel verschiedenfarbiger Wolle und Konfekt. Als Geburtstagsrunde spendierte sie, wie jedes Jahr, ihre leckeren Erdbeerschnittchen auf Mürbeteig.

»Du wirkst so ausgeglichen heute«, komplimentierte Petra betont und nicht frei von Hintergedanken.

Ja, ihr Wolfgang habe sie heute schon frühzeitig mit frischen Sonntagsbrötchen und entledigter Pyjamajacke im Bett verwöhnt, und das, obwohl doch erst Freitag sei, gab sie kichernd zum Besten. Claudia, Anne, Konstanze und die anderen schauten sich peinlich berührt an und lächelten schal. *War wohl nichts, Sigrid!*

»Und dann …?«, lechzte Petra zappelig.

»Wie kriegst du bloß immer diesen Boden hin?«, wollte Jennifer Sigrid weitere Peinlichkeiten ersparen.

Petra schnaufte und rollte mit den Augen ob der entgangenen Redseligkeit Sigrids. Sie warf Jennifer einen verachtenden Blick zu. Tabus waren ihr von jeher fremd, und unweigerlich schossen ihr Erinnerungen an frühere Brigadefeiern in den Sinn, in denen selbst der Männeranhang ihrer Kolleginnen der notgeilen Petra gerade recht erschienen. Wie peinlich für sie, dass sich ihr Thomas einst im Überschwank von Lust ihrem Appetit hingab. Dessen nicht genug, wehrte ihr Mann auch in der Folge Petras Werbungen nur widerwillig ab.

Wenn sie jetzt darüber nachdachte, … ach, nein. Sollten sie tatsächlich so geschmacklos sein? Die Petra? Das mann- wie zügellose Weibsbild? Sie und Thomas? Unvorstellbar eigentlich. Eigentlich!

Sie checkte ihre innerliche Festplatte. Ist sie womöglich der Schlüssel für diverse Unergründlichkeiten Thomas betreffend? Petra hatte sich ihr gegenüber seit der kleinen Auseinandersetzung nach besagten Feierlichkeiten auffällig zurückgenommen. Aus Einsicht?

'Meine Güte, Jenny; was sind das für Gedanken, die dich da beschäftigen. So ein Blödsinn!'

Jennifer klopfte leise an die 318, nachdem sie bei Frau Bögner wegen eines Infusionswechsels vorbeigeschaut hatte. Stefan saß aufrecht gelehnt in seinem Bett, dicht von einer jungen Frau umgeben. Augenblicklich durchzuckte es sie.

»Jenny«, sagte Stefan, »darf ich dir Sandra Forberg vorstellen?«

Etwas verstört trat sie herein. »Sandra, das ist Jennifer, meine persönliche Beschützerin, sozusagen«, meinte Stefan ihr zulächelnd.

'Persönliche Beschützerin' Hatte sie richtig gehört?

»Forberg, angenehm!«, lächelte die Frau Jennifer unberührt zu.

Stefan hatte bis jetzt nie seine Familie erwähnt, überlegte sie, auch keine Schwester. *'Zumindest wird mich keiner vermissen'*, erinnerte sie sich an seine Worte. In welchem Verhältnis stand also die vertraut wirkende junge Frau zu ihm? Sie, die nur wenig jünger als er schien und allein durch Aussehen und Auftreten durchaus Eindruck bei Männern hinterließe, arbeitete es in ihr.

»Guten Tag!«, nickte Jennifer flüchtig.

»Sandra ist eine Kollegin und wollte sich nach meinem Wohlbefinden erkundigen«, sagte Stefan Mühlhaus.

Irritiert ob seiner Rechtfertigungen ihres Besuchs einer Krankenschwester gegenüber musterte Sandra Forberg Jennifer.

»Schön. Bei uns ist es allerdings üblich, sich vor Zutritt der Patientenzimmer bei der Stationsleitung anzumelden«, erklärte sie Frau Forberg, wer hier das Sagen hatte. Und ohne ihr Zeit zur Antwort zu lassen, ließ sie folgen: »Im Flur finden Sie sicher eine passende Vase.«

»Vielen Dank!«, gab sich Sandra Forberg selbstsicher. »Ihre Station war wie verwaist, wen hätte ich da fragen können …, Schwester?«, verließ letzteres Wort betont abschätzig ihre fülligen Lippen.

'Hm?' Stefan Mühlhaus guckte amüsiert, während Jennifer es vorzog, ihn mit seinem Besuch allein zu lassen.

Das konnte sie leiden! Wer war sie denn, dass sie glaubte, hier mir nichts, dir nichts einfach in die Zimmer zu gehen? *'Ihre Station war wie verwaist, wen hätte ich da fragen können?'*, echauffierte sie sich draußen noch immer.

»Alles okay, Jenny?«, fragte Petra besorgt.

Der Frühdienst verlief weitestgehend ruhig. Jennifer brachte noch etwas Ordnung ins Stationszimmer und »übergab« ihre Patienten an den Spätdienst.

»Schönes Wochenende, Jenny«, rief ihr Conny mit einer Akte unter dem Arm beeilt hinterher und verschwand im Besucherraum.

Die gelben Rosen, die Sandra Forberg mitgebracht hatte, standen auf dem Tisch. »Ich wollte mich noch fix ins Wochenende verabschieden«, sagte Jennifer freundlich. »Dein Besuch ist ja schon wieder fort.«

»Ja«, entgegnete Stefan und rutschte erfreut im Bett nach oben. »Sandra ist schon vor einer Weile gegangen.«

»Wie geht's dir, möchtest du noch irgendetwas haben?«, erkundigte sie sich verhalten.

Stefan schaute sie aus verlangenden Augen an und zog sie an sich heran. »Dich!«, flüsterte er und strich ihr eine Haarsträhne aus dem Gesicht. Er bemerkte die Unsicherheit, die sie umgab. »Jenny, Sandra Forberg ist eine nette Kollegin«, sagte Stefan Mühlhaus mit eindringlichem Blick. »Ich hatte sie gebeten, mich mit neuer Lektüre zu versorgen und den Neuigkeiten aus der Redaktion«, fügte er banal hinzu.

Jennifer schaute ihn befremdet an. »Du musst dich nicht rechtfertigen, es geht mich doch überhaupt nichts an, wer dich besucht«, spielte sie Einsicht vor.

Sandra hatte recht, wie Stefan Mühlhaus gerade fand, als diese auffällig unbeeindruckt wie gleichgültig feststellte: 'Hübsches Ding, deine persönliche Beschützerin' und dem er ein 'Du sagst es!' folgen ließ.

Auch Stefan mochte der, für ihn, belanglosen Angelegenheit keine weitere Bedeutung zukommen lassen. »Wann sehen wir uns wieder?«

Jennifer zog die Stirn in Falten und schaute Stefan betrüblich an. »Am Montagabend?« So, als ob in ihrer Antwort mehr Frage steckte.

»Weißt du, was du mir da zumutest?«, wollte Stefan weniger ernst gemeint von Jenny wissen.

Wusste sie das? »Ich glaube, du bist ganz gut aufgehoben hier in der Zwischenzeit«, stellte sie fest und gab ihm einen Kuss.

»Jenny«, stockte Stefan und schickte leise hinterher: »… scheiden ist ein süßer Schmerz!« Winkend und mit einem Lächeln verließ Jennifer das Zimmer.

Den Nachmittag verbrachte Jennifer zu Hause in ihrem grünen Reich. Thomas hatte Spätdienst und sie genoss die Stille, die sie umgab, und verlor sich in erfüllender Gartenarbeit. Das bevorstehende Wochenende hätten sie gemeinsam verbringen können, überlegt sie. Warum hatte sie sich kürzlich eigentlich über Thomas' Ankündigungen, Wochenendes auf Arbeit einzuspringen, so dermaßen aufgeregt, ihm diese Szene gemacht? Wenn sie es sich recht überlegte, machte ihr das nichts aus. Was gab es schon noch Verbindendes zwischen Thomas und ihr? Auch wenn sie immerfort aufs Neue auf ihre Art um die Liebe gekämpft hatte, stellte sie fest, ihn kaum noch zu erreichen. Was war geblieben von jener Zeit, in der beide glücklich waren? Immer wieder rückten Beas Worte in ihr Bewusstsein, die sagte, dass sich eine Beziehung ständig neu befruchten müsse. Andernfalls sei sie zum Scheitern verurteilt.

Ja, Bea hatte gut reden; für sie war alles schon von Berufswegen ziemlich einfach. Außerdem hatte sie für sich die befriedigende Lösung gefunden: Genießen und mitnehmen, was das Leben unerwartet bereithielt. Für Jennifer keine ersehnenswerte Option zum jetzigen Zustand ihrer Ehe.

Es sind die vielen Kleinigkeiten, die das Große ausmachen, dachte sie Unkraut zupfend. Aber diese Kleinigkeiten reduzierten sich zunehmend. Auch, was den Sex anging, der nicht erst nach seinem Unfall vor drei Jahren an Intensität verloren hatte und zur Bedeutungslosigkeit verkam und nur noch gelegentlich eine Rolle spielte. Was er dabei empfand, hatte sie sich oft gefragt. Sie wusste nur, was *sie* fühlte, eher, was nicht.

Liebe schien auch bei ihm längst keine Ingrediens mehr, eher ein hormonelles Überkommen, wenn sie miteinander schliefen.

Vielleicht verkannte sie die beginnenden Disharmonien in ihrer Ehe, die sie rückblickend mit dem Tag seines Unfalls ausmachte. Da war das rührige Kümmern, der Trost von seiner Zugbegleiterin Simone Küster, deren Verständnis ihm, nicht nur auf dienstlicher Ebene, wie sie erfuhr, sichtlich gut tat. Er musste da seinen Halt gefunden haben, blickte Jennifer in Gedanken zurück. Und natürlich, wusste sie, konnten Erlebnisse solcher Tragweite Einfluss, nicht nur auf den Betreffenden selbst, nehmen.

Jennifer biss sich auf die Lippen und wischte mit dem Handrücken über die Stirn. Ihr war klar, dass sie Berge versetzen müsste, um sich aus diesem unbefriedigten Zustand zu befreien.

»Hallo, Schwester Jennifer!«, Doktor Masaad, der an diesem Samstagnachmittag im ambulanten Stützpunkt der Flüchtlingsunterkunft sichtlich zu tun hatte, freute sich über Jennifers Eintreffen. Der junge Mann, den er untersuchte, litt an einer akuten Bronchitis, vermutlich durch eine virale Infektion ausgelöst. Er hielt es für angebracht, ihn zur weiteren Behandlung ins naheliegende Stadtklinikum zu verweisen.

»Schön, dass Sie da sind! Über das Rote Kreuz war heute kein weiterer Arzt zu bekommen und Doktor Meinhardt wird erst morgen wieder hier sein«, sagte er.

Jennifer war beeindruckt von Doktor Masaads Engagement. Es schien wahrhaftig ein Glücksumstand, wie es Oberarzt Meinhardt nannte, derartig kompetente Unterstützung, auch unter dem Aspekt der Verständigung hier im Camp zu haben.

Sie stockte die provisorische Apotheke auf und breitete Medikamente, Verbandsmaterial und Untersuchungsinstrumentarien auf den Tischen aus. »Könnten Sie den Untersuchungsbogen für Herrn Jussuf zur Behandlungsweiterleitung ergänzen und ein Taxi rufen?«, bat Doktor Masaad.

»Selbstverständlich«, antwortete sie und bemühte ihr Schulenglisch zum Anlegen des Patientenbogens. Klappte gar nicht mal so schlecht, wie sie fand.

Der Nachmittag im Untersuchungszelt verlief betriebsam. Jennifer und Doktor Masaad waren pausenlos gefordert. Ohne Sicht- und Geräuschschutz warteten an diesem Nachmittag ein Dutzend weiterer Flüchtlinge vor und im Zelt auf eine Behandlung Doktor Masaads, und Jennifer sah sich beständig gehalten, für Ruhe zu sorgen.

Aufgewühlt dachte Jennifer im Auto an die beiden Knalltrauma-Patienten, bei denen in unmittelbarer Nähe eine Bombe explodiert war und die nun kaum mehr hörten.

Sie konnte nur erahnen, was all diese Menschen in den letzten Jahren erleben und erleiden mussten. Aus manchen Gesichtern las sie das Seelenleid, das sich tief in ihre Seelen eingebrannt hatte.

»Vorsicht!«, rief Fadi Masaad und Jennifer verzog vor Schreck das Lenkrad, dass ihr Wagen ins Schlingern geriet.

»Meine Güte, haben Sie mich erschreckt. Das war doch nur eine Katze«, pulsierte sie innerlich. »Ich hab sie doch gesehen«, entschuldigte sie.

Fadi Masaad saß wie gebannt neben ihr, die rechte Hand umschlang den oberen Haltegriff über der Tür. »Verzeihen Sie, ich wollte Sie nicht erschrecken«, sagte er gefasster.

»Der Schrecken ist uns beiden in die Glieder gefahren«, versuchte sie zu beruhigen. Sie hatte Doktor Masaad angeboten, ihn ein Stück mitzunehmen, was er dankend angenommen hatte.

»Sind Sie abergläubig?«, wollte Jennifer wissen.

»Aabergläubigg…?«, fragte Fadi Masaad unschlüssig.

»Ja. Glauben Sie an übernatürliche Kräfte?«

»Ah, Xurafa«, begriff er nach einer kurzen Zeit.

An der Ampel versuchte sie aufzuhellen: »Bei uns sagt man: Läuft eine schwarze Katze vor dem Auto von links nach rechts, dann gibt's Pech. Von rechts nach links, gelingt's.«

Nein, das war wohl keine gute Erklärung, dachte Jenny.

Fadi Masaad wog den Kopf. »Wenn ein Hund bellt, müssen die Hausschuhe umgedreht werden. So sagt man bei uns!«

Sie lachten herzlich und wurden erst wieder aus ihren Gedanken zurückgeholt, als das Auto hinter ihnen hupte.

»So, da wären wir«, stoppte sie den Wagen ein paar Ecken weiter und verabschiedete Fadi Masaad.

Jennifer war früher zum Nachtdienst gekommen und nie zuvor hatte sie sich gewünscht, dass die Stunden bis dahin schneller vergingen.

Stefan saß am Tisch und schrieb in ein Notizbuch, als sie ins Zimmer trat. Sie hatte gerade die Tür hinter sich geschlossen, als er freudig auf sie zukam und sie fest in seine Arme schloss. Eine Ewigkeit kam es beiden vor, wie sie so dastanden, einander festhielten. Stefan küsste zärtlich ihre Stirn, die Lider, ihre Lippen. »Diesen Moment jetzt …«, flüsterte er, »hab ich mir immer und immer wieder vorgestellt, wenn du kommst, wenn du vor mir stehst und ich dich in meine Arme schließe.«

Ihre Augen trafen einander und Jennifer brachte kein Wort hervor. Glückserfüllt schmiegte sie sich an ihn und fühlte sich befreit.

»Oh, Entschuldigung, ich wusste nicht«, stammelte Sandra Forberg und trat wieder aus dem Zimmer. Stefan ließ den Kopf nach hinten fallen, schloss die Augen und pustete aus. Ein Gedankenversunkenes, leises »…nicht jetzt!« entfuhr seinem Mund.

Jennifer rang sich ein müßiges Lächeln ab und meinte genervt: »Ich komme später noch einmal, wenn du möchtest.«

»Ich wünsche mir nichts sehnlicher, Jenny!«

Sie verließ das Zimmer, vor dem Sandra Forberg wartete, und warf ihr ein beiläufiges Lächeln zu. Die Blöße, ihr wegen der ohnehin unüblichen Besuchszeit aufs Dach zu steigen, verkniff sie sich.

»Schön, dass wir uns gemeinsam die Nacht um die Ohren schlagen«, freute sich Conny. »Wie war dein Wochenende?«

Sie berichtete von zwei recht unterschiedlichen Tagen. Einerseits von den bewegenden Eindrücken im Flüchtlingscamp, die sie trotz allen Schicksals innerlich erfüllten. Zum anderen von einem eher öden Sonntag, den sie ziemlich plan- und antriebslos allein zu Hause verbracht hatte.

Ihr inneres Durcheinander, gerade der zurückliegenden Tage,

war auch Conny nicht verborgen geblieben. Jennys kopfloses Davonlaufen unter Tränen letzte Woche, als sie den Patienten der 318 erwähnte. Dazu ihr mit Stefan Mühlhaus im Zusammenhang stehendes Engagement, auch über Dienstschluss hinaus. »Herr Mühlhaus hatte heute recht späten Besuch«, tastete sich Conny vor und bemerkte sogleich, wie plump das von ihr war. »Ist da was zwischen dir und Stefan Mühlhaus?«, fragte sie vorsichtig.

Jenny schniefte verlegen durch die Nase und meinte nachdenklich: »Ich kann es selber noch nicht richtig einordnen, ich glaube, ich hab mich verliebt.«

Connys Augenfältchen traten hervor und noch ehe sie ansetzen konnte, wollte Jennifer wissen: »Geht denn das?«

Hm, lachte Conny, die nicht auf der Wurstbrühe hergeschwommen kam. »Lag ich ja gar nicht so daneben.« Sie ergänzte vielsagend: »warum soll das nicht gehen, Jenny? Nach dem, was in den letzten Jahren zwischen dir und Thomas stand, verwundert das nicht. Du machst gerade eine himmlische Erfahrung. Sträub dich nicht gegen deine wunderbaren Gefühle – lass sie zu!«

Ja, gewiss wusste Conny, wie sie sich jetzt fühlte, aber … »Alles wird sich finden, glaub mir!«

Jennifer war innerlich zu durcheinander, um Conny zwischen Tür und Angel ihr momentanes Gefühlsleben zu offenbaren, obwohl sie sie als loyale Freundin wusste. Wenn sie es für richtig hielt, werde sich die Gelegenheit finden, sagte sie sich.

Stefans Zimmer hatte sie sich als letztes ihrer späten Patientenrunde vor der Nachtruhe aufgehoben. »Ich wollte dir noch eine gute Nacht wünschen…«, steckte sie erkundend ihren Kopf durch die halb geöffnete Tür.

Stefan lehnte im Bett, auf seinem Schoß klemmte der Laptop, in den er tippte und von dem er versunken aufsah, als Jennifer in der Tür stand.

»Komm rein, Jenny!« Er hielt ihr seine ausgestreckte Hand entgegen. »Es tut mir leid«, entschuldigte er sich. »Meine Kollegin hat es aber auch immer drauf, im unpassendsten Moment aufzukreuzen.«

»Tja, das scheint Journalisten eigen zu sein. Überall, zu jeder Zeit, an jedem Ort«, scherzte sie und setzte sich auf die Bettkante. Sie vernahm den Duft der lachsfarbenen Rosen in der viel zu kleinen Vase. »Die erdrücken sich doch gegenseitig«, empfand sie mitleidig.

»Die hat meine Mutter am Wochenende mitgebracht und die Schwester hatte vermutlich keine größere Vase parat«, merkte er beifällig an. »Aber es ist wohl so«, nahm er ihre Spöttelei von eben bezüglich dieser gefühlten Dauerpräsenz seiner Zunft noch mal auf. »Da magst du nicht ganz unrecht haben. Hartnäckigkeit kann überlebenswichtig sein in unserem Beruf«, zwinkerte er und legte seinen Laptop zur Seite, um ihr näher zu sein. »Sandra hat mich mit dem Neuesten aus der Redaktion versorgt. Im Moment fehlen uns die Leute auf ganzer Strecke. Der Chef hat zur Verstärkung zwei Redakteure aus der Kultur und der Wirtschaft in die Stadtredaktion abgestellt, auch um die Flüchtlingsproblematik intensiver zu beleuchten. Obendrein ist wohl das Klima unter meinem Stellvertreter nicht das Optimalste.«

»Das sind sicherlich Herausforderungen«, mochte sie ihm zustimmen. »Andererseits tut es doch auch gut, wenn die Abwesenheit einer Person in solchem Maße wahrgenommen wird, oder?« Sie stupste ihn wie einem kleinen Kind auf die Nase und fragte in einem Anflug weiser Spaßhaftigkeit: »Außerdem: Ist nicht auch ein Stefan Mühlhaus ersetzbar?«

»Ja klar, das stimmt ganz sicher!«, frohlockte Stefan und bohrte, den kleinen Neckereien entgegentretend, seine Nase, gerade der Bedeutung des Lebens erinnernd, in ihren Halsansatz. »Wie gut du riechst!« Gefangen von ihrem unwiderstehlichen Duft umfasste er ihre Taille und nestelte am Saum ihres Kasacks. Er fühlt es: Nur ein Fingerbreit und er würde ihre samtweiche, warme Haut berühren. Das durfte nicht sein! Nicht jetzt! Er spürte die Erregung in sich und beinahe gleichzeitig machten sie einen Schritt zurück. Sie sahen sich an und wussten ihre Gedanken vereint. Stefan strich ihr eine Haarsträhne hinters Ohr und säuselte: »Ich würde dir so gern sagen, was ich gerade empfinde...«

»Ich weiß«, flüsterte Jennifer und legte ihren Zeigefinger sanft auf seine Lippen: »Mir geht's nicht anders.«. Er griff nach ihrer Hand und ließ sie bereitwillig, ihre Finger küssend, seine stoppelige Kinnpartie umspielen.

»Übermorgen bist du fort«, brach es entrückt aus ihr heraus. Er sah in abgeklärte, kühle Augen, die fragen wollten: Was wird dann?

»Was möchtest du denn?«, wollte er wissen.

Sie wandte ihren Blick ab und verharrte im Leeren. »Ach, Stefan, wenn das so einfach wäre.«

Er malte verlegen Kreise in ihre Hand. »Was ist denn nicht einfach?«, bohrte Stefan behutsam nach.

Jennifer schluckte und rang nach Luft. »Ich weiß nicht, ob das alles so gut ist …«

Stefan wartete einen Augenblick. »Du musst mir nichts vormachen, Jenny«, hielt er ihren Kopf. »Auch wenn du keinen Ring trägst, konnte ich mir schon denken, dass du nicht frei bist.«

Jennifer presste die Lippen aufeinander.

»Wichtig ist, was du willst!«, flüsterte er und schaute sie an: »Du bist mir alles andere als egal, Jenny.«

Sie umfassten sich und sie zog seine Hände an ihren Mund und liebkoste sie. »Ich möchte auch nicht, dass wir uns verlieren«, sagte sie schwach.

*

11

»Bringst du mir bitte einen Kaffee, Sybille?« Bernd Frömmel war von innerer Unruhe getrieben. Schon frühzeitig saß er an seinem Schreibtisch im Büro und wollte vor dem allgemeinen Trubel nochmals in aller Ruhe die Bilder der Überwachungskamera aus der Straßenbahn begutachten. Irgendetwas mussten die Männer vom LKA übersehen haben. Die Observation des Studenten Tarek Hamidi hatte bisher nichts gebracht. Keine Auffälligkeiten, kein abnormes Verhalten, nichts.

»Du bist ein Schatz!«, bedankte er sich bei seiner Sekretärin, die ihn aus seiner Bildschirmstarre mit duftendem Kaffee zurückholte.

»Hat dich Irene aus dem Haus gejagt?«, forschte sie.

»Irene? Nein, alles gut«, versuchte er ihren Spott herunterzuspielen und rührte andächtig in der Tasse. »Ich wüsste niemanden, der besseren Kaffee kocht als du!«, schlürfte er komplimentierend.

»Die Geschichte mit dem Zettel, oder?«, folgerte Sybille Meissner das ungewöhnlich frühe Erscheinen ihres Chefs im Büro.

Er nickte. »Die Ermittlungen treten auf der Stelle. Das LKA geht zwar eindeutig von dem Verdächtigen in der Bahn aus, aber es erschließt sich mir noch nicht richtig«, grübelte er laut.

Er setzte den Cursor an den Anfang der Aufnahme und lehnte sich zurück. 'Haltestelle Nöthnitzer Straße', vermerkte die Aufzeichnung der Kamera neun, als der Syrer Tarek Hamidi im hinteren Wagenteil Platz nahm.

Frömmel zog die Stirn in Falten und schaute aus schmalen Augenschlitzen, wie der Student in die Brusttasche fasste, ein Notizbuch hervorholte und nach dem Stift griff. Zwei weitere Fahrgäste drängelten den Gang nach hinten und stupsten seinen Arm. Erschrocken zog er ihn zurück und schaute nach links. Die Türen öffneten sich, Hamidi kehrte aus seiner Beinverschränkung in normale Sitzhaltung und rückte andeutungsweise zur Seite. Ein junger Mann mit Basecap, vielleicht auch ein Student, dachte Frömmel, nahm den freien Fensterplatz neben dem Syrer ein. Hamidi verstaute sein Buch zurück ins Jackeninnere. Scheinbar versunken schaute der Nebenmann aus dem Fenster. Spontan griff er nach der Tasche auf seinem Schoß, kramte eine Mappe hervor und öffnete diese durch Aufziehen des umlaufenden Reißverschlusses.

Frömmel entging nicht, wie beide Mappenhälften unvermittelt auseinanderklappten und Papier und andere Utensilien herausfielen. Jetzt bückte sich der Ungeschickte und sammelt ein, was auf dem Boden lag.

'Moment mal', hielt der Revierleiter inne, rückte den Mauszeiger einige Millimeter zurück und beugte sich nach vorn. Langsam fuhr er die Szenerie nochmals ab. Der junge Mann mit dem Käppi fingert nach einem gefalteten Bogen mit fettgedruckten Buchstaben.

»Was steht da? Ste… Steg… Steger… – Steger. GER, Punkt, 6 Strich 6«, brummelte er.

»Was sagst du, Bernd?«, rief Sybille Meissner aus dem Vorzimmer.

»Was…? Ach nichts. Ich rede mit mir selbst!«

*

12

Seit Tagen schickte die hochstehende Sonne ohne Gnade Licht und Wärme. Schönwetterwolken, Cumulus und Cirrus, wechselten verspielt einander ab am Firmament, vom ersehnten Regen keine Spur. Das Wetter war ganz nach Jennifers Geschmack, Gartenwetter eben. Im Gegensatz zu Thomas, der sein Wohl an heißen Tagen unterm Sonnenschirm suchte oder gleich im Haus blieb, machte ihr die Hitze nichts aus, obgleich ihr das Leid ihrer Pflanzen nahe ging.

»Möchtest du auch einen Kaffee, Jenny?«

»Ja bitte«, rief sie aus einem abgelegenen Winkel des Gartens.

Aus der Küche vernahm sie das Klappern von Geschirr und kurz darauf den Duft frischen Kaffees auf der Terrasse. Thomas hatte Kuchen mitgebracht und ihr entging seine kleine Aufmerksamkeit nicht: eine Streuselschnecke, die sie so gern aß. 'Nett!', dachte sie und schob die Träger ihres Bikinioberteils herunter, damit sich keine unschönen Abdrücke bildeten.

Ihren ungleichen Schichtdiensten war es geschuldet, dass Jennifer und Thomas Radisch selten Nachmittage gemeinsam zu Hause verbrachten. Ob sie das bedauerte, hatte sie sich eine Zeit lang gefragt. Inzwischen hatte sie ihre Antwort darauf gefunden.

»Und, wie war dein Tag?«, fragte sie weniger interessiert, als vielmehr die Stille zu durchbrechen. Thomas war vollauf mit seinem Kuchenstück beschäftigt und murmelte kauend ein »unspektakulär, wie immer.«

Sie blickte zu ihm. Neben ihr im Feinripp mit zusammengekniffenen Augen sitzend, litt er unter schirmdurchdringenden Sonnenstrahlen und ihr fielen in diesem Moment nur drei Worte ein: Danke fürs Gespräch!

»Ach so«, fiel Thomas plötzlich ein. »Schönen Gruß von Bea – sollst sie mal zurückrufen.«

Keine schlechte Idee, überlegte Jennifer. Den Garten könne sie ohnehin erst etwas später gießen, wenn die Hitze nachgelassen hatte.

Ob sie schon etwas vorhabe, morgen Vormittag, wollte Bea wissen. Sie hätte erst nachmittags einen Klienten und sie könnten das anhaltend schöne Wetter ausnutzen, um gemeinsam baden zu fahren. Das passte, dachte Jenny, die den morgigen Tag ebenfalls frei hatte und sich mal wieder auf eine gemeinsame Unternehmung mit ihr freute.

»Hi, Bea, komm rein«, öffnete ihr Thomas musternd die Tür. Ihr aufregend legeres Outfit, ein hauchdünnes Buffalo London Strandkleid, Sonnenbrille im Haar und eine weite Korbtasche lässig über die Schulter gehangen, ließen ihn zu einem »siehst gut aus!« hinreißen.

»Dankeschön!«

»Ich komme«, rief Jennifer aus der oberen Etage. »Hast du reichlich Sonnencreme dabei?«, eilte sie die Treppe herunter und küsste ihre Freundin auf die Wange. Hatte Bea, als Thomas skeptisch äugte: »Auf welche Strandparty wollt ihr denn gehen?« Jenny war überrascht, wie gut ihre hervor gekramten Jeans-Hotpants noch passten. Thomas hatten sie vor Zeiten, ob des ungezügelten Einblickes auf ihr knackiges Hinterteil, rasend gemacht. Dazu ein schlicht wirkendes Top mit Spaghettiträgern. »Kann ich so gehen?«, wollte sie in kindlicher Neugier wissen.

Thomas reichte es. Mit erhobener Hand und gesenktem Kopf wendete er sich zerknirscht von den Frauen ab: »… na dann, viel Spaß!«

»Komm doch mit!«, rief Jennifer ihrem Mann hinterher, der verstimmt in den Keller entschwand.

»Ach, komm!«, bemerkte Bea Jennys Unbehagen.

Den Waldweg hinunter zum Heidemühlenteich mochte Jenny schon wegen des kräftigen Kieferngeruchs. Erfahrungsgemäß ging es in der Woche am kleinen Strand des Naturteiches idyllisch zu. So auch heute, trotz einladenden Badewetters. Bea und

Jenny hatten beste Platzwahl und breiteten kichernd ihre Decken am Seeufer aus. Nur die betagten Herrschaften vom nahegelegenen Dauercampingplatz waren Zuschauer, deren vom täglichen Sonnenbaden braun gebrannten nackten Leiber, sie trotzig, fern jeglicher ästhetischer Bedenken, staksig zu Wasser trugen oder auf Decken dahinlaufen ließen.

Unter Schatten spendenden Weidenablegern abseits des Sees machten sie zwei junge Männer vor sich hindösend aus.

Frei von Scham entledigten sich die Frauen ihrer Kleidung, schlüpften in Bikinis und eilten, kreischend wie zwei junge Dinger, ins erfrischende Nass. Während Bea das Baden tauchend in vollen Zügen auskostete, mochte es Jenny im Wasser gemächlicher angehen, auch, weil ihr von jeher alles Unbekannte unter den Füßen suspekt erschien.

»Los, Jenny, einmal rüber und zurück«, forderte Bea auftauchend. Sichtlich in ihrem Element, sprühte sie nur so vor Unbeschwertheit. Jenny beneidete sie dafür. Bea hatte fast das andere Ufer erreicht, als sie sich andächtig Arm kreisend der Ruhe des Sees hingab.

Zug um Zug drehten sich ihre Gedanken. Welches Gesicht Thomas machte, als sie vorhin so vor ihm stand. Dabei hatte sie sich gar nichts weiter gedacht, sie wollte auch nicht aufreizend wirken oder ihn brüskieren, ging es ihr rücklings paddelnd durch den Kopf. »Iih«, durchbrach sie schallend die Stille, als sie ein derbes Ziehen am Fuß verspürte.

»Psst!«, tauchte Bea triumphierend neben ihr auf.. »Du schreist ja den ganzen See zusammen.«

»Alles in Ordnung?« Den unweit andächtig schwimmenden Herrn hatte Jennifer überhaupt nicht wahr genommen.

»Danke – Ja!«, wiegelte sie in seine Richtung ab. »Bist du verrückt, Bea? Menschenskinder, mach das nie wieder!« Noch immer pochte ihr das Herz wie wild. Für derlei Späße hatte sie wenig übrig.

»Guck mal da rüber!«, rief Bea und zeigte nach draußen.

Mit ihrem Geschrei hatte Jenny die Dickbäuche in Reih und Glied am Ufer versammelt. »Lass uns zurückschwimmen«, meinte Jenny, die bereits wieder lachen konnte.

»Das sollten wir uns viel öfter gönnen«, sagte Bea, den Kopf seitlich gerichtet, ihre Haare frottierend. Jenny zog die Augenbrauen nach oben und nickte munter. Sie setzten sich auf ihre Decken, entledigten sich ihrer Oberteile und ließen sich zurückfallen. Es brauchte nicht lange, bis die warmen Sonnenstrahlen letzte Tröpfchen auf ihrer Haut trockneten.

Jenny war flüchtig weggeduselt, als sie Bea neben sich fragen hörte: »Was macht denn dein syrischer Arzt aus dem Camp?«

Jennifer brauchte einen Moment der Orientierung. »Der ist schon fast unentbehrlich geworden«, säuselte sie mit geschlossenen Augen.

Bea verlor sich in Gedanken. »So, wie du ihn beschrieben hast, scheint er ja nicht unrecht, ich meine im Sinne von interessant zu sein … Ach, Jenny, du weißt, was ich meine«, suchte sie zappelig nach Worten.

»Hat dir wohl keine Ruhe gelassen, hm?«, brummelte Jennifer, die eben gedanklich nicht so nahe bei Doktor Masaad war.

»Das klang letztens so aufregend, erzähl doch mal«, hakte sie nach.

»Ach, Bea, da hab ich grad nicht so die Antennen für.«

»Grad nicht?«, stutzte Bea. »Verstehe. Das alte Lied, hab ich recht?«

Jennifer hatte noch immer die Augen geschlossen und war blockiert, von Stefan zu erzählen. Sie hielt es für verfrüht und beließ es vorerst bei ihrer Andeutung. Vieldeutig meinte sie: »Ich weiß nicht, welchen Sinn das alles noch hat. Meine Liebe ist zweigeteilt, verstehst du?«

»Hat's dich also erwischt, Jennylein.« Bea setzte sich auf und frohlockte. »Naja, wundert mich nicht, nach deinen Schilderungen. Komm mal her«, umarmte sie die Freundin. »Ich freu mich für dich! Jeder sollte wissen, wo sein Platz ist. Bleiben ist Ausharren und verkümmern«, sagte sie und schickte ermutigend hinterher: »Ketten halten eine Ehe nicht zusammen. Es sind Fäden, hunderte von kleinen Fäden.«

»Ich weiß. Aber hat nicht jede Ehe mal schwache Momente?«

»Jenny, wach auf, nennst du es tatsächlich nur 'Momente' bei euch?«, klang sie entrüstet. »Wenn Gemeinsames schwindet, gibt es kein 'Wir' mehr. Wann hast du zuletzt von Zukunft geträumt?«

»Zukunft und Träume: ein recht kitschiger Cocktail fürs wahre Leben, findest du nicht?«, entgegnete Jennifer weniger ernst.

»Möchtest du darauf wirklich eine Antwort von mir?«

Im Grunde nicht. »Alles wird sich irgendwie finden«, meinte sie vielsagend.

»Denkst du, Thomas hat da was am Laufen?«, wollte Bea wissen.

»Vielleicht. Es würde zumindest einiges erklären.«

»Was erklären?«, forschte sie.

Jennifer berichtete von dieser zugetanen Kollegin, zu der er seit seinem Unfall offenbar eine engere Bindung unterhält.

»Ich weiß nicht«, grübelte Bea, »aber ohne dir zu nahe treten zu wollen, Jenny, nee. Das überträfe meine Vorstellungskraft, und deine doch sicher auch, oder? Ich meine, sieh dich doch mal an! Und dann schau dir deinen Mann an ...«

»Lass es, Bea«, unterbrach sie ihre Freundin, »im Leben ist nun mal nicht immer alles bestimmbar.«

»Und weil das so ist, gibt es auch keine unveränderlichen Pfade, Jenny.«

Stille am See. Ein jeder gab sich nach seinem Wohlwollen der sengenden Hitze hin: Alte, Junge, Enten.

»Irgendwo stehe ich gerade am Scheideweg«, trat Jennifer aus ihrer Deckung.

»Und nun hast du Gewissensbisse.«

Jennifer schob sich empor und stützte sich auf die Arme. »Gewissensbisse, ich weiß nicht« Starr blickte sie über den See.

»Feigheit ist der wirksamste Schutz gegen die Versuchung – Mark Twain«, drehte sich Bea zu ihr.

Jennifer schnaubte kurz. »Widerstehe niemals der Versuchung: Prüfe alles und behalte das Gute – Bernhard Shaw!«, konterte sie trotzig.

»Ja, Jenny, genau das ist dein Problem, was dich zugrunde richtet!«, stieß Bea kopfschüttelnd durch die Nase. »Du bist für nichts und niemanden verantwortlich. Mach dich frei! Denk an dich!«

Da war sie wieder: die volle Breitseite von Beate. Jennifer brachte das in solchen Momenten nicht weiter. Auch weil sie keine Vordenker für sich brauchte, noch nie gebraucht hatte. Sie allein wusste, was zählte. Auch, dass ihre innere Stärke zur eigenen Schwäche würde, weil sie nicht wehtun konnte. Niemandem. Wohl wissend, anderen damit gleichfalls zu schmerzen.

Sie lächelte Bea an, die dieses Lächeln zu deuten wusste: *'zwecklos'*.

Ihre Umarmungen erregten das Aufsehen der unter der Schatten spendenden Weide liegenden Jünglinge, die ihre Hälse reckten. Auch die Dickbäuchigen schauten verstört: So etwas hatte es am Heidemühlenteich bisher nicht gegeben!

»Komm, wir schwimmen noch mal«, wollte Jennifer das Thema beenden.

»Leb, Jenny!« verabschiedete sie Bea, als Jennifer sich vor der Tür absetzen ließ und ins Haus tretend das Klingeln ihres Handys vernahm. Mit einem Fingerschnipp öffnete sie eilig die Coverhülle. »Na, mein Lieber«, sagte sie erfreut, »die Hitze vermiest dir wohl die Mittagsruhe?«

Schmunzelnd lief sie durchs Wohnzimmer, brach gedankenversunken Welkes ihrer prächtigen Strahlenaralie ab, um prompt herzerfrischend aufzulachen. »Ich merke schon, du scheinst bestens umsorgt.« Nein, er habe sie nicht erreichen können.

»Mein Telefon lag zu Hause, während ich mit Bea zum Baden war …«, unterbrach sie sich selbst. »Natürlich …«, hob sie die Stimme, »warum sollen wir's uns nicht mal gut gehen lassen, erst recht an einem so herrlichen Tag.« Dies seien eben kleinere Vorzüge, die ein Schichtdienst mit sich bringe. Und nach einer kurzen Pause: »Wenn du das möchtest? Ich freu mich auch auf dich!«

Jennifer ging die Treppe nach oben, öffnete den Kleiderschrank und entschied sich, im Spiegel wägend, für das blumenbedruckte Jerseykleid. Sie hatte es sich erst letztes Jahr gekauft und mochte besonders die naturfarbene Spitzenborte an Ausschnitt und Saum.

Kam sie in ihrem knappen Höschen, das sie gerade abstreifen wollte, vielleicht doch ein wenig ungezügelt daher, betrachtete sie sich, Thomas' Blicke am Vormittag vor Augen. Sie schien nicht unzufrieden, wie sie flächig ihren Po umkreiste.

Kreischa war ein Katzensprung, keine fünfzehn Minuten brauchte Jennifer von sich. Zum dritten Mal schon fuhr sie diese ansonsten weniger anvisierte Strecke und war fasziniert von der endlosen, grünen Weite vor ihrer Haustür. Der Mais entlang der Straße schien, trotz der Trockenheit, abermals gewachsen. 'Wie die Zeit vergeht', sinnierte sie. Seit fast drei Wochen war Stefan hier zur neurologischen Rehabilitation. Er wollte das nicht, meinte, es sei nutzlos vertane Zeit. Zeit, die er in der Redaktion fehle und die er lieber mit ihr verbringe. Doktor Lyssell, und nicht zuletzt sie, überzeugte ihn jedoch von der Notwendigkeit dieser Anschlussbehandlung. Die Ruhe nach einem solchen Eingriff in die Schaltzentrale des Körpers sei absolut notwendig. Stress durch Überbelastung müsse, insbesondere in seinem Beruf, vermieden werden.

Wie ein kleiner, unbedeutender Fisch im großen Wasser fühle er sich, hatte Stefan zu ihr gesagt, als sie ihn das erste Mal hier besuchte. Viel aussichtslosere Fälle, spaßte er, habe er kennengelernt. Sie dagegen wusste neckend, keinen größeren aussichtslosen Fall zu kennen als ihn. Nein, im Ernst, er möge die Sache nicht auf die leichte Schulter nehmen, mahnte sie. Außerdem solle er an die Ersetzbarkeit eines jeden denken, worauf er prompt die Retourkutsche vorfuhr: 'und das aus Ihrem Munde, Schwester Jennifer?' Natürlich entging ihr nicht sein leichter Unterton.

Sie lenkte ihren Wagen auf den Besucherparkplatz des Klinikums. Stefan kam ihr bereits entgegen, als sie ausstieg und er sie mit breiten Armen umschloss: »Willkommen, du kleiner Schatz!«

Sie küssten einander zärtlich und Jennifer sank glückserfüllt in seine Arme. »Wie geht es dir?«

Stefan, überwältigt von ihrem Anblick, schaute an ihr herunter und lächelte verwegen. »Es könnt' mir grad nicht besser gehen.«

Er drückte sie an sich. Sie fühlten sich eins. Ihre innig aneinander gepressten wie flüchtig betuchten Körper spürten das Fremde am anderen.

Waren sie sich jemals so nah gewesen?

»Komm«, bemühte er sich, Herr der Lage zu bleiben, »lass uns ein Stück gehen.«

Jennifer verschloss den Wagen und ergriff Stefans ausgestreckte Hand. Das angrenzende Wäldchen erschien in der Nachmittagshitze als willkommen. Sie umgingen die verengte Absperrung des Parkplatzes und liefen über einen schmalen, von Trockenheit spröden und rissigen Feldweg, der hin zum Wäldchen führte. Angekommen, wie in einem temperierten Raum, pusteten sie durch und lauschten dem Rauschen der Baumkronen, das an die Brandung des Meeres erinnerte. »Schließ die Augen!« Er fasste sie an den Händen. »Und jetzt lausche, rieche, spüre und schmecke.«

Jenny tat, wie von ihr verlangt und hielt gespannt inne, wie ein Kind auf seine Belohnung wartend. »Hmm«, zuckte sie beseligt, während ihr Mund erst nach einer kleinen Weile sagen konnte:

»Muss ich mich jetzt fürchten, hier, im Wald?«

Stefan schaute aus großen Augen: »Vielleicht?«

Er sei ein ausgesprochener Naturliebhaber, offenbarte er. Bei Spaziergängen entwickle er Kreativität oder könne sich von Dingen lösen, die ihn belasteten. »Die Reinheit der Natur fördert bei mir auch klares Denken.«

»Oh, dazu musst du erst in den Wald gehen?«, spöttelte sie.

Stefan schnaufte und schüttelte belächelnd den Kopf, so als würde er nicht verstanden. »Ich meinte das vielmehr auf meine Arbeit bezogen«, sagte er und schickte eingestehend nach: »Zugegeben, manchmal denke ich auch etwas ganz anderes, als ich schreibe.«

»Interessant.«

»Ach, lass uns das nicht weiter vertiefen. Schau doch mal, man mag es kaum glauben, wie reich an Grüntönen so ein Wald ist. Zartes Grün von Buche und Ahorn, dunkle Nadelbäume, graugrünes Laub, Froschgrünes. Ein getüpfeltes Farbenfeld«, trug er vor.

»Kommt jetzt mein kleiner Federheld durch?«, stupste sie ihn an der Schulter.

»Eher die Berufsbesessenheit«, gestand er. Eindrücke in Worte fassen sei beinahe ein Sport und Herausforderung eines jeden Schreibers.

Zarte Gräser umstrichen ihre Beine und Jennifer genoss die Zeit an Stefans Seite, auch ihm ging es nicht anders. Geblendet von der Lichtung erreichten sie einen Wirtschaftsweg, der zurück in die Ortsmitte führte.

»Gehen wir noch in unser Café?«, fragte er.

'Unser Café', lächelte sie. Ja, das war es wohl. Die letzten Male waren sie schon da, innig und bei Erdbeereisbechern über Gott und die Welt redend.

»Sei mir nicht böse, das wird mir dann doch zu spät.«

Nein, natürlich. Kein Problem für Stefan.

»Ich verzehre mich nach dir!«, umarmte er Jenny und schaute

ihr hinterher, als ihr Wagen vom Parkplatz rollte.

Aufgewühlt, aber in Glückseligkeit drehte sie den Schlüssel im Schloss und trat in den Flur. Hatte sie gar nicht verschlossen, erschrak sie, Thomas in der Küche erblickend. »Du bist schon da?«, wunderte sie sich.

»Wie du siehst!« Er schaute kurz auf und beäugte sie flüchtig. »Kurzdienst«. Hatte er das nicht gesagt? Und überhaupt: »Woher kommst du denn jetzt?«, forschte er.

»Von Bea«, erklärte sie wie selbstverständlich, streifte sich ihre Sandaletten ab und ging ins Bad.

»Aha. Den ganzen Tag?«, kramte er beiläufig verwundert im Kühlschrank.

Ja! Es habe sich halt ergeben. Bea wollte mal wieder richtig schön kochen und so verging die Zeit. Thomas schnaufte und beließ es bei dieser Konversation mit seiner Frau, hebelte zischend am Kronenkorken, setzte an und schlug die Zeitung auf dem Tisch auf.

»Ich geh noch rasch gießen, wäre schön, wenn du inzwischen etwas zum Abendbrot bereitest«, kehrte sie in Shorts und einem lässigen Top aus dem Bad zurück.

'Mein Gott, hoffentlich gibt's bald Regen', sinnierte sie. Die Kübelpflanzen litten sichtlich unter der anhaltenden Trockenheit, dem Trompetenbaum hatte die Hitze ordentlich zugesetzt. Jennifer schaute gedankenversunken den aus der Brause schnellenden Wasserstrahlen hinterher. Ein Lächeln huschte ihr übers Gesicht, als sie an den Nachmittag mit Stefan dachte. So ein verrückter Kerl: lauschen, riechen, spüren, schmecken – küssen!

Oft hatte sie sich in den letzten Wochen gefragt, ob das, was sie gerade empfand, fühlte und berühren konnte, tatsächlich Wirklichkeit oder nur ein wunderbarer Traum war, der schwupp, wie eine große Seifenblase, jeden Moment zerplatzte. Sie war fasziniert von seiner gelegentlich durchschimmernden jugendlichen Unbeschwertheit und bewunderte gleichzeitig seinen Weitblick, die Reife. Sie mochte die Gespräche mit ihm, den Witz, seinen Charme.

Gewiss, Jenny: Er hat dein Herz erobert.

»Kommst du?«, plumpsten ihre Gedanken zu Boden, als Thomas laut in den Garten rief und Jennifer wie erstarrt an die Seifenblase dachte. *'Schatz, du bist doch bestimmt hungrig? Komm, ich hab uns etwas Leckeres gekocht – du wirst staunen!'*

Thomas biss längst beherzt in sein Brot, als sie sich an den Tisch setzte. »Gibt's für mich auch etwas zu trinken?«, ärgerte sie sich weniger fragend als feststellend und griff sich ein Glas aus dem Schrank. Das Bier für ihn fehlte natürlich nie und seine absente Aufmerksamkeit konnte sie zur Weißglut bringen. Innerlich.

Sie nahm ihn teilnahmslos im Blickwinkel wahr. Spürte er nicht auch den auszehrenden Niedergang, die zunehmende Apathie ihrer Beziehung? Vielleicht hatte er sich längst arrangiert, innerlich unglücklich, ausharrend? Wenn sie redeten, dann nur Belangloses. Sie durfte sich beiläufig über ein peripheres Lächeln belobigt fühlen. Ist das noch der Mann, den ich geheiratet habe? Und warum ist ihr dieses verdrießliche Eheleben, das ja längst zum Dauerzustand wurde, nicht viel früher offensichtlicher geworden? Hatte sie nicht nur einmal versucht, ihr Segel zu wenden? Oder fehlte es ihr an mehr entgegenbringendem Verständnis und malte sie einfach zu schwarz? 'Ihr steckt beide drin im Räderwerk und funktioniert nur noch', hörte sie Bea unlängst sagen. 'Nehmt ein paar Farben in die Hand und richtet euch euer Miteinander etwas bunter ein!'

»Bist du fertig?«, durchbrach Thomas ihre Grübeleien, der dabei war, die Spülmaschine zu bestücken.

War sie. Und nein, sie mochte heute Abend keinen Film schauen, sodass er in aller Gemütlichkeit dem Runden auf dem grünen Rasen folgen könne.

Die unmerklich kühleren Abendstunden bescherten ihnen und den Räumlichkeiten geringfügig Abkühlung. Das Grummeln in der Ferne verhieß baldigen Regen. Jennifer verabschiedete sich frühzeitig zu Bett und fand trotz der lästigen Wärme rasch in den Schlaf.

Dünnes Tuch bedeckte ihre weiche, nackte Haut. Ihr Kopf zuckte kurz im Kissen und stummes Lachen, wie bei einen Baby, huschte über ihr Gesicht: Tanzend lief sie über eine üppig wachsende Wiese bunter Sommerblumen, so weit ihr Auge reichte. Sie lachte und war unbeschwert. Ihr zartes Kleid, welches sie heute Nachmittag bei Stefan getragen hatte, fächelte im Wind, und weit fort vernahm sie beschwingte Gesänge. Sie hielt inne und schaute freudig, von Leichtigkeit erfüllt, woher der Wohlklang kam. Sie konnte ihn nicht ausmachen und lief und tanzte weiter. Plötzlich ließ sie sich zu Boden fallen und mochte nicht mehr aufstehen. Sie schaute zum Himmel, aber die Wolken schienen zu müde, um sich fortzubewegen. So ein wunderbarer Tag! Wie ein Igel kugelte sie sich zusammen, als wollte sie Schutz suchen, und schloss ihre Augen. Eine Hand streichelte ihr zärtlich über den Rücken, ganz langsam, und erreichte schließlich ihren Po. Das Wetter schlug augenblicklich um und es fing an zu regnen. Ein Finger umspielte ihre warme Haut und bahnte sich sanft seinen Weg zwischen beiden Hügeln.

Wem gehörte er?

Es war egal!

Sie wollte nicht ankämpfen gegen das Begehren und gab sich hin. Keine Macht vermochte sich gegen ihr beider Verlangen zu stellen. Sie spürte, wie sich Nägel eingruben, fest und ungezügelt. Sie wälzte sich … und der vertraute Geruch ihres Kissens holte sie zurück.

Stöhnen.

Wo war sie und was war das? Dunkel peitschte Regen gegen das halb geöffnete Fenster. Thomas atmete heftig und Jennifer spürte seine fahrige Hand zwischen ihren Beinen. Ein unbewusster Reflex ließ sie verkrampft zusammenfahren. Sie wollte sich erwehren. Der Traum, ein Albtraum. Jetzt war sie gegenwärtig und ergab sich diesen Begehrlichkeiten. Sein Mund küsste ihre Brüste, ihren Nabel, ihren Bauch. Er war kein schlechter Liebhaber.

Sie hatte Mühe, den Kopf auszuschalten. Sie gab sich hin und… öffnete ihre Augen.

Sie sah ihn! Sie versank, sie genoss, sie verlor sich… Krachend erhellten Blitze die Nacht.

Der Morgen war unschuldig. Nichts erinnerte an eine stürmische Nacht. Thomas war längst zur Arbeit und Jennifer genoss es, sich noch mal im Bett herumzudrehen.

Ausgeschlafen und voller Frische streifte sie sich ihre Sportsachen über, schlüpfte in die Laufschuhe und nahm Kurs auf den nahen Gebergrund. Sie atmete die saubere, frische Luft in vollen Zügen, die der Regen gereinigt hatte. Das Kleinod mit all seinen Pflanzen lechzte, offenbar wie alles Leben, nach dem abkühlenden Nass.

Das wöchentliche Joggen war ein Muss, wie Jennifer meinte. Unter der Dusche anschließend fühlte sie sich zwar erschöpft, aber befreit. Ein Tag, der ganz nach ihrem Geschmack begann. Allein, Kaffee und Toast und die Morgenlektüre.

Seit sie Stefan kannte, las sie die »Dresdner Tagespost« mit anderen Augen, insbesondere den Lokalteil. Schon komisch, dachte sie, Stefan Mühlhaus, steht da tatsächlich im Impressum, und »Verantwortlich für Lokales«. Was hatte sie das früher interessiert? Nicht das Geringste. Sie wollte informiert sein, genau! Darauf kam es ihr an. Jetzt konnte sie ihn hier lesen, sinnierte sie, als ihr Handy im Flur vibrierte. *Neue Nachricht – Unbekannt: »Guten Morgen, Schatz! Ich hoffe, du hast die tobende Nacht träumend verbracht und begrüßt diesen herrlichen Morgen. Ich wünschte, das alleinige Aufwachen hat bald ein Ende. Du fehlst!«*

Sie schmunzelte und tippte: *»Kannst du Gedanken lesen? Deine Sehnsüchte sind die meinen. Auch ich wünsche dir einen freundlichen Tag. Bis Morgen, dickes Küsschen, J.«*

Jennifer brachte das Haus auf Vordermann, wusch Wäsche und erledigte Dinge, die zuletzt etwas kurz gerieten oder zu denen ihr am Abend die Muße fehlte.

Den Pfützen nach zu urteilen hatte sich im Flüchtlingscamp in der letzten Nacht einiges mehr an Regen ergossen und Jennifer mochte sich ein Wohnen in den provisorischen Unterkünften nicht recht vorstellen. Auch der Innenbereich des medizinischen Versorgungszeltes zeugte davon. Oberarzt Meinhardt und Fadi Masaad berieten sich offenbar in der Angelegenheit eines auf der Pritsche liegenden Mannes, als sie hereintrat. »Schwester Jennifer, schön, dass Sie Zeit finden«, entgegnete der Oberarzt und Fadi Masaad nickte ihr lächelnd zu. Es wäre gut, wenn sie gleich den Patienten auf die Innere begleiten könne, der Krankenwagen werde jeden Moment eintreffen.

Der junge Mann aus Eritrea litt unter zunehmenden Bauchkrämpfen, erfuhr Jennifer. Sie überstellte ihn mit der Erstuntersuchungsakte ins Dresdner Stadtklinikum und wurde anschließend von den freundlichen Sanitätern zurück ins Camp gefahren.

Der Andrang im Stützpunkt gestaltete sich inzwischen übersichtlich. Doktor Masaad begutachtete den verbundenen Oberschenkel eines Mannes und sprach lebhaft auf ihn ein. Hin und wieder lachten die Männer zu Jennifers Unverständnis. Oberarzt Meinhardt stand mit verschränkten Armen etwas abseits des Geschehens und unterhielt sich mit einer jungen Frau, an deren Seite ein weiterer Mann mit Fotoausrüstung stand.

Na prima, dachte Jennifer, die sich sogleich Sandra Forberg gegenüber sah. Was wollte die denn hier?

»Hallo«, sang sie mit aufgesetzter Freundlichkeit, »na, das ist ja ein Zufall!« Jennifer lächelte fad.

Sie plane einen Beitrag hier aus dem Camp für die Tagespost, erklärte sie selbstbewusst. Einige Fakten habe sie bereits von Professor Meinhardt erhalten.

»Sie meinen Oberarzt Meinhardt …«,

»Genau!«

»Gut, und wie kann ich Ihnen weiterhelfen?«, wollte Jennifer betont desinteressiert wissen.

Naja, wie lange sie schon dabei ist, was sie bei der Arbeit empfindet, Eindrücke, und was ihre Motivation sei, hier mitzuhelfen. Welche Erfahrungen sie bisher gemacht habe im Umgang mit fremden Kulturen und so weiter. Das wäre ein spannendes Thema, meinte Frau Forberg.

Jennifer berichtete kurz und knapp, was ihr wichtig erschien und dass es für jeden Herzensangelegenheit sein sollte, Menschen in Not zu helfen. Sie für sich mochte sich dabei keinesfalls herausgestellt sehen. Vielmehr sehe sie sich als Rädchen eines Ganzen. Sie bat um Verständnis, nicht mit Foto in der Zeitung zu erscheinen.

»Schade, aber kein Problem.« Eine Krankenschwester, so Sandra Forberg, käme recht gut in der öffentlichen Wahrnehmung. »Machen wir halt das Foto an anderer Stelle«, entgegnete sie in ihrer schnippischen Art. Ihr umtriebiger Fotograf lichtete derweil alles und jeden ab und Jennifer kam nicht umhin, diese Albernheit in Späßchen mit Doktor Masaad zu teilen.

Was Sandra Forberg davon hielt, konnte ihr egal sein. Auch wenn sie die Kollegin von Stefan war, Freundinnen würden sie wohl keine werden.

Die Journalistin hatte alles Wichtige im Block und verabschiedete sich zusammen mit ihrem Fotografen. Auch für das medizinische Personal bestand kein weiterer Bedarf mehr an diesem Tag, sodass Oberarzt Meinhardt es für nicht weiter erforderlich hielt, den Stützpunkt zu besetzen. Jennifer war nicht böse. Insofern hatte sie noch etwas vom Abend zu Hause.

»Vielen Dank, Jennifer und ihnen noch einen erholsamen Abend«. Doktor Masaad drückte die Beifahrertür ins Schloss und winkte zum Abschied.

Schon im Flur roch es nach verbrannter Kohle und Jennifer sah schmalen Rauch über der Terrasse aufsteigen. »Hm, bei euch riecht es aber gut, wie kommt's denn?«, küsste sie Thomas auf die Wange und begrüßte Andy.

»Tach, Jenny«, reichte Andy schwerfällig seinen Arm nach

oben. ‘Kriegt wohl nicht mal mehr den Hintern hoch mit seiner fetten Wampe?’, dachte sie, die Männer, welche simpelsten Anstand vermissen ließen, wenig anziehend fand.

»Hat sich ganz spontan ergeben, stimmt’s, Andy?«, sagte Thomas und prostete dem Freund zu. Andy war Andreas und langjähriger Arbeitskollege ihres Mannes. In unregelmäßigen Abständen trafen sich die Männer, mal bei ihm, mal hier. Anfang fünfzig, schätzte Jenny, kurze, unauffällige Gestalt, rundes Gesicht und gut im Futter. Single war er, zumindest alleinlebend, glaubte sie. So oft kam der Andy nicht, auch wenn beide Männer das gleiche Hobby, Modelleisenbahn, teilten. Doch!, erinnert sie sich, angeln tut er wohl noch ganz gern.

»Hol dir mal noch einen Teller, Jenny«, befahl Thomas Grillzangenfuchtelnd. Andy unterdessen sollte vielleicht mal wieder aufstehen, um Luft rein zu lassen, schielte Jenny angewidert rüber zu ihm.

»Wir wollen am Wochenende zusammen angeln fahren«, tat Thomas kund.

»Du und angeln?«, verzog Jennifer die Stirn. »Was willst du denn angeln?

»Wir gehen auf Zander!«, polterte Andy dazwischen.

»Aha. Wo fängt man den denn?«, tat sie interessiert.

Andy wurde wach und schob sich im Lehnstuhl hoch. »In den Auen kannst du die mit Händen greifen«, lachte er laut und guckte Thomas an.

Pass auf, dein Fleisch verbrennt! Ja, er musste aktiv werden, dachte sich Thomas. Raus.

»Naja, mal übertrieben«, relativierte Andy. »Der Köder ist entscheidend!«

»Ach, keine Würmer?«

»Wir gehen auf Zander, hast du nicht gehört?«, überschlug sich der dicke Andreas echauffiert, rülpsend und hochrot aufgebracht. Die Blume rann tropfend sein Kinn herunter und verdrießlich winkte er genervt ab.

»Ja, ja, bleib locker«, holte sie Andy runter.

Zander fische man mit der richtigen Ködergröße, ermahnte er. Allerdings ändere sich die im Laufe eines Angeljahres. Sie müsse unbedingt von Sommer zum Winter hin von klein auf groß wechseln, um Bisserfolge zu haben. Nicht weniger Erfolg versprechend: die Fliegenrute auf Streamer, sein Geheimtipp sozusagen. Und noch was: »Ufernah kannst du sie mit leichten Zupfen zwischen den Steinen überlisten«, zog er sie augenzwinkernd ins Vertrauen und lehnte sich satt grinsend zurück. *Noch Fragen, Jenny?*

»Na dann, Petri Heil«, winkte sie aufgeklärt.

Andy, so richtig aufgestachelt, gurgelte mit vollen Backen von Freilaufrolle mit Frontbremse, die sich ideal für Einsteiger wie Thomas eigneten. Ganz wichtig auch die Carp Zoom Fanatic Heavy Leads – Bleibeschwerer, ohne die gar nichts ginge. »Mit Noppen!«, gestikulierte Andy nachdrücklich umher.

Thomas sagte gar nichts mehr und Jennifer brummte nur noch der Kopf. Mit oder ohne Noppen, das sei ihr jetzt egal, verkündete sie, bevor sie sich ins Bett verabschiedete. Sie könnten ja gern noch weiter Anglerlatein austauschen.

»Wie immer?«, scherzte der Kellner, dem die beiden längst keine Unbekannten mehr waren und der darauf zwei opulent kreierte Eisbecher und Kaffee im gemütlichen Eck unterm Sonnenschirm servierte.

Gegenseitig entschwand Köstliches auf langstieligen Löffeln in eng beieinander lauernden Mündern, denen eiskalte, aber innige Küsse folgten.

Hoffnungsvoll sah Stefan dem Kurende entgegen. In drei Tagen werde er wieder zu Hause sein und da noch eine Woche pausieren, so wollten es die Ärzte.

»Weißt du, dass wir heute zum letzten Mal hier sitzen?«, schwang ein wenig Wehmut in seiner Frage mit. Jennifer, damit beschäftigt, Bruchstücke ihres Eisbechers zuleibe zu rücken, leckte sich die Lippen. »Ja!« Sie blickte Stefan grübelnd an. »Aber, ich würde gern noch Hunderte von Eisbechern mit dir aufessen wollen«, sagte sie verträumt.

»Da kann ich nur mal fragen gehen«, erhob er sich und wurde erheiternd am Arm zurückgehalten. Stefan lief um ihren Stuhl, beugte sich herab und flüsterte Ohrläppchen beißend: »Hundert würden mir nicht reichen!« Sie zuckte zusammen und umschloss seinen Kopf über ihr. »So schlimm?« Nicken.

»Darf's noch etwas sein?«, unterbrach sie der Kellner. Stefan schaute Jennifer fragend an. »Dankeschön – die Rechnung!«

»Ist das nicht ein Jammer, wie es verfällt?« Sie verließen ihr Café und Jennifer wies auf die gegenüberliegende Straßenseite. Seine besten Zeiten hatte das Erbgericht längst erlebt. Jetzt siechte es dahin, der Putz großflächig weggebrochen, Fenster und Türen mit Brettern verschlagen. Ein trostloser Anblick.

»Ja, ohne Zweifel. Ein unaufhaltsamer Verfall auf Zeit«, meinte Stefan. Oftmals, so wusste er, scheiterten Investitionen in diesen Größenordnungen an aussichtslosen Konzepten oder es steckten unklare Eigentumsverhältnisse dahinter.

»Schau mal, siehst du den Gleitschirmflieger?«, fragte Stefan eilig, nachdem sie ein Stück gegangen waren. Jennifer sah nichts. »Dort, unterhalb der Anhöhe«, zeigte er und zog sie mit wachen Augen an sich heran. Ja, jetzt erkannte sie ihn auch! »Faszinierend«, meinte Jenny, während sie den bunten Farbtupfer zwischen Grün und Blau nicht aus den Augen ließ. Sie bewundere zwar deren Mut, aber Leben so am Limit, nein, das sei nichts für sie.

»Wolltest du es nicht mal ausprobieren?« Wohl nicht. »Schade!«

»Wieso schade?«, fragte sie, als wüsste er, was sie verpasse.

»Weil es sich absolut geil anfühlt und Lebensfreude pur ist!«

»Oh, du hast es also schon probiert?«

Stefan lachte gefällig. »Ja, nicht nur einmal.«

»Wow«, spitzte sie den Mund. »Ehrlich gesagt, überrascht es mich nicht«, gab sie zu. Man könne sich doch sicherlich nicht von jedem x-beliebigen Berg stürzten und selbst dann: Ist man nicht auf Gedeih und Verderb den Launen der Natur ausgesetzt?, wollte sie wissen.

»Ganz so vogelfrei, wie du dir vielleicht vorstellst, ist man dann doch nicht«, erklärte er. »Sicher, das Wetter ist natürlich extrem entscheidend und manchmal auch unvorhersehbar. Aber vieles hast du auch selbst in der Hand, und das sprichwörtlich.«

Jennifer war baff und im nächsten Moment beeindruckt. Was hatte sie da für ein Exemplar von Mann kennengelernt? Und was würde sich noch alles an ihm auftun? Er war so vielseitig und sein Enthusiasmus steckte an.

Ohne, dass sie dagegen ankam, sah sie Thomas vor Augen: so oft missmutig und wortkarg, in sich gekehrt und weitgehend interesselos. Vermutlich hockte er gerade wieder im Keller vor dieser beschissenen Eisenbahnanlage oder vorm Computer. *Nein!* Das war ungerecht, schoss es ihr in den Sinn. Er ist Thomas und das hier ist ein anderer Mann.

»Ich möchte dich nicht langweilen mit meinen Spleens«, bemerkte Stefan Jennifers gedankliche Abwesenheit.

»Das tust du keineswegs. Mir gingen nur gerade ein paar Sachen durch den Kopf«, wirkte sie etwas durcheinander.

»Deine Ehe!«

Jennifer lehnte sich im Gehen an Stefans Schulter und schwieg. Sie drückte seine Hand noch fester und meinte wenig später befreit: »Ich erinnere mich an ein Musikvideo aus den Neunzigern, Tears for Fears, wenn ich nicht irre, da flogen zwei mit einem Fallschirm Hand in Hand …«

»Sowing The Seeds Of Love«, unterbrach er sie, »Hammernummer!«

Stefan legte seinen Arm um ihre Taille. »Beim Fliegen bist du ganz tief in dir«, schwärmte er, als schwebe er gerade. Jennifer lauschte seinem Flug. Beim Start, wusste er, habe meist noch das Adrenalin die Oberhand und das Herz klopfe wie wild. Fehlt dir dann der Boden unter den Füßen, übermannen dich nur noch unbeschreibliche Glücksgefühle und du möchtest die ganze Welt umarmen. »Dieses Grinsen kriegst du lange nicht aus deinem Gesicht, glaub mir.«

Und ob sie ihm das glaubte! Sie war längst von seiner Begeisterung angesteckt. »Denkst du, wir sollten dieses Glücksgefühl mal gemeinsam erleben?«

Stefan blieb stehen und drückte sie fest an sich heran. »Unbedingt!«

*

13

Wieder und wieder spulte der Hauptkommissar die Aufzeichnungen aus der Straßenbahn zurück und richtete sein Augenmerk abermals auf den Nebenmann Hamidis und dessen Handlungen.

Deutlich erkennbar, wie der Unbekannte hektisch seine aus der Mappe gefallenen Habseligkeiten zusammen kramte und zur Tür hastete. Die Kameraeinstellung zeigte 'Pirnaischer Platz' und die Bahn rollte nach dem Türenschließen wieder los. Hamidi blieb sitzen, schien zu dösen, das Kinn fiel immer wieder zum Hals, erkennt Frömmel.

Schließlich das Szenario beim überstürzten Ausstieg am Bahnhof Neustadt und Völlners Versuch, ihm hinterher zu rufen. Ende der Aufzeichnung.

Er griff zum Telefon und wählte Hubrichs Apparat.

»Das Ding ist ganz oben angesiedelt, wir sind das untere Glied in der Kette und aus den Ermittlungen raus, verstehst du?«

»Und ich sage dir, bei dem Hamidi sind die auf der falschen Fährte; das sagt mir mein Gefühl«, entgegnete der Revierleiter.

»Bernd«, klang Hubrich genervt, »die Staatsschutzleute sind rund um die Uhr an dem Syrer dran. Die scheinen ziemlich sicher, dass es ihr Mann ist. Außerdem, solange die Todesanzeige in der Presse nicht erschienen ist, arbeitet die Zeit für uns.«

»Gibt's neue Erkenntnisse zur Explosion?«

»Nichts Neues. Die Untersuchungen laufen noch«, gab sich der Minister zugeknöpft.

Frömmel legte auf und strich sich mit der Hand durchs Gesicht. »Sybille, mach mir mal bitte eine Verbindung ins Rektorat der TU«, rief er ins Vorzimmer.

»Hauptkommissar Frömmel, wir hatten telefoniert«, begrüßte er die Dame im Sekretariat.

»Richtig, in einer vertraulichen Angelegenheit«, wusste sich die adrette Endvierzigerin zu erinnern.

»Ich gehe einem Hinweis nach, vielleicht können Sie mir weiterhelfen«, bemühte er sich, betont routinemäßig zu klingen, und vernahm den Duft blumiger Frische.

»Steger, da muss ich schauen. Mehr ist nicht bekannt?«

»G, E, R, Sechs, Schrägstrich sechs, ich weiß nicht, ob das weiterhilft«, buchstabierte er.

»Das ist doch was«, nickte sie und hob den Finger. »Germanistik im sechsten Semester, da sollten wir fündig werden. Moment, ich schau mal ...«

Treffer, freute sich Bernd Frömmel. Germanistikstudent also.

In ihm arbeitete es. Wenn dieses ominöse Kärtchen nun mit ihm und nicht mit Hamidi in Verbindung stehe, es aus seiner Schreibmappe entglitten war und es nicht der verdächtige Syrer verloren hatte, auf den sich derzeit auf allerhöchster Ebene alle Ermittlungen konzentrierten. Das hieße ja, -

»Stegner, Tobias«, unterbrach die Sekretärin Frömmels Grübeleien und bestätigte: »ja, der ist bei uns eingetragen.«

»Na, wunderbar. Können Sie mir auch sagen...«,

Natürlich konnte sie und es machte ihr sichtlich Spaß, den Gedanken des Kommissars vorauszueilen. Schließlich stand die Staatsmacht nicht alle Tage in ihrem Büro und vielleicht konnte sie ja aufklären – in einem brisanten Fall! »Die 6/6 hat elf Uhr dreißig Vorlesung bei Profess...« Sie stockte und Frömmel glaubte, sie schlage sogleich mit ihrem hübschen Gesicht an die Mattscheibe ihres Bildschirmes. »Na, das ist ja ein Ding«, schob sie die rahmenlose Brille ins lockere Haar.

»Vorlesung bei Professor...?«

»Stegner. Professor Stegner!«

Jetzt verstummte auch Frömmel. »Verwandtschaft?«, fragte er vorsichtig.

Das, so leid es ihr tue, entzöge sich ihrer Kenntnis.

»Wo findet die Vorlesung statt?«

»Andreas-Schubert-Bau, Zellescher Weg, Hörsaal 208«, ent-

nahm die Sekretärin dem Plan.
»Ich danke Ihnen, Frau …,«
»Möser, Beatrice Möser«, lächelte sie.
»Sie haben mir sehr geholfen, Frau Möser!«

Er musste sich beeilen, wollte er Professor Stegner noch vor der Vorlesung abpassen. Zeit, einen der raren Parkplätze um das Unigelände zu ergattern, blieb nicht mehr. Nein, wohnen mochte er hier nicht in dieser Gegend. Die kleinen Nebenstraßen um die Hauptmagistrate waren hoffnungslos zugeparkt.

Frömmel lenkte seinen Privatwagen direkt auf den Vorplatz des Campusgeländes und platzierte sein persönliches 'Ich-darf-das-Schild', »Dienstfahrzeug im Einsatz«, hinter der Windschutzscheibe.

Der Bauch eines proppevollen Linienbusses entleerte sich mit gefühlt hunderten Studenten, die in die benachbarte Universitätsbibliothek pilgerten.

»Oppa, hier kannste nich parken!«, vernahm er leise vorbeiziehende Worte.

»Kann ich doch!«, verhallte seine leise Stimme im Trubel.

Eilig lief er in Richtung Haupteingang des modernen Hochschulbaus.

»Guten Tag, ich suche Herrn Professor Stegner«, erkundigte er sich am Empfangsportal.

»Schauen Sie mal oben im Repräsentationsraum nach. Zweite Etage!«

Die Auskunft des jungen Mannes verhallte in zügigen Schritten des Revierleiters.

»Entschuldigung, Herr Professor Stegner?«

Der hochgewachsene Mann mit grauem welligem Haar bestätigte mit leichtem Kopfnicken.

»Hauptkommissar Frömmel, Polizeirevier Mitte. Könnte ich Sie kurz sprechen?«, zückte er seinen Ausweis.

Klaus Stegner erforschte den Polizisten in Zivil und schaute auf seine Uhr. »Ja, aber in fünf Minuten beginnt meine Vorlesung.«

»Es dauert nicht lange«, erwiderte Frömmel, ohne sich eine Gesprächsstrategie zurechtgelegt zu haben. »Sind Sie mit einem Herrn Tobias Stegner, hier Student an der Uni, verwandt?«, stieg er direkt ein.

»Tobias?«, verzog er fragend das Gesicht. »Ja, das ist mein Neffe. Was ist mit ihm?«

»Ihr Neffe…?«, entfuhr es ihm gedankenversunken.

Frömmel, der die neue Situation versuchte einzuordnen, wollte bei Professor Stegner nicht den Anschein einer mutmaßlichen Rechtswidrigkeit seines Familienangehörigen erwecken.

»Darf ich Sie fragen, wie Ihr Verhältnis zu ihm ist?«

Klaus Stegner schaute, als verstünde er die Frage nicht. »Gut! Er ist der Sohn meines Bruders. Aber ich verstehe nicht …«

Frömmel, der alte Fuchs, merkte, wie er begann, sich zu verheddern. Wie lange war es her, dass er hautnah ermittelte? »Anders gefragt: Trauen Sie ihrem Neffen zielgerichtete Verbrechen zu?«

Der Professor holte tief Luft und schien wenig Verständnis für die unumwundene Fragerei des Kommissars aufzubringen. »Könnten Sie sich bitte deutlich ausdrücken? Was, beziehungsweise womit bringen Sie Tobias in Verbindung?«

Der Revierleiter machte Klaus Stegner mit groben Details der Anschuldigungen gegen seinen Neffen vertraut.

»Und Sie glauben, Tobias sei Teil einer terroristischen Verschwörung?«, sprach er laut und senkte sogleich seinen Tonfall, der in gespieltes Gelächter mündete. »Nie und nimmer. Tobi und Gesetzesverstöße, ein Unding!«, echauffierte er sich.

Keiner Fliege täte der Junge etwas zu Leide, das könne er glauben. »Reden Sie selbst mit ihm und Sie werden sehen.«

Bernd Frömmel richtete den Blick zu Boden und kratzte sich die Stirn. Ja, vielleicht wäre es gar keine schlechte Idee, dachte er. Jetzt, nachdem er die Einschätzung des Onkels kannte, musste es sich wohl wahrhaftig um einen Irrtum handeln.

»Kommen Sie, sprechen Sie selbst mit Tobias. Was auch immer Sie gegen ihn erheben, es wird eine Erklärung dafür geben.«

Frömmel fühlte sich überrumpelt. Andererseits sprach soviel Überzeugung aus dem Onkel, dass er sich nur schwer gegen dessen Verteidigungen wehren konnte.

»Tobi, kommst du mal?«, hielt er seinen Neffen nach der Vorlesung auf. Die meisten Kommilitonen hatten den Hörsaal bereits verlassen, als der Professor Hauptkommissar Frömmel vorstellte.

Hager, von mittelgroßer, schlanker Gestalt, so trat er an die Männer heran. Das lockige, halblange Haar und die weichen Gesichtszüge verliehen seinem Aussehen etwas Bubenhaftes. Frömmel musterte ihn sekundenschnell. Seine Menschenkenntnis bestätigten die Einschätzungen des Onkels. Unbeschwert und mit wachem Blick reichte er dem Kommissar die Hand.

»Tobias Stegner«, nickte er freundlich. »Was macht denn die Polizei im Hörsaal?«

Bernd Frömmel vernahm einen ironischen wie unbekümmerten Unterton. Seine Augen ließen nicht von ihm, als er ihn unvermittelt konfrontiert: »Sagen Sie: Kennen Sie einen gewissen Herrn Masaad?«

Frömmel war sich der Tragweite seiner Frage im Klaren. Vermutlich wäre er nicht so direkt damit vorgeprescht, wenn ihn das Auftreten des Studenten und vorab der Professor glaubhaft überzeugt hätten.

Blitzartig erkannte er die Verstörtheit des Jungen. Er musste in ein Wespennest gestochen haben und sofort schossen ihm die Worte von Hubrich durch den Kopf: 'keine Alleingänge, Bernd!'. Ihn durchfuhr es. Die Handschellen? Liegen im Auto! Wenn er jetzt abhaut, dann ist der Teufel los.

Noch immer musterte er Stegner eindringlich. Die scheinbare Leichtigkeit schien verflogen und der Student trat einen Schritt zurück, so als wüsste er, dass er soeben überführt wurde.

»Kennen Sie einen Herrn Masaad?«, wiederholte Frömmel eindringlich.

Tobias Stegner rang nach Luft und schaute verlegen zu seinem Onkel. Sein Blick senkte sich, als er skeptisch fragte: »Woher wissen Sie…?«

»Beantworten Sie meine Frage!«

Er schüttelte den Kopf, verstand keinerlei Zusammenhänge und machte ein ungläubiges Gesicht. »Und das beschäftigt die Dresdner Kriminalpolizei?«

»Tobias, was ist nun? Kennst du diesen gesuchten Mann?«, forschte der Professor irritiert.

Tobias Stegner schnaufte und ein kaltes Lächeln umgab seinen Mund.

»Ich habe einen Plot zu einem Buchmanuskript niedergeschrieben, eine Liebesgeschichte«, sagte er und breitete hilflos die Arme aus. »Masaad ist einer meiner Hauptprotagonisten.«

Bernd Frömmel starrte ihn an, verzog das Gesicht und sank auf den nebenstehenden Stuhl. Das kann doch wohl alles nicht wahr sein, liefen Bilder in ihm ab.

»Nennen Sie mir seinen Vornamen!«, forderte er fassungslos und wollte Bestätigung.

Stegner, der sich noch immer keinen Reim zu den Umständen machen konnte, schien irritiert.

»Fadi. Fadi Massad, ein syrischer Arzt«, stammelte er.

»Wo ist das Buch jetzt?«, wollte Frömmel wissen, der gedanklich noch immer den Aufruhr der letzten Stunden vor Augen hatte.

»Das Manuskript habe ich dabei, es ist noch nicht zu Ende durchgesehen«, erklärte er.

»Das muss ich vorerst beschlagnahmen. Sie haben sicherlich noch Kopien davon.«

»Ja«, wand sich Tobias Stegner, »kein Problem, nehmen Sie's mit«. Er griff in die Umhängetasche und zog einen Hefter hervor. »Wenn es Ihnen hilft, können sie auch den Stick mitnehmen. Da ist alles in einer kompletten Datei drauf. Ich denke ja, dass ich es demnächst zurückbekomme!«

Frömmel nickte. »Wir sichten alles und informieren Sie dann.«

»Gut, war's das erst einmal?«, wollte der Student wissen. »Ich müsste dann zur nächsten Vorlesung.«

Der junge Stegner hinterließ auf Verlangen die Anschrift seines Wohnsitzes und eine Telefonnummer, unter der er für weitere Fragen zu erreichen war.

»Sie halten sich bitte zu unserer Verfügung«, schickte Frömmel hinterher und erhielt bestätigendes Nicken.

Der Hauptkommissar kehrte am frühen Nachmittag ins Präsidium zurück und nahm sich das Manuskript vor. Bereits nach dem ersten Kapitel schienen sich Stegners Angaben tatsächlich zu bewahrheiten. Noch immer steckte ihm die simple Aufklärung in den Gliedern. Den Innenminister erreichte er an diesem Nachmittag vor dem Wochenende nicht mehr. Er informierte Brockmöller, dem Minister ausrichten zu lassen, ihn in einer dringenden Angelegenheit schnellstmöglich zurückzurufen. Sicher, ihm war klar, dass er Hubrich umgehend von den neuen Fakten in Kenntnis setzen musste, damit dieser alle Aktivitäten im Zusammenhang mit der bestehenden Observation des mutmaßlich verdächtigen Syrers Hamidi einstellen ließ.

Irene Frömmel schaute zur Küchenuhr, als sie das Öffnen der Wohnungstür vernahm und wunderte sich. »Na nu, du schon? Haben sie dich rausgeschmissen?«

Ihr Mann lachte betreten. »Ich hab mir noch etwas Arbeit mitgebracht«, stakste er.

Sie bemerkte seine Betroffenheit und erkundigte sich, ob alles in Ordnung mit ihm sei.

»Ja, ja!«

»Ärger?«

Bernd Frömmel wedelte in einem Anflug mit dem Hefter Stegners. »Du glaubst nicht, was für einer unglaublichen Geschichte wir auf den Leim gegangen sind. Und wie die sich gerade bis ganz nach oben zur Pfeife machen.«

Die Frau des Revierleiters hatte so manche Geschichte in den zurückliegenden Jahren zu hören bekommen – auch »unglaubliche« waren dabei. Aber so verstört wie heute hatte sie ihren Mann selten erlebt.

Nein, Details in dieser hochbrisanten Angelegenheit konnte er auch Irene nicht offenbaren, das war ihm klar. Aber in groben Zügen überkam ihn das Verlangen, die Groteske zum Besten zu geben.

»Ich lese jetzt mal weiter«, meinte er.

*

14

Sie kam abgespannt nach Hause, bereitete sich einen Tee und verzog sich mit ihrer Zeitung in den Garten. Drei umfangreiche Zugänge auf ihrer Station, dazu die anberaumte Weiterbildung nach Dienstschluss, für heute reichte es. Na klar, gerade hatte sie es sich gemütlich gemacht, als das Telefon im Haus klingelte. *'Mensch, Jenny, nimm's doch gleich mit raus!'*

»Radisch. Entschuldigung, wer?.. Nein, vielen Dank, wir sind nicht interessiert! Ihnen auch einen schönen Tag!« Warum gibt's keine Telefone, die einem vorher sagen, wer da anruft, ärgerte sie sich über belanglose Telefonumfragen und nahm das Ding nun mit nach draußen.

Die Luft war frisch und angenehm seit dem letzten Regen und auch mit den Temperaturen kamen ihre Pflanzen spürbar besser klar. Jennifer trank einen Schluck ihres Tees, als sie zuckte und die Tasse abstellte. Das gibt's doch nicht! Unfassbar! Spinnt die? Sie lehnte sich zurück, um gebannt auf den Artikel in der Zeitung zu starren. »So eine Unverfrorenheit«, stieß sie heraus. *'Unter notdürftigen Bedingungen kümmern sich Schwestern und Ärzte aufopferungsvoll um zahlreiche Flüchtlinge im Versorgungszelt auf der Bremer Straße. Hier erhält der erfahrene Professor Meinhardt tatkräftige Unterstützung seines syrischen Kollegen Fadi Masaad`*. Das Foto zeigt beide Ärzte bei der Untersuchung eines Patienten. *`Auch der Spaß kommt nicht zu kurz im Camp und die Helfer erfahren Dankbarkeit.'*, hielt Doktor Masaad auf einem weiteren Foto in lachender Vertrautheit Jennifers Hand.

Sie spürte ein Stechen in der Magengegend und erstarrte beim Anblick der Bilder. Aufgebracht griff sie nach dem Telefon und ließ sich mit der Lokalredaktion der Dresdner Tagespost verbinden. Es tue ihr leid, so die Dame, aber Frau Forberg sei nicht im Hause. Morgen Vormittag wieder. Ob sie etwas ausrichten dürfe. Nein! Das könne sie nicht. Jennifer überlegte. Sollte sie Stefan jetzt unnötigerweise damit belasten oder abwarten? Andererseits dürfte es ungewiss sein, Sandra Forberg morgen zu erwischen, und eigentlich verspüre sie nicht die geringste Lust, ihre Verstimmung über eine derartige Dreistigkeit vor ihr zu offenbaren.

»Oh Jenny, dann ist das mehr als unglücklich gelaufen. Ich kann deinen Ärger absolut verstehen«, meinte Stefan, der die aktuelle Ausgabe schon am Vormittag durchgesehen hatte und den Jennifers Foto durchaus entzückte. »Da kann es nur Kommunikationsschwierigkeiten gegeben haben«, versuchte er zu deuten. Vielmehr vermute er Unkenntnis seitens der Bildstelle, wo die Bildauswahl zu den Beiträgen getroffen werde. Sandra halte er für verlässlich und loyal. Er glaube nicht, dass Absicht dahinter stecke.

Jedenfalls fühlte sie sich hintergangen und mochte den für sie misslichen Vorgang nicht einfach abtun. »Stefan, es gab eine klare Absprache. Ich hatte ihr deutlich gesagt, nicht in der Zeitung erscheinen zu wollen. Daran hat sie sich nicht gehalten, Punkt!«

Stefan vernahm die Schärfe ihres Tons. »Jenny, nochmal: Der Vorfall ist unentschuldbar, im Moment sind mir da die Hände gebunden, aber darüber wird zu reden sein, versprochen.«

Jennifer wollte das Thema am Telefon nicht überstrapazieren, noch dazu, weil Stefan keinerlei Schuld traf. »Es tut mir leid. Auch, weil du überhaupt nichts dafür kannst«, entschuldigte sie sich, ihrem Unmut freien Lauf gelassen zu haben. »Ich bin nur, ach,… ich fühl mich einfach hintergangen.«

»Und das kann ich sehr gut verstehen«, hörte sie am anderen Ende.

»Entschuldige, Stefan, ich bin unmöglich, ich weiß. Dabei hab ich dich überhaupt noch nicht gefragt, wie es dir geht«, schmuste sie. Nun ärgerte sie sich doch, ihn damit belastet zu haben.

»Das würde ich dir am liebsten gerade zeigen wollen!«

»Sag's mir, mein kleiner Wortakrobat!«, forderte sie nach

einer kurzen Pause.

»Ist dir klar, was du da gerade von mir verlangst?«

»Vielleicht?«, antwortete sie vielsagend.

»Jenny, hör auf!«, vernahm sie seine Erregung am Ohr. »Das ist Telefonterror!«

»Und wenn schon?«

»Das ist gerade sowas von unpassend«, stammelte er. Schließlich müsse er gleich zum Abendessen heraustreten. Jenny lachte herzerfrischend. »Ja, mein Lieber. Es ist immer wichtig, Prioritäten zu setzen!«

Stefan sah sich mit seinen eigenen Waffen geschlagen. »Ich denke, wir sollten das vertagen«, wollte er fortführen.

»Was du heute kannst besorgen …«, schnitt sie ihm das Wort ab, wissend, dass die einzige Hürde, die augenblicklich zwischen ihnen stand, das Telefon war.

»Du machst mich rasend, Jenny!«, stöhnte er. »Es ist verdammt lang her, dass mich eine Frau auf diese Weise aus der Reserve gelockt hat.«

»Oh, das glaube ich dir nicht! Reserve …«, raunte sie freigeistig, als sie das Zuschlagen einer Autotür im Hof hörte. »Lass uns das ein anderes Mal intensiver erörtern, Thomas kommt gerade von Arbeit«, entrückte sie fernab in den Garten.

»Eine Frage bedrückt mich da noch, Jenny: Wer auf dem Foto ist der verdammt gut aussehende Mann im weißen Kittel an deiner Seite – muss ich mir Gedanken machen?«

Tut, tut, tut, tut.

»Jenny?« Der Nachmittag war wie im Fluge vergangen. »Sag mal, was hältst du davon, mal wieder schön essen zu gehen«, fragte Thomas aus heiterem Himmel. Er hatte sich gerade frisch gemacht und lehnte in der Küchentür, eine Antwort abwartend. Jenny war dabei, die Spülmaschine zu entleeren und Thomas erkannte wohl an ihrer verhaltenen Begeisterung ihre Antwort. »Können wir uns das auch für ein anderes Mal aufheben?«, tat sie abgespannt. Natürlich. Er dachte ja nur.

Was hatte ihn denn plötzlich geritten? Plagten ihn auf einmal Gewissensbisse?

Jennifer vermochte sich nicht zu erinnern, wann sie letztmalig zusammen weggegangen waren, vom Ausgehen ganz zu schweigen. Sollte ihr sein Ansinnen Grund zum Nachdenken geben? Nachdenken? Worüber? Über ihr entfremdetes Zusammenleben, das so lange schon nur eine Richtung kannte, dessen Ende sie bereits sah: eine Sackgasse?

Thomas hing vorm Fernseher ab. Ihre ziemlich schlecht vorgespielte Unlust aufs Essen Gehen nahm er wortlos hin. Nein, das war kein Aufflammen, allenfalls ein Stäubchen, wusste sie. Wie auch; zum Brennen gehörte zumindest ein Funke. Doch nichts davon spürte sie in sich, jedenfalls nicht bei Thomas.

Ihr Handy vibrierte vernehmlich in der Küche. »Schau mal raus! Es scheint, als beobachte er uns!« Jäh kehrte ein Lächeln auf ihr Gesicht zurück, als sie den vollen Mond direkt über sich entdeckte. Thomas entging ihre Freude nicht, nachdem ihr Telefon surrte. »Viele Grüße von Bea!«, suchte sie irritiert nach Worten.

»Hm«, zog Thomas mit Biernachschub zurück ins Wohnzimmer. Den Mond sah er nicht.

Jennifer sank ins Bett, träumte sich in den Schlaf und erwachte erst wieder, als Kaffeeduft sich bis nach oben ins Schlafzimmer breit machte. »Guten Morgen, gut geschlafen?«, begrüßte Thomas sie aus dem Bad kommend. Oh ja, so gut, wie lange nicht, bedankte sie sich der Nachfrage und nahm am gedeckten Frühstückstisch Platz. Oder klang ein abschätziger Unterton aus seiner Frage? »Seit wann interessierst du dich für meinen Schlaf?«, wollte sie Klarheit. War was passiert? Nein, sie konnte sich nicht erinnern.

»Ach, nichts Wichtiges, du hast bloß zwei, - drei Mal laut aufgestöhnt im Schlaf und bist gleich wieder weggenickt«, machte er süffisante Andeutungen.

»Aha«, tat Jennifer desinteressiert. »Reichst du mir bitte mal die Butter?« Na und wenn schon, das war ihr auch egal. *Stöhnen, meine Güte, macht das nicht jeder Mal im Schlaf?*

»Vielleicht die ganzen Eindrücke aus dem Camp.« Wäre das ein Wunder, überlegte sie laut. Schließlich las er ja auch Zeitung und ihr vertrautes Foto mit Fadi Masaad dürfte ihm kaum entgangen sein, überlegte sie. Bisher hatte er sie darauf nicht angesprochen, beließ es vielmehr mit eben solchen vieldeutigen Anspielungen.

Thomas tat nicht so, als forcierte ihr Aufschluss sein ungestümes Interesse. Ahnte er etwas? Noch vor ein paar Wochen hätte sie sich ernsthaft Gedanken darüber gemacht. »Dann mach doch mal ne Pause beim Roten Kreuz«, fiel ihm dazu ein.

»Das will ich aber nicht!«, platzte sie heraus. Die Arbeit dort befriede sie und fülle sie aus. Und das wisse er.

Jenny hatte sich verändert. Zunehmend von Gleichgültigkeit umgeben, in der sie Thomas als eine Art Selbstschutz für sich darin sah.

»Ist dir schon mal aufgefallen«, polterte er unvermittelt los, »dass wir kaum noch etwas miteinander unternehmen?«

Sie glaubte, sich verhört zu haben.

»Jeder macht seinen eigenen Kram, ich nehme mich da gewiss nicht aus. Aber was an Gemeinsamem verbindet uns eigentlich noch?« Und so richtig in Fahrt gekommen: »Hast du dir mal unsere beiderseitigen Befindlichkeiten vor Augen geführt? Wohl nicht. Es ist dir genauso egal geworden wie alles, was uns betrifft.«

Jennifer musste schlucken und Thomas bemerkte, dass seine Vorhaltungen sie kalt überraschten. Für sein abruptes Vorpreschen musste es Gründe geben, dazu kannte sie ihren Mann zu genau.

Ihre sonst äußerliche Besonnenheit fiel dem Verbalangriff ihres Mannes zum Opfer und nur mit Mühe gelang es ihr, die Contenance zu wahren. »Das ist ja jetzt wohl nicht dein Ernst«, ging sie in die Gegenoffensive. »Wenn ich dich erinnern darf, mein Lieber, warst du es, der sich mehr und mehr abwandte und zurückzog. Ja, ich habe dich vielleicht dabei zu wenig beachtet – weil ich nicht rankam an dich! Wir sind schleichend da hineingeraten. Der Vorwurf, den ich mir dabei ankreide, ist, es laufen gelassen zu haben«, brachte sie in ihrer Erregung hervor.

Thomas mochte sich auf keine weiteren Diskussionen einlassen, schaltete in den Beschäftigungsmodus und begann, den Tisch abzuräumen. Jennifer wollte das erst einmal setzen lassen und verzog sich resignierend in den Garten. Da war was ausgesprochen, wusste sie, und es traf sie nicht einmal ins Herz. Früher, ja; da hatte sie sich nach solchen Debatten den Kopf zermartert, fühlte sich gekränkt. Inzwischen empfand sie dieses unterschwellige Resignieren in sich befreiend.

»Ich möchte Ihnen Doktor Masaad vorstellen! Er wird in der nächsten Zeit unser Ärzteteam im Haus als Assistenzarzt verstärken«, überraschte Oberarzt Meinhardt die zum Frühstück versammelten Schwestern, nachdem er bei der Klinikleitung und Gesundheitsbehörde grünes Licht erhalten hatte. Das erleichterte Anerkennungsverfahren für ausländische Berufsabschlüsse und der persönliche Einsatz Doktor Meinhardts ermöglichten dem syrischen Arzt diesen Glücksumstand.

»Herzlich willkommen!«, begrüßte Jennifer Fadi Masaad. »Was für eine Überraschung, ich freue mich!«.

Die Freude war ganz auf Seiten des Arztes, wenn auch zurückhaltend. In den Gesichtern ihrer Kolleginnen bemerkte sie, dass Aufklärungsbedarf bestand. Ihr Engagement im Flüchtlingscamp war den meisten von ihnen bisher nicht bekannt.

»Das ist ja ein ganz Schnuckeliger«, stellte Petra aus dem Häuschen fest, nachdem die Doktoren hinaus waren. Wie er denn sei und wie lange sie sich kannten, wollte sie wissen. Ja, sie müsse schon mehr erzählen, forderten auch Silke und Martina.

»Am besten fragt ihr ihn das selbst, wenn es euch so brennend interessiert«, wiegelte Jennifer erheitert ab und machte sich im Nebenzimmer daran, Patientenakten für die Visite zu sortieren, als ihr Handy in der Kitteltasche zappelte. *»Nur noch einmal Futter für den kleinen Fisch, der die Freiheit schon riechen kann - Guten Morgen, mein Schatz!«*

Jenny schmunzelte und tippte: *»Hat denn der kleine Fisch schon sein heimisches Wasserglas bereitet?«*

»Ich dachte, das könnten wir gemeinsam herrichten!«, las sie wenig später und tippte: *»Wie sieht's mit frischem Grün aus?«*

Er: »Gute Idee. Ich koche für dich!«

Sie: »Wenn ich mich beteiligen darf, gern.«

Er: »Die Gedankenfülle an neuer Würze – himmlisch!«

Sie: »Nach längerer Zeit der Schonkost solltest du Scharfes aber mit Vorsicht genießen ...«

Er: »Ich verlasse mich da ganz auf mein Bauchgefühl!«

Sie: »Nun ja…«

Er: »Würdest du mich denn hier abholen kommen?«

Sie: »Das mach ich gern!«

»Entschuldigung, Schwester, könnten wir einen Blick in die PAs werfen?«, fragte Doktor Lyssell. An seiner Seite Doktor Masaad, der in den nächsten Tagen gemeinsam mit dem Stationsarzt die ärztlichen Abläufe kennenlernen und sich so für die bevorstehende Prüfung vor der Ärztekammer vorbereiten sollte. »Ich bin überglücklich, Jenny!« Seine schwarzbuschigen Augenbrauen wallten, und beim Hinaustreten schickte er ihr ein Lächeln hinterher.

»Ich weiß nicht, was dieser wunderbare Tag noch bringt«, begrüßte Stefan Jennifer und verlud das Gepäck in ihrem Auto. »Aber eines weiß ich schon jetzt: Es wird einer der Schönsten!«, erklärte er sie küssend. Jennifer, beeindruckt, wollte wissen, wohin sie denn ihren Poeten fahren dürfe. Sie möge einfach losfahren, er zeige ihr schon die Richtung. Keine zwanzig Minuten später lenkte sie den Wagen in eine kleine Sackgasse in verträumter Randlage Dresdens.

Er habe lange nach einer passenden Wohnung nahe der Elbe gesucht, meinte Stefan. Ja, die Gegend sei traumhaft. Der sanierte Altbau passte sich ein ins beschauliche Viertel am Kleinzschachwitzer Ufer.

Im Vorgarten, umfriedet von ehrwürdigem Schmiedezaun, thronte ausladend tiefroter Rhododendron in einträchtiger Nachbarschaft hochgewachsener Kiefern.

Stefan fasste Jennifer bei der Hand und führte sie durch das mit Marmorfußboden herrschaftlich wirkende Treppenhaus hinauf in die Dachgeschosswohnung. Er drehte den Schlüssel im Schloss und öffnete die Tür. Helles Taglicht gab den Blick in offen gehaltene Weite frei. Flur, Wohnraum mit separiertem Arbeitsbereich und Küche bildeten großzügig ein Ganzes. Holzstützkonstruktionen passten sich harmonisch als gefällige Raumteiler ein und sorgten für Behaglichkeit. Überwältigt vom ersten Gesamteindruck, dem typisch rustikalen Wohnflair in unbeschwertem Landhausstil, tastete ihr wandernder Blick in jede Ecke. Mit den gelaugten Massivmöbeln, einer Couch in warmen Rottönen und stilvollen Accessoires, schwang eine Prise Landluft durch die Stadtwohnung.

Er ließ seine Tasche fallen und schloss sie in seine Arme. »Willkommen, Schatz! Ich freu mich so unbeschreiblich, dass du hier bist«. Voller Glück sah sie in leuchtende Augen und vermochte kaum, einen Ton hervorzubringen. »Ich bin im Moment auch einfach überwältigt«, schluckte sie.

In Ungeduld der Enge ihrer Körper zerrann Beherrschung.

»Komm, ich zeig dir was«, griff er nach ihrer Hand und spürte, wie wild sein Herz in der Brust pochte. Er öffnete die Balkontür. Das satte Grün der Wiesen schien unendlich, sie atmeten den Wind und der Fluss lag ihnen zu Füßen. Stefan umfasste den dünnen Kleiderstoff um ihre Taille und Jennifer ließ rücklings seine Hände reisen. Er küsste ihren Hals und sie durchfuhr ein Kribbeln. Sie schloss die Augen und verlor sich in einer Ansammlung von Träumen. Langsam zog er sie zurück ins Zimmer und drückte sie an sich. Leidenschaftlich küssend verschmolzen ihre Münder und Stefan spürte ihr Begehren. Ungezügelt tasteten Finger auf ihrer Haut abwärts – aufwärts – abwärts, berührten wohlgeformte Kurven, Berge, Hügel.

Weichen Stoff umspielend, entschlüpften seine Finger und sie erschraken aus hungrigen Augen. Kurz darauf der ersehnte Etappensieg: Ihm zu Füßen lag ihr samtschwarzes Spitzenhöschen. Suchend vergrub sich ihre Hand unter seinem T-Shirt und kreiste derb. Hemmungslos entledigten beide einander die Kleidung von ihren Körpern und sie folgte ihm in die Tiefe. Einend verschwamm auf benetzter Haut ein inniges Gefühl und füllte sich in ihnen aus.

Beglückt lagen sie verschlungen, einander anschauend, liebkosten zärtlich, schwiegen. Voller Bewunderung schickte er seine Finger abermals auf Erkundungsreise über ihren anmutig nackten Körper. Erst jetzt bemerkte er das Muttermal unterhalb ihrer rechten Brust. »Hey, ich hab ein süßes kleines Geheimnis entdeckt«, freute er sich diebisch.

»Sie tanzt schon ein Leben lang für mich«, klang es schüchtern aus ihr.

»Sie?«

»Ja, meine Primaballerina!«, erheiterte sich Jennifer und drückte seinen Kopf an ihren Busen.

Stefan erhob sich, den Fleck nicht aus den Augen lassend und meinte mit aufgesetztem Ernst: »Also, Jenny, hier will ich unbedingt mit dir hin!«

»Bitte?«, lachte sie und verstand nicht, wovon er sprach.

»Na, auf deine Insel!«

Jenny verzog das Gesicht und schaute ihn etwas ungläubig an. »Der Sex mit dir war himmlisch, aber hat er dich so konfus gemacht?«

Stefan musste laut lachen: »Ich verfüge eben über grenzenlose Fantasie, schon vergessen? Und was für dich deine Tänzerin, ist für mich eben Sylt.«

So einfach war das.

»Komm mit!« Er trat mit Jenny vor den großen Spiegel im Bad und erklärte ihren Körper ganz neu. »Schau mal«, umspielte er ihre kleine Insel. »Und hier«, malte er behutsam mit Zahnpasta um den westlichen Inselteil ihrer Primaballerina, »erstreckt sich… einer der schönsten Sand…strände, die das Land zu bieten hat.«

»Du bist ja…«, verstummte sie.

»Und ich wusste von Anfang an, dass du etwas ganz Besonderes für mi…« Sie drehte sich um, verschloss küssend seinen Mund und beide ergaben sich ihrer erneuten Lust.

Erschöpft vernahmen sie das Nebelhorn eines Dampfers. Weit weg winkten ausgelassen Menschen und sie umschlangen sich nackt auf dem Balkon: »Du machst mich glücklich, Jenny. Ich liebe dich!«

»Ja, ich freu mich auch«, hörte sie Thomas leise sagen, als sie in den Flur trat. »Bis morgen dann!«, beendete er das Telefonat, als sie in die Küche trat.

»Wo kommst du denn her?«, fragte er erstaunt, um eilends ins Bad abzubiegen.

»Ich?«, sah sie beiläufig auf das Display seines Handys: *Anruf Simone*, »ich war bei Bea«.

»Aha«, murmelte er vielsagend, als wüsste er, dass das gelogen war. »Ziemlich oft in letzter Zeit, findest du nicht?«

»Was soll das jetzt?«, knurrte Jennifer.

»Ich meine ja nur«, stammelte ihr Mann. »Sie fallen eben auf, deine sich häufenden Unternehmungen… mit Bea.«

Sie kam wohl wenig glaubwürdig herüber, wie sie seiner Betonung entnahm. »Es tut mir im Moment gut«, meinte sie emotionslos in Anspielung auf ihre letzte Auseinandersetzung.

»Weil du hier so leidest!«, stellte er sarkastisch fest.

»Was willst du jetzt hören, hm? Läuft doch alles super? Friede, Freude, Eierkuchen?«

»Dein Vorschlag?«, wollte Thomas kleinlaut wissen.

»Mein Vorschlag? Ich habe keinen!« Jennifer lief orientierungslos durch die Küche. »Jedenfalls ist dieser Zustand kein Dauerzustand«, preschte sie nach einer kurzen Pause energisch hervor. Einmal den kleinen Stein angeschubst, brachte sie, innerlich aufgewühlt, nun den ganzen Berg ins rollen. Was hatte sie noch zu verlieren, vielmehr, was setzte sie künftig aufs Spiel mit immer neueren Ausflüchten?

»Vielleicht wäre es sinnvoll, in der nächsten Zeit etwas Abstand zu gewinnen.«

»Ah«, brachte er hervor und belächelte ihren Vorschlag: »Jenny braucht etwas Abstand, natürlich – von mir!« Thomas nickte entschlossen. »Dann bitte. Tu dir keinen Zwang an!« Er griff sich ein Bier aus dem Kühlschrank und verschwand in den Keller.

Von jetzt auf gleich hatte sie eine klare Ansage gemacht, deren

Tragweite sie ebenso wenig wie ihre Zukunft überhaupt überblicken konnte.

Den Tag eins nach dieser entschlossenen Neuausrichtung begann Jennifer mit morgendlichem Joggen und einem ausgiebigen Frühstück auf der Terrasse. Von Thomas beziehungsweise einer Nachricht über dessen Verbleib fehlte jede Spur. Heute sollte ihr erster gemeinsamer Urlaubstag sein. Von langfristigen Planungen hielten sie von jeher nicht viel. In den vergangenen Jahren waren sie mit ihrer Spontanität immer recht gut gefahren. Je nach Lust und Laune entschieden sie sich kurzfristig im Reisebüro oder am Flughafen für ein Reiseziel. In der momentanen Lage, dachte sie, ein Vorteil. Somit könnte sie die kommenden beiden Wochen vogelfrei planen. Zunächst aber stand der vermeintliche 'Abstand' auf der Tagesordnung. Unweigerlich irrten ihre Gedanken zu Stefan, aber konnte sie ihn derart überrumpeln? Die Alternative wäre eine Pension – oder Bea. Jennifer wählte. *'Der von Ihnen gewünschte Gesprächspartner ist zurzeit ...'* Ihre Finger zappelten auf der Tastatur, um kurz innezuhalten. Sie verwarf die SMS an ihre Freundin und tippte: *»Ehefrau sucht für sofort liebevolles Heim auf Zeit, gern zur Untermiete!«*

Ihr Herz klopfte, als sie auf 'Senden' drückte, und ein Lächeln lag auf ihrem Gesicht, als sie nur wenig später las:

»Junger Mann, lebenshungrig und bisweilen einsam, bietet nettes Zuhause, auch für länger und darüber hinaus, mit wundervoller (Zukunfts-?)Aussicht. Bedingung: Schnellentscheidung auf Grund großer Nachfrage.«

Jenny lächelte und lief Gedanken versunken durch die Zimmer ihres Hauses. Ein unwohles Gefühl beschlich sie und sie spürte den Kloß im Hals. Sie würde heute gehen und wusste, dass ihr all das hier fehlen würde. Schlimmer: Unvorstellbar, ein Leben ohne ihr vertrautes Heim, ihren geliebten Garten. Zweifel wuchsen. War das der richtige Schritt? Sie verließ einen fest eingeschlagenen Weg und zahlte unter Umständen einen hohen Preis.

Auf einmal gewannen Beas Worte an entscheidender Tragweite und je länger sie darüber grübelte, umso deutlicher erschien ihr die Notwendigkeit.

»Ich hatte wegen der Untermiete angefragt, ich hoffe, ich komme nicht zu spät…?«

Nein, sie hätte Glück, er habe all den anderen Interessentinnen einen Korb gegeben. »Willkommen, mein Schatz!« Er nahm ihr die Tasche ab und schloss sie fest in seine Arme. Dabei blieb ihm nicht ihre Zurückhaltung, die Unsicherheit ob dieses schweren Schrittes, den sie angetreten hatte, verborgen. »Es wäre mein Wunsch, dass du dich hier wie zuhause fühlst«, sagte er liebevoll. Stefan servierte Kaffee hinter dem Küchentresen, Jenny, ihm gegenüber auf dem Barhocker, blickte ihn an.

»Was machen wir mit unserem ersten gemeinsamen Tag?«, wollte er wissen. Er legte seinen Kopf in den aufgestützten Arm und hatte sogleich einen Vorschlag parat: »Lust auf Fluss?« Jenny nickte beseelt.

Das Wetter zeigte sich von seiner besten Seite, nicht zu heiß und gelegentliche Wölkchen am Himmel. Wochentags spazierte es sich recht ruhig entlang der Elbe, ohne den Radlertourismus wie an Sonntagen. »Also, ich würde sehr gern mal wieder Möwen statt Enten sehen wollen«, wandte er, flache Steine ins Wasser werfend, lapidar ein.

»Möwen?«, lachte Jennifer, die einen Augenblick brauchte, um seine Anspielungen zu durchschauen. »Du willst …?«, machte sie ein skeptisches Gesicht.

»Ja – ich will!«, sprach er deutlich, als habe er ihr soeben sein Ja-Wort vor dem Traualtar gegeben. »Ich will alles, was dich, was uns glücklich macht.«

»Traust du dir denn das Verreisen schon wieder zu?«

»Warum nicht? Außerdem bin ich doch in besten Händen«, meinte er überzeugend.

Seine Spontanität versetzte sie immer wieder aufs Neue ins Staunen. »Das wäre wirklich toll, aber jetzt, mitten in der Saison? Ich glaube, das wird sicher ein Problem, denkst du nicht?«

»Komm, lass uns umkehren, ich checke gleich mal die Lage im Internet«, meinte Stefan euphorisch.

War wohl keine gute Idee, dachte er kurze Zeit später. Überall hagelte es Absagen: ‘Tut uns leid, im Moment ist alles belegt, ab Mitte September wäre wieder …’ ‘Danke – Nein! Sie wollten jetzt!’ Diesen letzten Versuch noch, ansonsten müssten sie aufs Festland ausweichen, meinte Stefan. »Da haben Sie Glück, ich hätte ab morgen, Moment … ja, vier Tage hätte ich bis zur nächsten Belegung frei«, meinte Frau Hansen aus Westerland. »Fabelhaft«, freute er sich und wollte die Dame am anderen Ende umarmen. »Bitte? Ach so, ja, natürlich: Jennifer und Stefan Mühlhaus!«, erklärte er und legte auf.

»Jennifer und Stefan Mühlhaus?«, glaubte sie sich verhört zu haben.

»Ich wollte auf Nummer sicher gehen«, versuchte er sich schutzlos ihren Kabbeleien zu erwehren. »Nicht, dass wir vielleicht noch getrennt schlafen müssen«, malte er schwarz. Außerdem sei das doch gar keine so schlechte Vorstellung, oder?

15

'Ich brauche die Zeit jetzt für mich', las Thomas den Zettel auf dem Küchentisch. Und dass sie nicht weiter mit Lügen durchs Leben gehen wolle.

»Welche Signale brauchst du denn noch?«, wollte sie am anderen Ende wissen. Er möge endlich begreifen, dass sie ein falsches Spiel mit ihm spiele. Es sei sicher nicht allein seine Schuld, wie seine Frau ihm andauernd glauben machen wollte. Sie ist diesen Schritt jetzt gegangen und habe lediglich den passenden Moment abwarten wollen.

Er vernahm ihre verachtenden Worte. Nein! Sie mochte nicht kommen und in fremden Betten lieben. Als Strohwitwer solle er nun die Zeit nutzen, in sich zu gehen, über sein Leben, seine Ehe nachzudenken. Ja, genau das solle er jetzt tun und anfangen, Nägel mit Köpfen zu machen. »Räum auf in deiner Beziehung, Thomas!« Eine dauerhafte Zukunft mit einem verheirateten Mann könne sie sich nicht vorstellen.

16

Die ausgeschlafene Sonne schickte bereits ihre lockenden Strahlen ins Schlafzimmer. Der Tag versprach Schönwetter, in jeglicher Hinsicht. Jennifer tastete schlaftrunken über das zerwühlte Laken neben sich. Sie öffnete ihre Augen und vernahm den durchdringenden Duft von Kaffee und Aufgebackenem. Auf ihrer Schulter spürte sie sanftes Küssen. »Guten Morgen, mein Schatz!«, flüsterte ihr Stefan leise ins Ohr und sah sich postwendend ihren unvermittelten Fängen ergeben. Ihren Händen bereitete es wenig Mühe, sich halbwach unter seinem Hemd einzugraben und den kräftigen Oberkörper in Aufregung zu versetzen. Die Kaffeemaschine, die ihren Dienst längst verrichtet hatte, zischte erinnernd.

»Ich… möchte nicht drängeln, aber… wir haben heute… noch einen kleinen Weg… vor uns …«, stammelte er, während seine Lippen ihre warme Haut küssten.

»Einverstanden, aber nur, wenn wir das hier vertagen«, säuselte sie zärtlich in sein Ohr beißend.

Nach ausgiebigem Frühstück verstauten sie ihr Gepäck in Stefans Auto und starteten in Richtung Norden. Jennifer fand schnell Gefallen an seinem sportlichen Wagen, dessen Ledersitze Komfort und Bequemlichkeit wohltuend vereinten. Dazu beste Reisebedingungen: Die Sonne über ihnen und Pink Floyd aus den Lautsprechern weckten die Freude auf kommende Stunden.

»Jenny, was hältst du davon, meiner Mutter auf dem Rückweg einen Besuch abzustatten, ich möchte dich ihr endlich gern vorstellen«, fiel ihm spontan ein.

Natürlich, sehr gern, meinte sie und war schon sehr gespannt. Wo das denn sei, erkundigte sie sich und wie es überhaupt zu dieser örtlichen Trennung gekommen sei?

»Mein Elternhaus steht in einem kleinen Vorort bei Peine, zwischen Braunschweig und Hannover«, sagte Stefan. »Nach dem

Abitur hatte ich die Wahl zwischen der Uni in Hannover und Leipzig. Und da ich gern etwas Neues kennenlernen wollte, entschied ich mich für Sachsen.« Rückblickend sei das der absolut richtige Schritt gewesen, den er zu keiner Zeit bereut habe. Na, und die Journalistik, das Schreiben an sich, habe schon immer in der Familie gelegen. Bereits der Urgroßvater und dessen Sohn hätten ihre Brötchen in Schreibstuben verdient, was sich generationsübergreifend bis heute fortgesetzt habe. Nach erfolgreichem Studienabschluss bewarb er sich als Volontär bei der Dresdner Tagespost, wo er viel Handwerkliches gelernt habe. Vor einem Jahr dann kam das ihn völlig überraschende Angebot der Geschäftsführung, die Stadtredaktion zu übernehmen. Eine Bauchentscheidung sei das gewesen, sagte er nicht ohne Stolz und: »Es hatte mich in dem Moment sehr geehrt.«

Das verstand sie natürlich. »So stellt man sich eine Bilderbuchkarriere vor«, resümierte sie.

Nein, er wollte sich nicht beklagen, was sein bisheriges Leben anbetraf. Ein Waisenknabe sei er aber ganz sicher nicht gewesen. Von einer unbeschwerten Kindheit mit allen Vorzügen, aber auch Nachteilen als Einzelkind berichtete er, ebenso von einer unaufgeregten Schulzeit. Von Dummejungenstreichen in der Freizeit; wie er und sein Freund Torsten nach der Schule am Wiesenberg, unweit seines Zuhauses, heimlich rauchten und mit einem Male der halbe Hang in Flammen stand, die Leute mit gefüllten Wassereimern herbei eilten. Oder wie sie den alten Polo in Abwesenheit von Torstens Eltern aus der engen Garage schleppten, dieser trotz endloser Anschiebversuche einfach nicht anspringen wollte und sie ihn mit vereinten Kräften, halb erschöpft, die bergauf führende Dorfstraße zurück unters Verdeck bugsierten. Natürlich sei die Erleichterung bei ihnen groß gewesen, dass das Bubenstück nicht aufflog.

»Also auch Ecken und Kanten, da bin ich ja beruhigt«, stellte sie fest und belächelte seine Erzählungen.

»Ja, ich denke, Mädchen setzen sich solchen waghalsigen

Kicks nicht unbedingt aus, oder?«

»Anders!«, ließ sie vielsagend offen. »Darf ich fragen, was deine Eltern machen?«

»Ich hab nur noch meine Mutter. Sie ist Redaktionsleiterin bei einem mittelständigen Verlag. Mein Vater starb, als ich mit dem Studium begann, Krebs.«

»Das tut mir leid«, sagte Jennifer, in der sogleich dunkle Bilder aufstiegen.

»Jetzt erzähl du doch mal von deiner Familie«, wollte Stefan keine Sentimentalitäten aufkommen lassen.

Das sei schnell erzählt, meinte Jenny zurückhaltend. Auch an ihre Kindheit habe sie größtenteils gute Erinnerungen. Sie seien eine fröhliche Familie gewesen, Mama und Papa und ihre fünf Jahre jüngere Schwester Maike, mit der sie sich ein Zimmer in der kleinen elterlichen Wohnung teilte. Ja, natürlich habe es schon ab und an Zickereien gegeben, insbesondere als sie in der Pubertät war und erste Freunde mit nach Hause brachte.

Stefan überholte den Brummi auf seiner Spur und schert wieder ein, als Jennifer eine Pause machte und schluckte. Er blickte zu ihr und war benommen, als Tränen über ihr Gesicht liefen. »Was ist passiert, Jenny?«

Ihr Brustkorb hob und senkte sich unter dem Gurt. »Sie sind alle bei einem Autounfall verunglückt«, sagte sie gefasst.

Rasende Stille. Pink Floyd kreist einfühlsam seine Runden: ‘High Hopes’.

Sie hätten keine Chance gehabt, die Eltern waren sofort tot, erzählte sie. Maike sei auf dem Weg ins Krankenhaus verstorben. Auf der Heimfahrt vom Urlaub in Kroatien war der Laster frontal auf sie zugerast, Sekundenschlaf. Sechzehn Jahre sei das her und schicksalhaft zudem, weil sie einen Tagen früher zurückkommen wollten, um gemeinsam ihren zwanzigsten Geburtstag zu feiern.

Der Laster, den Stefan soeben noch überholt hatte, hupte und jetzt bemerkte auch er im Rückspiegel dessen unentwegtes

Lichtgeben. Er schien schon fast am Kofferraum zu kleben. Stefan beschleunigte, drückte kurz wie zur Entschuldigung die Warnblinker und fuhr den nächsten Parkplatz an, um frische Luft in ihre Köpfe zu lassen.

Die Strecke schien beinahe ein Katzensprung in seinem flotten Flitzer, und flaches Land, soweit das Auge reichte, kündete vom baldigen Ende des Festlands. Die Überfahrt mit dem Autozug verging rasch und nach achtstündiger Fahrt erreichten sie am späten Nachmittag das »Ferienhaus Friesen.«

Ein kurzes Dehnen und sie schmeckten die raue, salzige Meeresluft auf ihren Lippen. In der Ferne hörten sie das Tosen der Brandung.

'Ferienhaus belegt', schaukelte der Wind das kleine Schild im Vorgarten. »Moin, willkommen auf Westerland«, kam ihnen Frieda Hansen aus dem Haus entgegen und öffnete die flachen Holztore.

Jawohl, Familie Mühlhaus, bestätigte Stefan. Danke, die Fahrt war angenehm und sie hätten auch sofort hierher gefunden. Sie könnten gleich bis durch zum Ferienhaus fahren, meinte Frau Hansen. Langsamen Schrittes fuhr er der Vermieterin hinterher und bemerkte erst jetzt ihr Wippen unter der Kittelschürze beim zügigen Laufen. Jennifer, von der blühenden Pracht unzähliger Pflanzen und Sträucher fasziniert, folgte dem Wagen.

Verträumt romantisch stand das kleine Ferienhaus im hinteren Teil des Grundstücks, umgeben von halbhohen Nadelbäumen. Das reetgedeckte Dach reichte tief bis zum Erdboden. Abseits des Eingangs lud ein Strandkorb auf gepflegtem Rasen zum Verweilen ein.

Der untere Wohnbereich, zeigte Frau Hansen, beherberge Küche und Bad, dazu diesen kleinen Korridor. Eine schmale Treppe mit Handlauf führte in einen hellen, bis zum Giebel offenen Wohnraum mit Sofa, Tischchen und kleinem Fernseher. Die enge Sprossenleiter verband den Wohnraum mit dem Spitzboden, der flächig wie abenteuerlich mit einer Doppelmatratze als

Schlafkammer diente.

»Ist das in Ordnung für Sie?«, rief sie nach oben, während Jennifer und Stefan ihre Verzückung vor der Frau über ein derart himmlisches Liebesnest im Zaum hielten. »Wunderbar! Wie geschaffen für uns«, meinte Stefan, der Jenny kniend anlächelte und sich unten gerade sehnlichste Frau Hansens Abgang wünschte.

»Sieh doch mal, der Ausblick«, war Jennifer entzückt. Traumhaft, fand auch er, seine Hand Jennys Po unter dem Kleid fest drückend.

»Ja, der Ausblick! Da schwärmen alle von, wenn sie da oben rausgucken. Da können Sie weit übers Wasser schauen!«, rief sie laut nach oben.

Stefan interessierte eben weniger der Ausblick aufs Wasser als…

»Wenn es weht, können Sie das Plätschern der Wellen und das Rauschen des Schilfs hören«, berichtete Frau Hansen. An manchen Tagen würden sie auch von zotteligbraunen Sylter Weidekühen begrüßt. Naja, meistens seien es sowieso junge Leute, an die sie das Häuschen vermiete, wegen der Enge, sie wüssten schon. Aber jetzt um diese Zeit hätten sie ausgesprochenes Glück gehabt! Auch nur, weil die Vorgäste eher abgereist sind, aber das habe sie ja schon am Telefon gesagt.

Stefan rollte mit den Augen, wog den Kopf und atmete tief ein. Jenny presste ihren Finger auf seine Lippen und lachte unterdrückt. »Hm«, nickte sie sich in Richtung Sprossenleiter.

»Ihnen gefällt es wohl da oben so sehr?«

»Ja, man kann sich gar nicht satt genug sehen an diesem An-, äh, Ausblick«, entgegnete er und schaute Jennifer aus verlangenden Augen an.

Na, sie seien ja gerade erst angekommen, tönte es von unten. »Ich würde Ihnen noch das Schließen zeigen, ja?«

`Natürlich, Frau Hansen`.

Wo sie noch schön etwas zu Abend essen könnten, wollte Stefan wissen. An der Promenade, nicht weit von hier, gebe es einige nette Restaurants, wusste Frau Hansen.

Ach, ja, die Kurtaxe, meinte sie mit einer großzügigen Handbewegung zu Stefan, habe auch noch Zeit bis Morgen früh.

Eine laue Brise fächelte durch den 'Alten Fischkutter' und nur wenige Gäste verweilten noch zu vorgerückter Stunde bei dezenter Musik auf der Terrasse des Lokals. »Ich hab noch nie so viele Sterne auf einmal am Himmel gesehen«, döste Jennifer abwesend.

»Wissenschaftler behaupten sogar, im All gäbe es mehr Sterne als Sand am Meer«, meinte Stefan, während er abwesend Mails auf dem Handy checkte.

In dieser Fülle könne man nur schwer Sternbilder ausmachen, sinnierte sie.

»Eigentlich gibt es ja keine Sternbilder an sich«, sagte er und legte das Telefon beiseite. »Die hat erst der Mensch mit seiner lebhaften Fantasie hineininterpretiert.« Die ersten Seefahrer, wusste er, nutzten Sternbilder als Orientierungshilfe ihrer Schiffsrouten entlang der Küste.

»Na, dann hoffen wir mal, dass sie uns den Weg zurück in unsere kleine Liebeslaube weisen«, malte sie mit dem Finger im Zickzack auf die Tischdecke.

Wenig später erwies sich der Zutritt zum Hansschen Gartentor als kein leichtes Unterfangen. Die Fülle an Schlüsseln ließ Stefan verzweifeln. 'Verdammt, einer muss doch passen', fluchte er. Endlich!

»Zweimal rum schließen!«, erinnerte ihn Jennifer scherzhaft der mahnenden Worte Frau Hansens. Sie meinten, eine deutliche Bewegung der Gardine am Vorderhaus ausgemacht zu haben, als Laternenlicht ihnen den stillen Pfad zum kleinen Gartenhaus erhellte.

Zunehmend drang auf- und abschwellendes Rauschen durch das

halboffene Fenster des Spitzbodens. Ihrem Rücken zugewandt, drehte sich Stefan mit geschlossenen Augen unter kitzelnden Sonnenstrahlen und ließ den Arm auf ihrer Decke ruhen.

Jennifer schlief einen Schlaf der Gerechten und erwachte erst, als er wenig später das Frühstückstablett nach oben balancierte. »Hey, das ist ja Romantik pur, Guten Morgen!«, sagte sie und strich sich scheu die Haare aus dem Gesicht.

Sie spürte, dass es nur den Umständen dieses wackeligen Tabletts geschuldet war, dass es bei seinem »Guten Morgen, mein Schatz!« blieb.

Nach ausgedehntem Frühstück beschlossen sie für den heutigen Tag das Erkunden der näheren Umgebung. Ein Strandspaziergang vielleicht!

»Ich überlege gerade, ob das Ausschwärmen nicht noch warten kann«, war Stefan hin und weg, als Jennifer im tuchdünnen Sommerkleid die schmale Sprossenleiter herab stieg und sie seine Hände fest unter dem Stoff spürte. Entzückt verließ ein kurzer Aufschrei ihre Lippen. »Wir können doch nicht … den ganzen Tag … im Bett verbringen …«, flüsterte sie sanft seine Lippen beißend.

»Warum eigent…lich… nicht…?«, genoss er ihr heftiger werdendes Küssen.

»Du hast recht, war…um … nicht …«, brachte sie hervor, zog an seinem Gürtel und sank auf die Knie. Sie umspielte, schaute auf, biss an sich haltend, ohne ihn aus den Augen zu lassen. Die Wucht ihrer Körper ließ den Tisch krachend in haltlose Stühle fahren, die derbe Vase mit Trockenem polterte zu Boden. Sie vernahm seine Lust auf ihrer Haut.

Kein Meeresrauschen.

Erschöpft und leer spürten sie die Feuchte zwischen ihren Rücken und dem Synthetikteppich. Nach einem Moment des Verweilens beugte sich Jenny über ihn, kräuselte sein spärliches Haar auf der Brust, um, wie vom Blitz getroffen, aktiv zu werden: »Gleich elf, hoch jetzt!«

Sie stand auf und klapste seine mit geschlossenen Augen fordernden Arme. »Du weißt doch, der frühe Vogel fängt bekanntlich den Wurm«, meinte sie weniger ernst, angesichts der vorgerückten Stunde.

»Der frühe Vogel kann mich mal!«, druckste Stefan erschöpft.

Ob sie denn gut geschlafen hätten die erste Nacht, erforschte sie beim eifrigen Fensterputzen. Vorzüglich, Danke. Jetzt wollten sie aber den wunderbaren Tag nutzen, was Frau Hansen, ob der unbeschwerten Verkündung zu dieser Tageszeit, ein befremdetes Stirnrunzeln ins Gesicht malte.

Jennifer und Stefan schauten auf die ruhige See. »Kopf oder Zahl?«, wollte er wissen. Er sah in Jennifers ungläubige Augen, die mit der Frage nichts anfangen konnte. »Kopf oder Zahl?«, piekste er sie in ihre Taille. »Kopf!«, zierte sie sich und küsste ihn auf die Stirn. Es hätte sowieso keinen Unterschied gemacht, gab er freimütig zu und erwehrte sich Schutz suchend ihren Kabbeleien.

Die große Schautafel, unweit des alten Fischkutters, versprach die Tour entlang am Wasser als den Klassiker schlechthin unter den Sylter Strandwanderungen. Zum Baden war es hier in Westerland ohnehin zu belebt, wie sie fanden.

Vereint spazierten sie durch beständig aufgespülte Wogen, die, im Gegensatz zum gestrigen Abend, wenig mit einer schäumenden Brandung gemein hatten. Nordwärts vereinsamte der weiße Strand und zurückblickend erkannten sie nur noch ein winzigbuntes Getümmel an Menschen. Sie genossen die Stille, atmeten salzig raue Meerluft und gaben sich dieser wundervollen Natur hin. Schon bald führte ein vor kargen Dünen und grünen Deichen befestigter Holzweg weiter entlang der Küste. Die Holzbohlenwege fanden sich hier an vielen Stellen auf Sylt, entnahm Stefan beim Abendessen einem Heft im alten Fischkutter. Sie sollen der Dünenlandschaft Schutz bieten, welche abseits der gekennzeichneten Wege unter strengem Naturschutz stünden.

Durch das raue Klima gingen ständig Teile der Insel verloren, meinte er. Der Bewuchs von Heidepflanzen und Gräsern gibt den Dünen ihre nötige Stabilität. Jennifer folgte interessiert seinen Ausführungen und bald sahen sie sich einem erhabenem Küstenabschnitt gegenüber. Das rote Kliff thronte imposant als Steilküste in lieblicher Landschaft. Ihr Weg führt sie hinauf auf eine Aussichtsplattform, der ihnen eine einzigartige Fernsicht über die Insel bescherte.

Das flache Land unter sich, schmiegte sich Stefan an sie. »Na, mein Liebling, viel ist nicht erkennbar von deiner Tänzerin, oder?«

»Hat dich etwa deine Fantasie verlassen?«

»Ich hoffe nicht«, erwiderte er und genoss ihre Nähe. »Aber die Wirklichkeit ist gerade noch um ein Vielfaches schöner, als ich mir hätte je erträumen können.« Sanft strich er ihr die Haare hinters Ohr: »Deine kleine Insel ist trotzdem etwas besonderes!«

Jennifer ergriff seine Hand, drehte sich zu ihm und sagte leise: »Ich liebe dich, Stefan!« Himmlisch, dieser Ausblick.

Natürlich hätten sie die sechs Kilometer leicht mit dem Bus zurückfahren können. Beseligt, auch von der einzigartigen Naturschönheit, traten sie den Rückweg abermals entlang des Wassers an. Unterhalb der Steilküste bereiteten sich zwei Surfbrettfahrer aufs Wellenreiten vor und Stefan kam nicht umhin, einen interessierten Plausch mit den jungen Männern zu führen.

»Hi, gibt das denn momentan der Sideshore her?«, wollte Stefan wissen.

»Schau mer mal«, antwortete der durchtrainierte Blondgelockte. »Ohne Drifting wird wohl heute nix.«

»Ja, die Befürchtung hab ich auch. Wobei, eure Boards haben eigentlich ordentlich Kante. Eine Husche sollte drin sein.«

»Zumindest haben wir eine Sorge weniger«, ließ der andere offen.

»Okay, Shorebreaks dürften heute ausgeschlossen sein. Na dann…, Shaka«, hob Stefan die Faust und spreizte Daumen und

Zeigefinger.

»Shaka!«, erwiderten die Burschen.

Erstaunt stand Jennifer etwas abseits der Unterhaltung. »Entschuldige bitte, den Optimismus der Jungs fand ich schon beeindruckend«, bat er um Nachsicht.

Jenny verstand nicht. »Optimismus?«

»Na, es reicht heute einfach nicht vom Wind her, verstehst du?«

»Äh, ja. Das versteh ich!«, kapierte sie halbwegs. »Und, woher verstehst du was davon? Also, vom Brettsegeln?«, stutzte sie aufs Neue.

'Brettsegeln – wie süß': »Ich hab auch ein angestaubtes Brett daheim im Keller. Früher, wenn es zeitlich passte, sind wir an den Senftenberger See schippern gefahren«, fuhr es aus ihm heraus, wissend, ihre Hellhörigkeit geweckt zu haben, weshalb er unisono klarstellte: »Ich war da mit Sandra das ein oder andere Mal. Sie hatte es mir versucht schmackhaft zu machen und, ja, es macht schon Laune.«

Na, da hatte er sich ja in etwas hineinmanövriert.

»Ah«, meinte Jenny beifällig. Na, das erklärte ja einiges, dachte sie und sah direkt Sandra Forbergs abwertende Blicke vor sich: 'Schmackhaft.'

»Jenny, es ist nicht so, wie du vielleicht denkst.«

»Was denke ich denn?«, platzte es unvermittelt aus ihr heraus, um sich sogleich maßlos über ihre offenbarte Verschnupfung zu ärgern.

»Sandra war vor unserer Zeit. Uns verbindet nur noch Freundschaft«, sagte er.

Was sei schlimm daran, entgegnete Jennifer; aber, wisse *sie* das auch? »Ich glaub schon«, beruhigte Stefan. Sie hatten sich zu Beginn seiner Zeit in Dresden näher kennengelernt, waren etwas über ein Jahr zusammen und hätten nicht nur einmal festgestellt, dass es nicht auf Dauer passte.

Eng umschlungen erreichten sie erneut den Holzweg, der entlang der Dünen führte. Stefan legte seinen Arm um ihre Schulter und gemeinsam gaben sie sich der Ursprünglichkeit einer nahezu unberührten Natur hin. »Ich möchte viel lieber in die Zukunft schauen.«

Jennifer legte ihren Kopf auf seine Schulter: »Das würde ich auch gern!«

Sie erzählte von ihrer Ehe mit Thomas, vom Kennenlernen und ihrer glücklichen Zeit in den ersten Jahren, dem Hauskauf, von dem guten Team, das sie beim Ausbau abgegeben hatten. Dann von dem Unfall, der ihr Zusammenleben seither wie ein unheilvolles Geschwür befiel. »Ich weiß nicht, wie die Zukunft aussieht, Stefan. Ich denke so oft darüber nach, und dreh mich im Kreis. Vielleicht ist jedes Leben irgendwo vorbestimmt und alles soll so sein, wie es ist.«

»Möglich«, räumte er ein. »Aber über allen Zweifeln sehe ich eine weitaus entscheidendere Frage, nämlich, ob man dabei glücklich ist.« Er vernahm Jennifers Durchatmen.

»Du kennst die Antwort!«

»Ich glaub schon«, meinte er. »So sehr ich dir beistehen möchte, Jenny, du allein bestimmst über dein Leben, niemand kann dir eine Entscheidung, deinen Weg, in die Hände legen.« Er sah sie an: »Ich denke, du weißt, wie glücklich ich wäre, Teil deines Lebens sein zu dürfen.«

Das wusste sie nur zu gut. Für ihn als Außenstehenden, aber keinesfalls Unbeteiligten, mochte es nicht einfacher sein. Sie fasste seine Hand noch fester, als eine kreischende Schar Möwen über ihnen ihre Unbeschwertheit, ob der Lüfte, bedeuten wollte.

Versunken in tiefe Gespräche und Gedanken fiel ihnen erst jetzt dieser weniger bekannte Strandabschnitt auf. Der alte Fischkutter lag bereits einige Worte zurück. »Dann lass uns hier einkehren«, zeigte Stefan auf das Dünenrestaurant.

Der »Seeblick« vereinte Exklusivität und Romantik gleichermaßen. Während Eleganz im Inneren des Lokals dominierte, bildete die stufenlose Terrasse mit romantischem Flair einen angenehmen Kontrast.

»Aber gern doch«, platzierte sie der Ober im abgelegenen Eck mit besten Aussichten und reichte die Speisekarten. Erleichtert nach Stunden langen Fußmarschs, sanken sie in ausladende Korbstühle und gaben sich dem Paradies der Insel hin. Die ersten Abendgäste verabschiedeten sich bereits, als der Kellner auf üppigen Platten Seezunge für Jenny und die Lachs-Jacobsmuschel-'Carpaccio' mit Mango-Limonen-Dressing als Vorspeise vor dem Steinbuttfilet an der Gräte aus dem Ofen für Stefan servierte. Eine besondere Empfehlung des Hauses, pries der Ober, der auf traditionell friesische Rezeptur verwies, an der sich die Küche orientiere. Und wahrlich – ein Feuerwerk der Gaumenfreuden, bestätigte Stefan zu vorgerückter Stunde.

»Schau, Liebes, den traumhaft schönen Sonnenuntergang gibt's gratis als Dessert obendrauf«, schwelgte er.

Sie zog seine Hand in ihren Schoß. »Im Logenplatz, sozusagen!«

Beruhigend quirlig flackerte das Kerzenlicht im Muschelglas, auf ihren Zungen zerrann roter Château Maucaillou aus bauchigen Gläsern.

»Es ist so wunderbar mit dir, Stefan«, dachte Jennifer laut. Sie blickte in den Abendhimmel, als fände sie dort den Schlüssel für ihren inneren Frieden. »Es fühlt sich an wie ein Traum und ständig habe ich die Angst in mir, aufzuwachen.«

Innehaltend schwenkte Stefan sein Glas und lehnte seinen Kopf zurück. »Es muss kein Traum bleiben!«

Jennifer glaubte ein Würgen im Hals. »Auch, wenn es deine Unabhängigkeit von heute auf morgen einschränkte?«

»Ich denke nicht, dass mich meine Eigenständigkeit glücklicher machte, als morgens mit dir aufzuwachen«, sagte er.

Jetzt plumpste der Kloß in ihrem Hals gänzlich hinunter und ergriffen schob sie sich aus der Stille empor, um ihn zu umarmen.

Unter zunehmenden Mond schlenderten sie barfuß am halbdunklen Strand entlang. Schäumende Wellen zogen sich in die wieder aufbrausende See zurück und verschwanden im Nichts. Jennifer durchfuhr ein Wall von Lust und wie im Affekt kniff sie Stefans Hand. Es bedurfte keiner Worte. Seine Gedanken waren mit ihren verschmolzen. Erregt drückte er sie ungestüm an sich, ließ seine Hand zügellos an ihrem Schenkel aufwärts wandern und riss hemmungslos an ihrem Slip. Erschrocken sah sie ihn mit offenem Mund und verlierenden Blickes an: »Der war teuer!« Sie ergab sich und ließ sich unzüchtig bis auf die nackte Haut entkleiden. Fahrig streiften sie seine Kleidung ab und tauchten in dunklen Sand. Wieder und wieder gruben sich unter ihrer Leidenschaftlichkeit seine Füße ein, ohne Halt zu finden. Gemeinsam stiegen sie höher und höher - die Klippe am Nachmittag, spürten das Aufbrausen der nahenden Welle unaufhaltsam in sich zurauschen. Jetzt, jetzt! Ihre Körper tobten.

In der Ferne vernahmen sie ein Feuerwerk, ihr Feuerwerk. Und ein Applaudieren, nur wenige Schritte entfernt von ihnen: Jungen, Teenager. Sie bejubelten sie. Sie!

Er ruhte auf ihr, aus Liebe leer. Sie strich schweigend sein Stoppelhaar und schaute glückselig in den Nachthimmel. »Komm mit ins Wasser, mein Held.«

Die Tage vergingen wie im Flug und einhundert Stunden gemeinsamen Urlaubs fürs Erste waren nichts, rein gar nichts, wie sie fanden. Und doch erlebten die beiden eine unwiederbringbare Zeit auf ihrer Ballerinainsel.

Zu Fuß und mit Leihrädern entdeckten sie »ihre Insel« – das Paradies des Nordens.

Sie erkundeten Abgeschiedenheiten fernab des Tourismus, bummelten durch Fußgängerzonen, entlang der Promenade, genossen die friesische Gemütlichkeit in Cafés und Restaurants und spürten nordseeleichte Lebenslust auf belebten Plätzen und einsamen Dünen.

»Ihnen auch alles Gute, Frau Mühlhaus.« Frau Hansen reichte

Jennifer die Hand. »Vielleicht kommen Sie ja mal wieder, dann aber etwas länger.«

Ja, bestimmt, verabschiedete sich Jenny und stieg zu Stefan ins Auto, der dabei war, das nächste Ziel, Peine, ins Navigationsgerät einzugeben.

Nicht ohne Wehmut schauten sie ihrer Insel während der Überfahrt aufs Festland nach. Sie würde etwas ganz Besonderes für sie bleiben. Ihr erster gemeinsamer Urlaub!

In Jennifer machte sich ein Gefühl von Unbehagen breit, je weiter weg sie von der Insel kam. Mit jedem Kilometer kam sie ihrem bisherigen Leben näher. Was wird kommen, was wird sie tun und wie wird Thomas reagieren? Und in welches neue Leben gedachte sie aufzubrechen? Würde ihre gemeinsame Liebe Bestand haben, auch im Alltag?

»Wir könnten in Hamburg einen Zwischenstopp einlegen, vielleicht die Speicherstadt anschauen, wenn du magst?«

»Das überlasse ich dir, Schatz.«

»Möchtest du lieber schlafen? Auch kein Problem, dann ziehen wir die drei Stunden durch«, meinte er. Jenny nickte wortlos, gab ihm lächelnd einen Kuss und stellte ihre Rückenlehne nach hinten. Stefan schaltete den Tempomat ein, sank in den Ledersitz und legte seine Hand auf ihrem Oberschenkel ab.

Eine gefühlte Ewigkeit später erwachte sie an einer Rotlicht zeigenden Ampel. »Sind wir schon da?«

»Zehn Minuten etwa noch, mein Murmeltier.«

So lange sei sie noch nie während der Fahrt eingenickt, war sie selbst erstaunt. Offensichtlich habe sie eine Menge Schlaf nachzuholen. Nach so einer anstrengenden Woche!

»Den wirst du bekommen, versprochen!«

»Und wenn ich den gar nicht möchte?«

»Dann … hab ich auch nichts dagegen!«

Vom Rundling bog Stefan in eine kleine Seitenstraße ein, an deren Ende er in der Einfahrt den Motor abstellte. Eine wohlhabende Wohngegend, nichts Durchschnittliches, wie Jennifer sofort bemerkte. Eingerückt und von gepflegtem englischen Rasen umgeben, standen ein- und zweistöckige Häuser in ungleicher Bauart, die Vorgärten wirkten uniform und hatten wenig Belebendes.

Sie legte ein frisches Rouge auf und zupfte in den Haaren, als winkend eine Frau mit freudigem Gesicht aus dem Haus ans Auto trat. »Hallo, Mama!«, schloss Stefan sie in seine Arme. Gut ginge es ihr, meinte sie und hoffte Gleiches von ihm. Aber jetzt solle er doch endlich seine Begleitung vorstellen!

Jennifer, die bereits ausgestiegen und vor den Wagen getreten war, begrüßte Frau Mühlhaus mit einem einnehmenden Lächeln.

»Mama, das ist meine liebe Jenny.«

»Herzlich Willkommen, Jenny – ich darf doch Jenny sagen?«

Ja, natürlich. Stefans Mutter umarmte Jennifer mit wohlwollender Freundlichkeit.

Christa Mühlhaus war eine großgewachsene Frau mit bubenhafter Kurzhaarfrisur, deren Grau sie, im Zusammenspiel mit einer Fülle von Lachfältchen prägenden Gesichtszügen, zu einer Herzlichkeit in Person machte. Sie hatte Charisma und Jenny war angetan von ihrer ungekünstelten Liebenswürdigkeit.

»Kommt rein, Kinder, ihr seid doch bestimmt hungrig«, ging sie flott vornweg ins Haus.

»Die Blumen«, tuschelte Jennifer. Natürlich, erinnerte sich Stefan und holte den prächtigen Sommerstrauß, den sie in Flensburg besorgt hatten, aus dem Kofferraum.

Helle großzügige Räumlichkeiten charakterisierten das Hausinnere. Das Mobiliar, vielfältig und keinem sturen Einrichtungsstil untergeordnet, bestach in schäbigem Chick. Schmisse statt glattpolierter Oberflächen, altmodische Rosenmuster statt Einheitsfurnier. Pastellfarbene Vorhänge, über Eck verlaufende Polster und ein Strauß frischer Blumen auf dem Tischchen davor luden ein und machten das Wohnzimmer warm und lebendig. Hier war jemand mit Sinn für Gemütlichkeit zu Hause, durchschaute Jennifer.

»Ich habe ein Faible für Altes und mag das Sortierte eigentlich gar nicht«, sagte Christa Mühlhaus, die ihre neugierigen Blicke bemerkte.

»Ja, das spürt man wohl. Alles wirkt sehr gemütlich. Ich mag diesen Stil.«

Sie stöbere gern über Flohmärkte und komme nur schwer an den einen oder anderen Dingen vorbei, erzählte sie und griff zu dem antiquierten Wecker.

»Mama, es riecht aber verdammt gut in deiner Küche. Lass mich raten: saure Eier, Kapernsoße und Kartoffelmus?«

»Ich weiß doch, was meinem Sohn schmeckt«, lächelte Frau Mühlhaus verschmitzt zu Jennifer.

»Sollte ich vielleicht mal deine Mutter in Sachen Essvorlieben konsultieren?«, zischelte sie in sein Ohr, als sie in der Küche das Klappern von Geschirr vernahmen.

»Ich bin mir sicher, dass deine Kochkünste nicht minder gut sind.«

»Den Nachtisch gibt es später, ihr Turteltäubchen!«, meinte Frau Mühlhaus, die mit Schüsseln und Untersetzern aus der Küche zurückkehrte.

»Vier Teller?«, stutzte Stefan.

Verträumt richtete sie das Besteck an den Tellern aus. »Ja, wir haben noch einen Gast«, ließ sie vielsagend offen.

Stefan spitzte den Mund und wog prüfend den Kopf zu Jenny, die nichts ahnend die Achseln hob.

»Jetzt spann uns nicht auf die Folter«, wurde er hippelig, als es an der Tür klingelte.

Christa Mühlhaus lief in den Vorraum und Jenny war hin und weg, den kleinen Stefan in der Mitte seiner Eltern auf dem Stubenbuffet zu erblicken. »Ach, Schatz, was warst du süß als Knirps!«

»Warst?«, meinte er, sich verhört zu haben, um es sogleich auf seine Art richtig stellen zu wollen, als die frohen Stimmen aus dem Flur näher kamen.

»Stefan, Jenny, ich möchte euch gern Bernhardt vorstellen.«

Sehr erfreut war Bernhardt, der Jennifer die Hand reichte und scherzte: »Wir sind also hier die Neuen im Hause Mühlhaus!«

Bernhardt war eine ansehnliche, große Erscheinung mit grauem Stoppelhaar, gemütlich, und er schien Witz zu haben. Sie kannten sich schon länger, meinte Stefans Mutter, aber in den Jahren zuvor sei ihr Interesse nicht über eine freundliche Verbundenheit hinausgegangen.

»Also«, stellte Bernhardt mit einem Augenzwinkern fest, »sie spricht da jetzt für sich. Das möchte ich klarstellen.«

Unter allgemeiner Belustigung tat Mutter Mühlhaus das Essen auf und hatte sichtlich Freude am gut besetzten Tisch: »Ach Kinder, ist das schön – alle zusammen!«

Stefans Mutter berichtete über sich und Bernhardt, wie aus langjähriger Freundschaft inzwischen eine kleine Beziehung geworden war und dass dennoch jeder seine Freiheiten, auch sein vertrautes Wohnumfeld, beibehalten habe.

»Vorerst!«, protestierte Bernhardt. Ja, sie wollten schon in naher Zukunft zusammenziehen, auch um nicht zwei größere Haushalte gleich führen zu müssen.

Er wohne in Lengede und besitze ein größeres Gehöft, in dem seine verstorbene Frau ein Gestüt unterhielt, aber nun wachse ihm allmählich alles über den Kopf. Der Hof sei verwaist und es tue ihm leid, ihn in so landschaftlich schöner Lage ungenutzt zu sehen. Nein, Tiere gebe es nicht mehr, antwortete er auf Jennifers Frage, das war einzig Sache seiner Frau gewesen. Er war berufsbedingt viel im Ausland, konnte sich kaum um Haus und Hof kümmern. Inzwischen genüge ihm ein weniges des ohnehin viel zu großen Anwesens.

Selbstverständlich dürfe er fragen, meinte er zu Stefan. »Ich war viele Jahre im Nahen Osten, habe da für verschiedenste Printmedien berichtet.« Inzwischen arbeite er als freier Buchautor. Natürlich, wie könne es anders sein, überwiegend zu seinem Spezialgebiet.

»Das musste doch unheimlich spannend, aber nicht ungefährlich gewesen sein«, wollte Jennifer wissen.

»Ohne Zweifel. Gerade zu Zeiten der forcierten Spannungen zwischen Israelis und Palästinensern, der blutigen Auseinandersetzungen um die Golanhöhen, aber auch des amerikanischen Einmarsches im Irak – ich 'durfte' alles hautnah erleben«, berichtete Bernhardt. Aber, ja, es sei eine unheimlich spannende Zeit als Auslandskorrespondent gewesen.

Stefan fand rasch Gefallen am neuen Freund der Mutter. »Und jetzt, Bernhardt, schreiben Sie Ihre Memoiren, das finde ich wiederum sehr spannend.«

»Belassen wir es beim *du*, okay?«, richtete er sich offenherzig an die beiden, die sich freundlich bedankten.

Jennifer grübelte einen Moment und erinnerte sich an das Buch auf ihrem Nachtschränkchen zu Hause, was sie gerade las: *»Sühne für den Propheten Mohammed«, von Bernhardt* ... Sie hatte es sich gekauft, um die religiösen Anschauungen aus muslimischer Sicht, auch aus Interesse an ihrer Arbeit im Flüchtlingscamp zu beleuchten.

Sie warf mehr fragend als feststellend ein, ein spannendes Buch über radikale Muslime und deren Vergeltung von einem gewissen Bernhadt … auf dem Nachtschrank liegen zu haben. Der Nachname sei ihr gerade nicht gegenwärtig.

»Ah, der Prophet, sicherlich«, freute sich Bernhardt. »Meine letzte Veröffentlichung.«

Jetzt war sie baff – ein leibhaftiger Schriftsteller, dessen spannendes Werk sie gerade las, und augenblicklich ihr gegenübersitzend. Wow.

Die hypothetische Erzählweise erlaube ihm einen größeren Spielraum, meinte er. Dennoch beruhe die Handlung gerade zu diesem Buch von ihm auf eine langjährige Recherche zur vielschichtigen Thematik.

»Na, wie sieht es aus«, wollte Christa wissen, »noch Platz für ein kleines Dessert?«

Sie stand auf und begann Teller und Schüsseln in die Küche zu tragen, Jennifer war ihr behilflich.

»Jenny«, meinte sie, das Geschirr abstellend, »das 'Sie' verbannen wir jetzt einfach mal, ja? Sag einfach Christa, okay?« Sie nahm Jennifer in die Arme und drückte sie herzlich. »Stefan hat schon so viel von dir erzählt und ich habe ihn lange nicht mehr so glücklich gesehen«, meinte sie. Es sei doch immer wieder schicksalhaft, nicht wahr, unter welchen Umständen zwei Menschen zusammenfänden. Und dass sie froh ist, dass alles so gut verlaufen sei mit Stefans Krankheit.

Die Frauen freuten sich, wie interessiert die beiden Männer Gedanken austauschten. Bernhardt, so Christa, kenne sie schon einige Jahre. Sie hätten sich in der Redaktion kennengelernt und im Laufe der Zeit immer wieder miteinander zu tun gehabt. Er habe in ihrem Verlag unterschiedlichste Essays veröffentlicht. Aus dem Tagesgeschäft habe er sich mittlerweile zurückgezogen und widme sich ausschließlich seinen Büchern.

»Ach, Mama«, freute sich Stefan wie zu Kinderzeiten: Schokoladenpudding mit Vanillesoße …«

»Dafür verrät er seine Mutter. Mindestens!«, scherzte sie.

»Wie denkt ihr, Kinder, bleibt noch Zeit für einen kleinen Spaziergang?«

Stefan schaute auf die Uhr. »Du, sei uns nicht böse, Mama, aber wir haben noch gut fünf Stunden Fahrt vor uns.« Nein, nein, alles gut! Sie sei in zwei Wochen berufsbedingt noch mal in Dresden, letztmalig. Da würde sie sich sehr freuen, wenn sie sich sehen könnten.

»Letztmalig?«, staunte Stefan.

»Ich habe mich nun entschieden, Ende kommenden Monates aufzuhören. Ich denke, es reicht dann«, verkündete sie und lächelte Bernhard zu.

»Richtig, dann beginnt eine neue Zeitrechnung für uns«, bestätigte er.

Stefan nickte zufrieden. »Das habt ihr euch verdient!«

Aus dem Haus tretend, umarmten sie sich innig, winkten aus heruntergelassenen Scheiben und eng beisammen verschwanden Christa und Bernhardt im Rückspiegel.

»Soll ich mal fahren?«

Er sah sie an und strich ihr mit der Hand über die Wange. »Du hast doch schon ganz kleine Augen, mein Schatz. Lehn dich ruhig zurück. Ist überhaupt kein Problem, ich bin fit, dank Mutters Kaffee.«

Sie lächelte ihn an, auch als er wieder auf die Straße schaute. 'Was hab ich da nur für einen wunderbaren Mann an meiner Seite', dachte sie glücklich. Und, dass sie ihn hätte auffressen können. Jetzt, sofort!

»Ich sehe, dass du mich beobachtest«, merkte er süffisant an.

»Siehst du auch, woran ich gerade denke?«, flüsterte sie.

Stefan atmete tief. »Soll ich die nächste Abfahrt raus fahren?«

Ein Lächeln huscht ihr übers Gesicht. »Ich glaube, ich kann noch warten, bis wir zu Hause sind.«

Jennifer vernahm den vertrauten Geruch, als sie in den Flur trat und ihre Tasche abstellte. Thomas saß in der Küche, vor ihm auf dem Tisch der Toaster auseinander gebaut. Er schaute kurz zu ihr auf, um sogleich geschäftig weiter zu schrauben.

»Hallo.« Sie beugte sich zu ihm, um ihn auf die Wange zu küssen, doch sein Wegdrehen signalisierte ihr, in welche Richtung das Gespräch gehen würde, sofern er denn reden wollte.

»Ich hoffe, du hattest eine schöne Zeit«, sagte er sarkastisch.

Jennifer holte tief Luft und blieb still. Ja, was hatte sie erwartet? Sie nahm das halb vertrocknete Veilchen vom Fensterbrett und wässerte es. Auch die Grünpflanzen im Wohnzimmer lechzten. Das wird künftig seine Aufgabe sein, dachte sie. »Thomas«, machte sie eine kurze Pause, »ich werde nicht bleiben.«

Vertieft und unberührt nahm er ihre Worte auf, so, als hätte sie gerade eine Bemerkung übers Wetter gemacht.

Gut – dann eben nicht, dachte sie, fuhr in ihre Clogs und lief durch den Garten.

Meine Güte, dachte sie beim Anblick ihrer Pflanzen. Warum bemerkt er das nicht? Sie sah sich um in ihrem grünen Reich, schaute zum Haus, während Gewächse und Boden den Wasserstrahl aufzehrten. Sie würde das alles vorerst zurücklassen, und es schmerzte ihr Herz. Einen anderen Weg gab es nicht mehr für sie – sie hatte sich entschieden.

*

17

Es war spät geworden und die Augen wurden ihm müde. Irene war bereits zu Bett gegangen und Bernd Frömmel hob zum letzten Mal das Bierglas. Die Sache war nun klar: Masaad existierte in Wirklichkeit nicht, nur als Romanfigur in Stegners Buch. Das werde er dem Innenminister morgen früh exklusiv verkünden.

»Ich hab mal reingelesen, es lag ja hier auf dem Küchentisch«, begrüßte sie ihren Mann zum Frühstück. »Ich hoffe, das ist nicht weiter schlimm.«

»Ist es nicht«, entgegnete Bernd Frömmel und gab seiner Frau einen Kuss. »Den Schmöker kannst du vielleicht auch demnächst als 'Bestseller' kaufen«, malte er Striche in die Luft.

»Schmöker! Liest sich doch ganz locker und ist spannend«, fand sie Gefallen an der Geschichte des Studenten. »Ich will unbedingt wissen, wie es mit Jennifer und Stefan weitergeht.«

»Frauengeschichten«, grummelte er.

»Na, wenigstens ist es schön, mal wieder von Liebe und Leidenschaft zu lesen«, setzte sie bewusst kleine Nadelstiche in Richtung des langjährigen Gatten. »Ich bin erstaunt, woher der junge Mann dieses Einfühlungsvermögen hat«, setzte sie noch einen drauf.

»Ich mache euch gern miteinander bekannt«, brummte Morgenmuffel Frömmel hörbar gereizt aus vollem Munde.

Irene lächelte stumm und wusste, dass sie ihren alten Zauselbär nicht mehr ändern würde – und eigentlich auch gar nicht wollte.

Ihr Kaffee ließ die Lebensgeister in ihm erwachen, als das Telefon klingelte.

»Volker, schön, dass du anrufst.«

»Was gibt es denn Dringendes, was nicht bis Montag Zeit hätte«, erkundigte sich der Innenminister von zu Hause.

»Komm ich gleich drauf, vorher noch eine andere Frage: Gibt's eine neue Entwicklung in Sachen Leipziger Straße?«

»Es deutet wohl nichts auf einen Anschlag hin, aller Wahrscheinlichkeit ein technischer Defekt«, klang Hubrich erleichtert.

»Das würde sich mit meinen Erkenntnissen decken«, meinte Frömmel bedacht.

»Was für Erkenntnisse?«

»Volker, es gibt keine Anschlagspläne für Dresden. Zieh die Leute zurück. Das ist alles nur…«

»Bernd«, schnaubte der Minister aufgebracht, »was für Erkenntnisse? Wieso weiß ich nichts davon?«

»Deswegen wollte ich mit dir sprechen. Diese angebliche Drohbotschaft, das Kärtchen, du weißt…!«

Hubrich verstand nichts. Hochgradig erregt fauchte er in den Hörer: »Bernd, in einer halben Stunde bei mir im Ministerium!«

Frömmel vernahm das Tuten am Ohr, drückte die Aus-Taste und blies aus vollen Backen aus. »Oh oh, wird wohl nichts mit einem entspannten Wochenende.«

»Bist du zum Mittag zurück?«, rief ihm seine Frau nach und Frömmel hob nur die Schultern.

Irene ging zurück ins Haus, setzte sich an den Küchentisch und nahm sich erneut das Manuskript des Studenten vor.

*

18

Ein lauschiger Abend, wie Jennifer und Stefan fanden. Nach arbeitsreichen Tagen saßen sie gemütlich bei spätsommerlichen Temperaturen im elbnahen Fährgarten und läuteten ihr wohlverdientes Wochenende ein. Nicht wenige Verliebte taten es ihnen gleich, wie sie feststellten.

»Ich hol mir noch ein Bier, möchtest du noch einen Rotwein?«, fragte Stefan.

»Lieb von dir, aber ich halt mich hier noch etwas dran auf. Geh nur.«

Die Motoren des flussabwärts fahrenden Dampfers waren kaum hörbar. Der Kollos nutzte die Strömung und ließ sich treiben. Nur entfernte Musik hörte Jennifer, die ihr ein Lächeln ins Gesicht zeichnete. Da saß sie nun, dachte sie, angekommen in einem neuen Leben.

Gut vier Wochen war es her, dass sie ihre Sachen eingeladen hatte und bei Stefan eingezogen war. Nein, sie könne nicht sagen, dass sie etwas vermisse. Die Zeit bei ihm war so erfüllt, dass Gedanken an Heimweh keinen Platz in ihr fanden.

Der Alltag hatte auch Stefan wieder eingeholt und trotz des meist bis in die Abendstunden reichenden Arbeitstages in der Redaktion kosteten sie ihre gemeinsame Zeit aus. Sofern Jennifer nicht zum Frühdienst in die Klinik musste, genossen sie ausgiebiges Frühstücken zu zweit. Rührig, seine steten Bemühungen, ihr das neue Zuhause so erträglich wie möglich zu machen. Frühstücken auf dem Balkon, Unternehmungen an freien Tagen oder abends bei einem Glas Rotwein den Tag auf die Elbe schauend ausklingen lassen.

Mit einem frisch gezapften Bier kehrte er an den Tisch zurück. »Geht's dir gut, mein Schatz?«

»Unheimlich gut!«

»Sag mal, hast du schon einen Plan fürs Wochenende?«, wollte er wissen.

»Äh, ich dachte an Flohmarkt morgen früh, wenn du willst. Wir könnten noch nach einer Kleinigkeit für den Geburtstag deiner Mutter schauen, oder?«

»Stimmt, der ist ja bald. Keine schlechte Idee«, dachte Stefan.

Amüsiert musterte sie ihn. »Ein bisschen kenne ich dich schon, und so ganz uneigennützig klingt deine Frage nun auch nicht«, meinte sie, ihn durchschaut zu haben.

»Naja«, griente er verschmitzt, »ich hab mal das Wetter gecheckt.«

»Aha. Und? Was sagt das Wetter?«, erkundigte sie sich vieldeutig.

»Also, stabile Hochdrucklage, mäßiger Wind, kein Regen!«

Sie beugte sich über den Tisch und ihr Zeigefinger umkreiste sein Kinn. »Könnte es sein, dass der verrückte Stefan mit der unbedarften Jenny in die Luft gehen will?«

Er versuchte, sich aus ihren Fängen zu befreien. »Wolltest du denn mit mir abheben?«, fragte er.

»Sagen wir mal so: Fliegen ist Vertrauenssache, und ich gebe mein Leben in andere Hände. Ein etwas ungutes Gefühl«, meinte sie mit wenig Ernsthaftigkeit.

»Da hast du nicht ganz unrecht; wer hinten sitzt, ist der Bestimmer!«, stellte er klar. »Bleibt die Frage, ob du dich mir ausliefern möchtest.«

Sie griff nach seinen Händen, zog ihn zu sich und flüsterte: »auf Gedeih und Verderb!«

Sich im Bett wälzend vernahm Stefan verführerischen Frühstücksduft durch die spaltoffene Schlafzimmertür. Seine Hand tastete unter ihrer leeren, noch warmen Bettdecke. Zufrieden drehte er sich auf den Rücken und blinzelte an die Decke, um eiligst hochzukommen und sie und den neuen Tag zu begrüßen.

»Wen haben wir denn da?«, stellte Jennifer die Glaskanne in die Kaffeemaschine zurück. »Und vor allem, *was* haben wir denn da?« Sie drückte sich an ihn und spürte einen unnachgiebigen Druck zwischen ihren Beinen. Fest umschloss ihre Hand das aufständische Stück.

»Guten Morgen, Schatz«, stöhnte er und zog sie kargen Wortes langsam ins Schlafzimmer zurück. »Du hast ja gar nichts drunter …«, fingerte er erregt.

»Ich kam noch nicht dazu«, klagte sie lustvoll.

Gebannt schaute sie ihn an, warf ihn zurück aufs Bett, stellte sich mit geöffneten Beinen über ihn, schob bedächtig ihr Kleid nach oben und setzte sich behutsam auf ihn.

Sie sah in halboffene Augen und sein Mund formte sich, als ihr Becken sanft rotierte.

»Du kleines, berechnendes Miststück! Ich bin verrückt nach dir!«

Frivol schlossen ihre Lippen seinen verzückten Mund und sie umfasste seine ergebenen Handgelenke. Wieder und wieder züngelte er an ihren schwingenden Brüsten. Tief in ihm gebeugt, vernahm sie seine ganze Härte. Bis … die Spitze sie traf, sie langsam taumelte.

Ihr offenes Oval vergaß zu atmen – er genoss ihren entrückten Blick, sie suchte an der Decke und kam aufschreiend zurück.

Die Wände fesselten ihren Schrei.

Selig auf ihm, umfasste er ihren Körper mit warmen Händen, ihr wohlriechender Nacken an seiner Nase. Unfertig umspielten seine Finger ihre angepresste Brust und reisten in die Beuge. Behutsam hob und senkte er sich und vernahm ihr inneres Nachbeben.

»Tut mir leid, Schatz«, flüsterte sie schwach und strich ihm übers Haar.

Ihre Zunge umspielte den Kopf der Schlange, verweilte energisch auf seiner Brustwarze, biss. Sanft zog sie sich aus ihm heraus und glitt unter zärtlichem Küssen an ihm abwärts.

Ihre Füße berührten den Boden, als sie sein bleischweres Atmen vernahm. Unbändiges Zucken durchfuhr seinen Körper. Sein Mikrokosmos schäumte vom empfindsamen Umspielen ihrer feuchten Lippen. Sie forderte, sie wollte - und spürte seine ganze Männlichkeit.

Stefan hatte recht behalten. Das Wetter hätte nicht besser sein können: trocken und vereinzelte Schönwetterwolken. Ideale Bedingungen zum Gleitschirmfliegen.

»Hi, Stefan, schön, dich mal wiederzusehen«, grüßte Paul.

Ja, wirklich wieder eine kleine Ewigkeit her, dachte auch Stefan, der zwar schon einige Zeit Mitglied beim Flugsportverein »Ikarus« war, sich jedoch aus Zeitgründen nicht aktiver in der Vereinsarbeit einbinden mochte.

»Ah«, schien er den Grund für Stefans Zeitmangel ausgemacht zu haben. »Da kann ich gut verstehen, dass du aufpasst, nicht die Bodenhaftung zu verlieren«, frohlockte der Charmeur und reichte Jennifer die Hand.

»Wie sieht's aus, soll ich euch gleich mit hinter nehmen?«, fragte er.

»Oh, das kommt gut«, beeilte sich Stefan seinen Gleitschirmsack umzuladen.

Optimales Wetter, richtete Paul an Jennifer, der den Pick-up wenig zimperlich über den holprigen Rasen lenkte und heute die Schleppwinde zum Starten bediente. Dennoch, mal schnell fliegen gehen, sei für Flachlandflieger nicht ganz ohne. »Aber bei Stefan bist du da in guten Händen«, beruhigte er sie.

»In der Tat«, küsste sie Stefan. Er habe sie gründlich vertraut gemacht und sie könne sich keinen besseren Piloten an ihrer Seite vorstellen.

Nach dem Aufzug zum Tandemflug könnten sie unter den momentanen Windverhältnissen nach einer Flugzeit von etwa dreißig Minuten am Neunerfeld runter gehen.

»Genau«, meinte Stefan, »das waren auch meine Vorstellungen«, der als Insider natürlich das Neunerfeld zwischen Döbeln und Riesa, etwa fünf Kilometer vom hiesigen Startplatz entfernt, bestens kannte.

»Gut, dann wie immer. Wir hören uns!«, sagte Paul und setzte nach einem 'Na dann, Hals und Beinbruch' zur Rückfahrt an.

Stefan traf unterdessen alle weiteren Vorbereitungen zum Start.

»Wie findest du dich nur in diesem Leinensalat zurecht«, staunte Jennifer.

Stefan lachte. »Ja, das sieht für einen Außenstehenden nicht gerade vertrauenswürdig aus.« Letztendlich sei jedoch alles eine Frage der Übung.

Sie war beeindruckt von der Spannweite des knallroten Schirms, der ausgebreitet ziemlich leblos am Boden lag. 'Christa 1', erkannte sie den kleinen Schriftzug an der linken Seite des Schirmendes. Niedlich, dachte sie.

»Bist du soweit, Schatz?«, fragte er, nachdem sie fest im Gurtzeug steckten und die Helme geschlossen hatten.

»Ja«, pochte ihr das Herz jetzt richtig. »Gib mir noch einen Kuss«, verlangte sie. Belustigt vernahmen sie das Klappern ihrer Helme, die ihre Lippenberührungen unmöglich machten.

»Pilot und Gerät eingehängt – startklar!«, signalisierte Stefan an Windenführer Paul. Ein abgehacktes Knacken der Funkstation an der Schleppwinde signalisierte dessen Empfangsbereitschaft: »Winde startklar!«

»Seil anziehen«, schickte er an die Bodenstation.

Jennifer bemerkte das sich vor ihr straffende Seil in Brusthöhe und Stefans besonnene Aufforderung: »drei – zwei – eins – und los!«

Es waren nur wenige Schritte, als das Laufen schwerer wurde, sich hinter ihnen der Schirm aufstellte und an Höhe gewann.

»Lauf, Schatz, lauf!«

Ihre Beine spurteten unter sanftem Gegenzug. Wenige Augenblicke später thronte majestätisch der bunte Schirm wie ein großer Teebeutel über ihnen und mehr und mehr entrückte die Welt unter ihren Füßen.

Geräuschlos schwebten sie empor, nur ein leises Wispern verfing sich unter dem steten Aufzug unter ihrem Schirm. Der Auftrieb kam ihr rasant vor. Die Welt da unten wurde kleiner und kleiner und mit zunehmender Höhe beschlich sie ein unheimliches Gefühl von Angst und Hilflosigkeit, das sie an Kindheitszeiten auf dem Riesenrad erinnerte. 'Jetzt gibt es kein zurück', schoss es ihr durch den Kopf, als Stefan das Kommando zum Auskuppeln nach unten gab.

»Lass dich fallen«, hörte sie ihn verkrampft hinter sich sagen.

Jennifer schien außer Stande, irgendetwas hervorzubringen.

»Alles in Ordnung, Schatz?«

Er vernahm ein zaghaftes Nicken vor sich: »Ja!«

»Wir werden nicht weiter steigen – genieß es«, umschloss er sie von hinten.

Langsam kehrte die Sicherheit in ihr zurück und sie konnte sich der Schönheit unter ihr hingeben. Die Miniaturen ließen sie unweigerlich an Thomas' Eisenbahnanlage denken. Es ist still. Nur das Vorbeirauschen der Luft vernahm sie und im stetigen Auf und Ab kamen die Baumkuppen ihren Füßen abwechselnd näher oder entfernten sich wieder.

»Ist das nicht fantastisch?«, vernahm sie Stefans Schwelgereien.

Sie lehnte ihren Kopf an seine starke Brust und schmollte: »Es ist traumhaft, ein fantastisches Spiel mit der Natur. Wir gleiten lautlos, so weit oben und uns liegt die Welt zu Füßen!«

»Glück ist, wenn man es teilt«, kramte Stefan unter den Wolken in der Poesiekiste. »Ich wusste, dass wir ein perfektes Gespann zum Abheben sind.«

Jennifer nickte unbemerkt und strahlte, ohne dass es Stefan sehen konnte. Das wäre doch der perfekte Moment, ihr kleines Geheimnis zu lüften, dachte sie. Ja! Wann, wenn nicht hier, und sie griff in ihre rechte Brusttasche und fingerte ein Papier hervor. »Ich hab hier auch noch eine kleine Überraschung für dich«, sagte sie und drehte sich zu ihm.

Stefan sah ihre leuchtenden Augen unter dem Visier. »Lass

mich raten: eine Einladung zu einem bezaubernden Abend, sobald wir wieder Boden unter den Füßen haben«, scherzte er.

»Kalt!«, erwiderte sie und sah in gespielt traurige Augen. »Zweimal darfst du noch.«

»Ah, ich hab's! Du machst mir einen Heiratsantrag!«

»Wärmer!«. Was für ein romantischer Kerl!

»Wärmer? Was gibt's denn noch heißeres Jenny«, spannte er erwartungsvoll.

Sie zögerte einen Augenblick. Dann drehte sie ihren geheimnisvollen Zettel um.

»Vielleicht ein kleines Schwarzweiß-Bildchen?«

»Jenny …«, vernahm sie ungläubig, »das ist ja himmlisch, du und ich? Und das?«. Sie konnte sich nur noch vor ihm ducken, als er Arme breitend einen langen Freudenschrei in Richtung Himmel ausstieß: »Jaaa!«

Stefan war sichtlich überwältigt und außer sich vor Freude. Voll innerlichen Glücks schwangen seine Beine, als wollte er durch die Luft laufen: »Ich werde Papa!«, sagte er im Überschwank der Gefühle und zog an der Steuerleine, um ein paar kreisende Bewegungen einzulegen. Die Zeit zwischen Himmel und Erde schien endlos. Auch in Jennifers Gesicht machte sich Begeisterung breit.

Sie spürte ausgelassene Glückseligkeit hinter sich. »Jenny, du machst mich zum glücklichsten Mann auf Erden!«

»Dazu müssten wir aber erst mal wieder Boden unter die Füße bekommen«, lachte sie.

»Siehst du Pauls Wagen da unten auf dem freien Feld? Dort müssen wir sauber landen. Rutsch etwas nach vorn.«

Langsam kam der Boden näher und Jennifer vernahm Stefans vollste Konzentration, den Schirm abzubremsen. Nur noch wenige Meter und sie begannen unter der schiebenden Haube fleißig mitzulaufen, um den restlichen Schwung aus der Luft abzufangen. Kurz darauf lagen sie Arm in Arm auf der Wiese, hinter ihnen sank die riesige Hülle erschlafft zu Boden.

»Punktlandung«, triumphierte Paul herannahend. Jennifer und Stefan erhoben sich müden Beines und verbündeten sich mit ihm. Paul zog die Stirn hoch, als prüfe er Jennys Wohlbefinden. »Da du jetzt Fliegerin bist, musst du den Flug natürlich mit dem obligatorischen Landbier abschließen«, meinte er und lief zum Wagen.

Stefan befreite sie aus ihrem Gurtzeug. »Alkohol? In deinem Zustand?« Sie lachten und zu dritt stießen sie auf das Flugerlebnis an.

»Zustand? Alles noch dran?«, erkundigte sich Paul sichtlich irritiert.

»Nicht dran – Drin!«, frohlockte Stefan und sah in Pauls verdutztes Gesicht. »Das musst du erstmal fertig bringen, Kumpel! Gehst zu zweit hoch in die Wolken und fällst zu dritt vom Himmel.«

Paul strich sich mit Daumen und Zeigefinger das Kinn und musterte die beiden: »Wirklich alles in Ordnung bei euch, oder hattet ihr oben Probleme mit der Luft?«

Jennifer konnte sich ein Lachen nicht verkneifen und Stefan schlug seine Hände auf Pauls Schultern. »Ich werde Papa!«, sagte er eindringlich und voller Stolz.

»Hey, gratuliere«, freute sich Paul mit ihnen. »Vielleicht sollte ich auch mal wieder Tandemfliegen!«

Paul und Stefan scherzten noch, als Jennifers Handy klingelte.

»Doktor Masaad, schön, Sie zu hören!«, freute sie sich. Oh, das sei aber nett, bedankte sie sich für die Einladung. Sie komme allerdings nicht allein, ob das in Ordnung wäre? Wunderbar – sie würde sich mal eben mit ihrer Begleitung kurzschließen – einen Augenblick: »Stefan, entschuldigt bitte, hast du heute Abend etwas geplant? Doktor Masaad fragt an, er würde uns gern zum Essen einladen.«

»Nein, sehr gern, wenn du möchtest?«

»Also, wir würden uns freuen!«, übermittelte sie. »Wunderbar, dann bis neunzehn Uhr. Vielen Dank!«

Das Fluggepäck war rasch verpackt und sie verabschiedeten sich von Paul am frühen Nachmittag.

Auf der Rückfahrt ins nahe Dresden ließ Jennifer noch einmal ihren Flug Revue passieren. »Ich bin total überwältigt. Und glücklich!«, vernahm er ihr gefühlvolles Säuseln im Ohr. »Danke.«

Stefan konnte sich gar nicht sattsehen an dem kleinen weißen Knäuel auf dem dünnen Fotopapier. »Also, ganz ehrlich, Schatz, für mich sieht das eher wie eine Isobarenkarte vom Wetterdienst aus. Viel kann ich da nicht deuten«, rätselte er.

»Verlässt dich etwa deine Fantasie?«, schmuste sie. »Schau, hier sind die Arme, die Hände und das Näschen«, erklärte sie ihm seine Wetterkarte.

»Na, aber die Nase hat er nicht von mir…«, deutete er auf die kleine Popelspitze im Gesicht.

»Er? Siehst du da schon mehr als ich?«, wollte sie weniger ernst wissen.

»Natürlich nicht. Es ist doch eigentlich auch egal, gesund soll er sein – es!« Glückserfüllt drückte er sie an sich, um sogleich zu erschrecken. »Oh, heißt das jetzt, in Sachen Liebe kürzer treten?«

Jennifer blickte tief in seine Augen: »Ich bin doch nicht krank! Außerdem …«, strichen ihre Finger an seinem Körper hinab, »spricht, rein wissenschaftlich nichts gegen Sex bis kurz vor dem Geburtstermin.« Sie erkannte ein Funkeln in seinen Augen und ehe er zum Sprechen ansetzen konnte mahnte sie: »Wir wollen doch Doktor Masaad nicht warten lassen!«

Würziger Bratenduft drang durch die geöffnete Tür. »Herzlich willkommen, ich freue mich«, begrüßte Fadi Masaad seine Gäste. Ganz ihrerseits und herzlichen Dank für die Einladung.

Sein Dienst in der Klinik war heute früher beendet als erwartet und so dachte er sich, mal wieder ausgiebig zu kochen. »Aber für mich allein? Ich hoffe, ich habe Sie nicht überfallen mit meiner spontanen Idee«, entschuldigte er sich.

Keineswegs, so Jennifer. »Das ist Stefan, mein Lebensgefährte.«

»Angenehm, Fadi Masaad. Ich habe Jennifer im Flüchtlingscamp kennengelernt und zu meiner besonderen Freude sind wir im Krankenhaus inzwischen Kollegen geworden. Aber, was erzähl ich Ihnen das?«

»Gewiss, ich habe schon viel von Ihnen gehört«, war Stefan angetan.

»Oh, hoffentlich nur Gutes«, scherzte Masaad und vernahm ein lächelndes Nicken.

»Aber kommen Sie doch herein, seien Sie nicht fremd«, bat er.

Vom kleinen Korridor geleitete er seine Gäste in den Wohnraum. Unter dem Fenster ein sauber abgedecktes Bett, der Schreibtisch in der Ecke mit dem erhabenen Lederdrehstuhl bildete den Blickfang des Raumes. Das wenige Mobiliar wirkte wahllos und war von Zweckmäßigkeit geprägt. Ein bunt bedruckter mannshoher Wandteppich wärmte das ansonsten spartanische und wenig anheimelnde Zimmer. In der Mitte des Raumes standen Teller, Schüsseln und Gläser auf einem mit buntem Tischtuch staffierten Esstisch, dazu drei ungleiche Stühle. »Das Leben hier im Wohnheim hat bald ein Ende«, vernahmen seine Gäste beinahe entschuldigend. Dank seiner vorerst auf fünf Jahre erteilten Arbeitserlaubnis der Behörden als angestellter Arzt sei er gerade auf der Suche nach einer kleinen Wohnung. Seine warmen Augen leuchteten. »Ich kann Ihnen gar nicht sagen, wie glücklich ich mich fühle, in meinem Beruf arbeiten zu dürfen.« Und natürlich wisse er, wem er all das zu verdanken habe. »Oberarzt Meinhardt ist ein guter Mann!« Auch, weil er ihm vertraut habe.

So, nun mochte er aber gern zu Tisch bitten und rückte, ganz Kavalier, Jennifers Stuhl zurück. »Ich habe syrisch gekocht, ich hoffe, es schmeckt Ihnen.« Eilig verschwand er mit zwei großen Schüsseln in die kleine Küche.

»Vor dem Hauptgericht gibt es bei uns ein Mezzeh, das ist sozusagen die Vorspeise, bitte, bedienen Sie sich!« Fadi Masaad hatte sichtlich Freude an der Bewirtung seiner Gäste. Ein echter Appetitanreger, dieser bunte Salat aus Tomaten, Weizen und gehackter Petersilie, wie Jennifer fand. »Hmm, vorzüglicher Geschmack«, schwärmte auch Stefan mit vollem Mund.

Er allein koche für gewöhnlich nicht derart aufwendig. »Naja, einmal in der Woche treffen wir uns mal hier mal dort im Haus und dann wird natürlich auch gut gegessen und getrunken«, berichtete er. Blitzartig erschrak er: »Oh, Entschuldigung, ich bin ein schlechter Gastanbieter – ich hab Sie überhaupt nicht gefragt, was Sie trinken möchten.«

Nur keine Eile, sie verdursteten nicht!

Tee, ja – den habe er zu genüge. Den trinke man auch bei ihm zu Hause am häufigsten. Er könne aber inzwischen auch den deutschen Bieren Gutes abgewinnen, gestand er augenzwinkernd.

Sie fanden einen guten Draht zueinander und ihre Gespräche waren von vorsichtiger Neugier, aber auch von Lockerheit, so als kenne man sich schon eine Ewigkeit. Jennifer vernahm Unbeschwertheit in Doktor Masaad, die in seinem Inneren verborgen schien, und bei allen machte sich Sympathie füreinander breit.

»Das sieht aber lecker aus«, bewunderte Jennifer.

»Fatayer bil Lahme, ein Nationalgericht aus meiner Heimat«, präsentierte er seine mit Hackfleisch vom Lamm frittierten Teigtaschen mit Zwiebeln und Joghurtsauce.

Nein, lachte Fadi Masaad, das habe wenig mit hoher Kochkunst zu tun. Die Teigtaschen könne jedes Kind in Syrien, was seiner Mutter beim Kochen über die Schulter schaue. Und so große Anpassungsschwierigkeiten in Sachen Essgewohnheiten habe er hier nicht gehabt. Vieles gleiche sich sogar, meinte er.

»Und so ist es mal wieder«, zelebrierte Stefan genüsslich. »Auf die richtigen Gewürze kommt es an.«

»Das ist wohl so«, sagte der Gastgeber. »Spezielle Gewürze, die man hierzulande kaum kennt, machen den außergewöhnlichen Geschmack aus.« Er beziehe sie von einem Freund, der in einem libanesischen Restaurant arbeitet, erklärte er. Dieser stamme ebenfalls wie er aus der syrischen Stadt Homs und sie hätten sich mehr zufällig hier in Dresden wieder getroffen. »Die Welt ist ein Dorf«, bemühte Fadi Masaad, sehr zum Erstaunen Stefans, ein hierzulande gängiges Sprachwort.

»Man könnte meinen, Sie leben schon ewig hier.«

Er lächelte. »Ich hatte ja zwei Jahre Zeit, mich mit den Menschen hier und ihrer Sprache vertraut zu machen. Es ist keine leichte, aber eine sehr schöne. Genau wie die deutschen Menschen überhaupt.«

»Sie sind sehr aufgeschlossen und weltoffen, Herr Masaad«, komplimentierte Stefan.

»Ach, lassen Sie doch das 'Herr' beiseite. Soviel älter als Sie bin ich doch gar nicht. Sagen Sie Fadi.«

»Erfreut, – Stefan!«, reichten sich beide Männer die Hand.

»Das gilt natürlich auch für uns, Jennifer, wenn es in Ordnung für Sie, für dich, ist«, sagte er.

»Aber ja doch, gern«, entgegnete sie mit einem freundlichen Lächeln.

Er langte nach der auf dem Tisch stehenden Flasche und füllte drei kleine Schnapsgläschen. »Bei uns gehört Alkohol nur zum Essen oder zu einem Fest. Heute ist beides! Es ist schön, dass ihr da seid und wir uns etwas näher kennenlernen können«, war er erfreut.

»Die Freude ist ganz bei uns, herzlichen Dank!«, brachte Stefan seine Rührung zum Ausdruck.

»Das ist ein Arak, ein Anisschnaps«, klärte Fadi Masaad auf, als er Jennifers gepresste Lippen bemerkte. Der fehle in keinem syrischen Haushalt und werde nach dem Hauptessen gereicht. Ein Brauch, der vielleicht erkläre, warum die Syrer so alt würden, scherzte er. Immerhin seien seine Vorfahren allesamt weit über neunzig Jahre alt geworden. »Mein Großvater starb vor drei Jahren siebenundneunzigjährig«, sagte er nicht ohne Stolz.

Aber die beschaulichen Jahrhunderte seien lange vorbei. Kriege und Feindschaften hätten dem Orient und seinen Menschen die Gelassenheit genommen.

Fadi Masaad hielt inne und ein kaum spürbares Lächeln blitzte über sein Gesicht. »Zwei Jahre und einen Krieg später ist das alles nur noch Erinnerung.«

»Haben Sie, Entschuldigung, hast du Kontakt zu deiner Familie?«, wollte Jennifer die plötzliche Stille durchbrechen.

»Ja, natürlich. Meine Familie lebt in Beirut; wir sind nach Großvaters Tod dorthin gegangen, meine Eltern, meine Schwester. Mindestens einmal in der Woche telefonieren wir.«

Es gehe ihnen gut, sein Vater habe sofort eine Anstellung als Chirurg in einem Krankenhaus bekommen, seine jüngere Schwester hatte ihr Medizinstudium noch vor Beginn des Krieges abschließen können und war ebenfalls Ärztin. Vor einem Jahr heiratete sie seinen besten Freund aus Jugendtagen. Auch ein Arzt. »Die Heilkunst hat eine lange Tradition in unserer Familie.«

Sein Leben, berichtete er, sei eigentlich vorbestimmt gewesen, der Einstieg in Vaters Klinik und dessen spätere Übernahme ausgemachte Sache. »Dieser entsetzliche Krieg hat alles anders kommen lassen«, sagte er versunken. Seinen Beruf habe er nicht weiter ausüben dürfen, stattdessen sollte er in den Kampf gegen das eigene Volk ziehen. Als syrische Christen, deren Minderheit seine Familie angehörte, seien sie als einzig nichtmuslimische Religionsgemeinschaft im Bürgerkrieg zwischen die Fronten der

Konfliktparteien geraten. Wer geblieben ist, sah sich Terror und Mord ausgesetzt. »Vor Beginn der Revolution haben wir unsere Koffer nur dann gepackt, wenn wir in die Ferien auf eine griechische Insel oder an die türkische Riviera fahren wollten«, erinnerte er sich. Schweren Herzens hätten sie ihr gesamtes Hab und Gut in Homs zurückgelassen, um zu überleben. »Ich habe meine Heimat noch nicht aufgegeben und hoffe, irgendwann zurückkehren zu können«, sagte Fadi Masaad nachdenklich.

»Oh, bitte entschuldigt, darf ich euch noch zu Trinken anbieten?«, erschrak er über seine Unaufmerksamkeit.

»Alles in Ordnung, Fadi, uns geht's gut!«, meinte Stefan sichtlich gerührt.

Mit einer Flasche Spätburgunder und klirrenden Gläsern kehrte er aus der Küche zurück. »Der Händler sprach von einer bedeutenden und sehr hochwertigen Rotweinsorte, die in die Nobilität der Weinwelt aufgerückt sei«, zitierte er einprägsam. »Ich kann ihm da nur vertrauen.«

Die beiden konnten sich ein Schmunzeln nicht verkneifen. »Deine Gastfreundschaft ist beispiellos. Du bist ein perfekter Bewirter, und es wird für uns sicher nicht einfach werden, diese Vielfalt zu toppen«, spaßte Jennifer.

»Zu toppen?«

»Naja, es gleichzutun«, versuchte sie ihre spontane Anspielung zu relativieren.

»Ach so«, verstand er und konnte sich ein Kopfschütteln nicht verkneifen. Darum ginge es doch gar nicht. Aber es liege wohl an der europäischen, insbesondere der deutschen Mentalität, alles besser zu machen, Vorreiter zu sein: schneller, höher, weiter, no Limit – ja, das treffe es wohl. Am Ende bliebe aber oftmals das Miteinander auf der Strecke, das sei ihm aufgefallen, seit er hier lebt. Ein ausgeprägtes Konsumdenken sei da in vielen Köpfen und manchmal vermisse er ein wenig Besinnung auf das ureigenste Menschsein.

Sein Auftreten tat wohl und seine Ansichten machten ihn noch sympathischer.

»Fadi, du bist ein ausgezeichneter Beobachter«, stellte Stefan fest. »Die unterschiedlichen Wertesysteme kann wahrhaftig nur ein Außenstehender beurteilen.« Für sie selbst sei daher das Aufeinanderzugehen und Kennenlernen fremder Kulturen ein inniges Bedürfnis.

»Ja«, bestätigte Fadi Masaad. Er habe größtenteils Offenheit als Ausländer in der Stadt erfahren, in der Klinik sowieso. Trotzdem spüre auch er gelegentliche Anfeindungen, gelinde ausgedrückt. Besondere Sorge bereite ihm pauschale Vorverurteilung, für die er nur einen Ausweg sieht: »Wir sollten miteinander ins Gespräch kommen. Dafür wird es immer Mittel und Wege geben«, war er überzeugt.

Gemeinsam tauschten sie noch vieles an Wissenswertem aus, als sich der kleine Zeiger der Wanduhr hinter dem großen Bruder versteckte und Jennifer ihre Müdigkeit nur noch schwer verbergen konnte.

»Lieber Fadi, ich glaube, wir sollten unsere interessanten Gespräche unbedingt vertagen – dann das nächste mal bei uns, wenn du einverstanden bist«, versuchte sich Stefan in einem Schlusswort.

»Es tut mir wirklich leid«, meinte sie, ob ihrer zunehmenden Abgespanntheit. »Der Tag heute war so vollgepackt mit Höhepunkten.« Und sie konnte sich ein Lächeln an Stefan nicht verkneifen.

Sie hatte unruhig geschlafen und wälzte sich bereits im Bett, als die Vögel zu ihrem ersten Morgengezwitscher anstimmten. Der Tag, das wusste sie, würde nicht einfach werden. Für sie, aber auch für Thomas. Wie würde er sie empfangen, wie seine Reaktion ausfallen nach so langer Zeit der Trennung. Und vor allem, wie würde er mit ihrer Entscheidung umgehen. Per SMS hatte sie ihr Kommen für heute angekündigt und es wäre schön, wenn er da sei.

»Ihr habt wohl schon ausgeschlafen?«, fragte Stefan erstaunt, der ihre Unruhe spürte und sich an sie schmiegte. Seine Hände streichelten ihren Bauch, von dessen Leben darin noch nichts fühlbar schien.

Sie küsste ihn leise auf die Stirn. »Ich gehe Frühstück machen, schlaf ruhig noch.« Wenig später saßen sie, zu sonntagmorgendlich ungewohnt früher Zeit, gemütlich auf dem Balkon.

»Ich werde einiges an Arbeit erledigen, solange du weg bist, und meine Frühkonferenz vorbereiten«, meinte er.

»Mach das. Ich denke, bis zum Mittag zurück zu sein, sodass wir gemeinsam mit Bernhardt und deiner Mutter noch Kaffee trinken können.«

»Gut. Ich bin in Gedanken bei dir, Schatz. Meinst du, du schaffst es allein?«

Jennifer schnaubte mit einem fahlen Lachen durch die Nase: »Das werde ich wohl müssen. Mach dir keine Gedanken, ich schaff das schon.«

Ein wenig ungewohnt kam es ihr vor, als sie den Wagen vor ihrer Einfahrt parkte.

Zu ihrem Erstaunen berührten sie die vertrauten Gerüche ihres Hauses nur wenig. In ihr wollte keine Melancholie aufkommen. Ein inneres Zeichen, wie sie feststellte, wohin sie gehörte.

»Hallo«, suchten sich ihre Augenpaare flüchtig. »Wie geht es dir?«, fragte Jennifer.

Thomas holte tief Luft und stieß gelangweilt aus. »Geht«, war seine knappe und emotionslose Antwort. »Und selbst?«, schien er nicht wirklich interessiert.

Sie musterte ihn, erkannte sein Desinteresse und verweilte, ihn anschauend. »Danke, gut«. Ihre Blicke schweiften wie der einer Fremden im eigenen Haus umher.

»Na, dann ist ja alles schön! Worüber willst du dann mit mir sprechen?«, fragte er in kompromisslosem Tonfall.

»Über unsere Zukunft«, wollte sie gleich auf den Punkt kommen.

Thomas, der sich in der vermeintlichen Rolle als Betrogener scheinbar gefiel, wollte wissen, wie die denn aussehe. »Aha«, meinte er vielsagend. »Dann war's das also endgültig mit uns, Prima!«

Ihre Worte schienen gedankenlos zu verhallen.

»Um zu dieser Erkenntnis zu gelangen, musstest du erst dieses beschissene Spiel mit mir treiben?«, erhob er seine Stimme.

»Können wir bitte vernünftig über alles reden? Von einem beschissenen Spiel, wie du es nennst, kann überhaupt keine Rede sein. Ich habe mir meine Entscheidung nicht leicht gemacht und sie ist reiflich überlegt«, sprach sie betont ruhig. Wie oft hätten sie versucht, etwas an ihrer Situation zu ändern – vergebens. Ihre Auseinandersetzungen gipfelten doch stets in gegenseitigen Schuldzuweisungen. »Über Jahre hinweg haben wir uns in uns selbst festgefahren, Thomas. Und du weißt es auch! Es gab kein rankommen mehr an dich; ich hatte gehofft, dachte, das braucht seine Zeit«. Und: »Ich kann und ich will so nicht mehr leben!«

»Na, ist ja schön für dich, dass du es jetzt rausgefunden hast«, sagte er trotzig, um sogleich die Beherrschung zu verlieren: »Weißt du was, du kotzt mich an! Verschwindest mir nichts, dir nichts von heute auf morgen und kommst nach fünf Wochen wieder, um mir zu sagen, dass es aus ist. Tickst du noch ganz richtig?«

Er baute sich vor ihr auf, vergrub seine Hände in den Hosentaschen, um wie ein Getriebener mit kalten Augen zu drohen:

»Glaube nicht, dass ich hier so ohne weiteres die Segel streichen werde. Du bist gegangen – aus freien Stücken!«

Jennifer durchfuhr Angst und sie versuchte ihr innerliches Brodeln zu unterdrücken. Sie hatte es sich denken können, dass er unfähig für ein konstruktives Gespräch ist: »Ich packe jetzt meine Sachen und alles Weitere wird sich finden«, wollte sie dieses unsägliche Theater für heute beenden.

»Ja, hau ab! Ich komme auch gut ohne dich klar«, schmiss er die Küchentür zu.

Gut, dann wäre das auch geklärt, ging es ihr durch den Kopf. Sie sah, wie er ins Auto stieg und davonfuhr. Wenigstens konnte sie jetzt ihre wichtigsten Habseligkeiten verstauen, ohne seinen Vorhaltungen ausgesetzt zu sein.

Vermutlich hatte er es all die Zeit beim Bodensaugen belassen, davon zeugten dicke Staubschichten auf Möbeln und Gegenständen. Meine Güte, was soll aus dem Haus bloß werden? Die Zimmerpflanzen fristeten ein erbärmliches Dasein, ähnlich der Garten, wie sie beim Durchstreifen feststellen musste. Das Unkraut hatte in weiten Teilen ihres geliebten Reiches Oberhand gewonnen, es blutete ihr das Herz bei diesem Anblick.

Gedanklich versuchte sie die Zukunft zu malen. Sie würde so gern hierher zurückkehren, mit Stefan, und dort drüben, nein, lieber hier, würde die Schaukel stehen, auf der sich mit kurzen Beinchen ihr Kind höher und höher schiebt.

Aber, vielleicht war es so, wie Thomas sagte. Das Haus würde sie nicht bekommen, das sollte ihr klar sein. 'Du bist gegangen – aus freien Stücken!', sah sie ihn abermals drohend vor sich.

Jennifer griff nach dem Wäschekorb und verstaute darin ihre verbliebenen Sachen. In jedem Raum, den sie zurückließ, atmete sie noch einmal mit geschlossenen Augen tief ein, so, als wolle sie den Geruch in sich aufsparen.

Die letzten Tüten hatte sie im Wagen verstaut, als sie Telefonklingeln im Haus vernahm.

»Bea, Mensch, ist das eine Überraschung«, freute sie sich,

wohl wissend, dass sie ihre Freundin in der letzten Zeit ziemlich vernachlässigt hatte. Eine Erklärung auf den Lippen, hörte sie Bea stockend fragen: »Jenny? Du? Na sag mal, abtrünnige Weltenbummlerin, wieso meldest du dich nicht mal?«

»Ich hätte es demnächst getan, Bea, wirklich. In der letzten Zeit war so viel Schwung in meinem Leben – eines reihte sich ans andere. Ich muss dir unbedingt demnächst davon berichten. Aber, du wusstest doch inzwischen sicher, dass ich ausgezogen war, oder?«, stutzte sie mit einem Mal.

»Ja …, natürlich! Thomas hatte es mir am Telefon letztens gesagt. Du hast ja keinen Ton verloren«, erklärte sie.

»Asche auf mein Haupt, ich weiß, es ist unentschuldbar, vielleicht, weil es mir nie besser ging als im Moment«, ließ sie durchblicken. »Und du wolltest jetzt bestimmt hören, ob ich inzwischen zurück bin, stimmt's?«

»Genau …«, stockte Bea. »Und? Bist du?«

»Ja, äh, nein. Du hast Glück, mich gerade angetroffen zu haben. Ich bin dabei, meine letzten Sachen zu holen.«

»Na, jetzt machst du mich aber richtig neugierig, Jenny. Du, es klingelt, lass uns das demnächst alles bequatschen, melde dich, wenn es dir passt, okay?«

»Das mache ich auf jeden Fall. Bea?« Tut, tut, tut …

Jennifer beeilte sich, die Treppe hoch zu steigen. Beim Türöffnen vernahm sie bereits Bernhardts sonore Stimme aus dem Wohnzimmer. »Hallo, tut mir leid, dass ich mich verspätet habe.« Christa und ihr neuer Lebensgefährte saßen entspannt auf dem Sofa, während Stefan dabei war, neben der blubbernden Kaffeemaschine Jennys Kuchen aufzuschneiden. Sie erhoben sich aus ihren Niederungen und umarmten einander herzlich. »Schön, dich wiederzusehen, Jenny, wie geht es dir?«, forschte Stefans Mutter eindringlich.

»Gut, es könnte nicht besser sein«, warf sie einen fragenden Blick zu Stefan herüber, der den Mund breit zog und mit zugekniffenen Augen ertappt durch die Zähne zischte. »Du siehst gut aus!«, meinte Christa aufschlussreich.

»Ihr seid im Bilde?«, wollte Jennifer wissen.

»Ich kenn doch meinen Sohn. Der hat so sehr gestrahlt, dass ich nicht lange fragen musste.« So eine unglaublich wunderbare Neuigkeit! »Mensch, Kinder, ich werde Großmutter«, freute sich Christa überschwänglich und drückte die beiden an sich.

»Ich freu mich natürlich auch«, sagte Bernhardt kleinlaut. »Und, ich bin bestimmt kein schlechter Großvater«, warf er anrührend ein.

»Ganz sicher nicht«, tätschelte ihn Christa.

Jennifer nahm die Herzenswärme der beiden wohlwollend auf. Gerade in Christa spürte sie so etwas wie einen aufrichtigen Muttterersatz, obwohl sie sich erst seit kurzem kannten.

»Ach, Kinder, es ist schade, dass wir so weit auseinander wohnen«, stellte Christa mit vollem Munde fest und Jennifer dachte darüber nach, ob sie Gedanken lesen könne.

»Wir werden schon Wege finden«, war Stefan überzeugt. »Natürlich sind Großeltern in der Nähe sehr komfortabel, noch dazu bei unseren unregelmäßigen Arbeitszeiten.«

»Na, noch ist ja von dem Würmchen gar nichts zu sehen«, bremste Jennifer den allgemeinen Eifer. Recht hätte sie!

Wie es sich anfühlt, das Arbeitsleben hinter sich gelassen zu haben, wollte sie wissen. Komisch, meinte Christa. »Seit gestern bin ich offiziell Rentnerin.« Meine Güte, wie das klinge, konnte sie den neuen Lebensabschnitt noch immer nicht begreifen. Bernhardt hatte sie auf ihrer letzten Geschäftsreise zu ihren Dresdner Verlagskollegen begleitet, um sich von ihnen zu verabschieden. Das sei ihr aufgrund langjähriger Verbundenheit ihrer beiden Häuser ein Bedürfnis gewesen.

»Und was steht in den nächsten Wochen im Hause Mühlhaus/Schanze auf dem Programm?«, wollte Stefan betont neidisch wissen. »Safarireise in Namibia? Mit dem Wohnmobil ans Nordkap? Oder doch lieber eine Kreuzschifffahrt?«

Bernhardt lachte. »Wieso oder? Alles zusammen! Nacheinander!«, meinte er entrückt. »Unter Vormerkung«. Nein, alles zu seiner Zeit, ruderte er zurück. Demnächst stehe der Verkauf seines Gehöfts an und wenn dieser über die Bühne gegangen ist, dann werde er zu Christa ziehen. »Nicht wahr?«

Stefan sah in warme Augen seiner Mutter. Sie blickte in die Runde: »Ich glaube, es stehen uns ereignisreiche Zeiten bevor.«

Sie hasste den Wecker. Viel zu schnell vergingen die gemeinsamen freien Tage und Jennifer hatte Mühe, morgens aus dem Bett zu finden.

Der neue Tag hingegen war längst angebrochen. Stefan lag neben ihr auf dem Bauch, die Arme wie gefesselt am Kopfteil des Bettes verschränkt, sein Oberkörper, ob der lauen Nacht, frei bis zum Steiß, weckte Wolllust in ihr. Zumindest reinbeißen mochte sie jetzt in ihn. 'Journalist müsste man sein', beneidete sie ihn und beließ es beim zärtlichen Küssen vom Nacken hin zur Decke.

Der Trubel auf Station ließ kaum Pausen zum Verschnaufen zu. Die Zimmer mit ihren Betten waren nahezu ausgelastet. Aus wirtschaftlicher Sicht ein optimaler Zustand, das war auch der Schwestern- und Ärzteschaft klar. Die Grippewelle, die Dresden derzeit fest im Würgegriff hielt, sorgte allerdings zusätzlich für Personalengpässe, nicht nur auf der Neurochirurgie. Kein neuartiges Problem im Haus und dennoch, so die Sichtweise der Basis, hätten die Entscheider zu sehr die Kosten im Blick, die zu Lasten der Angestellten gingen. Nicht ohne Folgen, denn krankheitsbedingte Personalausfälle forderte den verbliebenen Angestellten der Station überdurchschnittliches Engagement ab.

»Sigrid, so kann es nicht weitergehen. Du siehst doch selbst, dass wir nur noch auf Verschleiß fahren«, prangerte Conny an. Sie sei gerade mal mit der Grundpflege ihrer Patienten durch und kam bis jetzt zum Mittag noch nicht dazu, in die Schnitte zu beißen. Das seien doch keine Zustände mehr!

»Was soll ich machen, Conny, mehr als auf den Notstand bei der Oberschwester hinweisen kann ich nicht. Auf anderen Stationen geht es noch viel prekärer zu«, meinte Sigrid.

Als wären die Sorgen nicht schon groß genug, hielt eine neuartige Pflegedokumentation über EDV-System in den Schwesternstuben Einzug. 'Transparenz schaffen', so die Zauberformel der Befürworter.

Jennifer tat sich schwer im Umgang mit immer neuartiger

Technik. Sie vertraute dem Papier. Schließlich hatten sich die Kurven über Jahrzehnte bewährt und, am aller wichtigsten, sie waren durchschaubar. Heute, im modernen Computerzeitalter, verwendete man irrsinnig viel Zeit, sich im Dschungel von Anlagen und Pfaden zurechtzufinden. Wertvolle Zeit, die der Zuwendung der Patienten fehlte.

Nicht ihr Ding, auch, weil Menschen zu »Angelegenheiten« verkommen, deren wirtschaftlicher Aspekt im Vordergrund stehe – nach dem Motto: Was nicht dokumentiert war, galt als nicht erledigt.

»Das bringt mich hier noch auf die Palme«, schimpfte sie. »In welche Zeile kommen denn nun die fünfzehn zusätzlichen Minuten beim Pflegeaufwand von Frau Bauer?«

»Da muss es irgendwo eine Spalte geben, 'kategorisierte Einzelfallbewertungsspezifikation – Variante C'«, wusste Sigrid.

»Ist das nicht krank?«, schüttelte Jennifer den Kopf.

Sigrid rollte mit den Augen: »Am Besten gar nicht drüber nachdenken.«

»Wir müssen umdisponieren, Schwester Sigrid. Doktor Lyssell fällt für die nächsten Wochen aus – Armbruch!«, platzte Oberarzt Meinhardt ins Schwesternzimmer. Doktor Masaad werde in der Zwischenzeit dessen Patienten übernehmen, einschließlich operativer Behandlungen. Eine andere Möglichkeit sehe er nicht, Lyssells Ausfall adäquat zu kompensieren. Masaad genieße sein vollstes Vertrauen.

Jetzt erst bemerkte der Oberarzt Jennifer im Nebenraum. »Ah, Schwester Jennifer, sie wissen sicherlich bereits, dass das Camp auf der Bremer Straße ausläuft.«

»Ja, das war mir bekannt. Ich glaube, der größte Teil ist bereits in feste Unterkünfte verlegt worden«, entgegnete sie.

»So ist es, und wir können etwas durchatmen«, sagte er und bedankte sich nochmals für ihr Engagement.

Die Frühschicht neigte sich ihrem Ende zu und mit den eintreffenden Spätdiensten zog noch mal Trubel auf Station ein. Jennifer hatte soeben ihre Zimmer an Petra übergeben, als zwei Männer mittleren Alters ihr zielstrebig auf dem Gang entgegen kamen. Wie Besucher sahen die nicht aus, dachte sie.

»Guten Tag, bitte, wo finden wir Herrn Masaad?«, wollten sie knapp wissen.

»Äh, worum geht es denn?«, ermaß sie sich von einem unguten Gefühl beschlichen spontan zur Gegenfrage.

»Das würden wir gern selbst mit ihm besprechen.«

»Ich denke, in einem der Patientenzimmer. Ja, da hinten ist er«, erblickte sie ihn.

Die beiden Herren gingen zielgerichtet auf ihn zu und Jennifer vernahm ein entferntes »Fadi Masaad?«.

»Ja, der bin ich. Wie kann ich Ihnen helfen?«

»Schönborn, LKA. Das ist mein Kollege Volland – wir hätten ein paar Fragen an Sie und würden Sie bitten, mit uns zu kommen.«

Doktor Masaad stand die Irritation ins Gesicht geschrieben. »Polizei? Äh, könnten Sie mir sagen, worum es geht?«

»Wir hätten gern ein paar Daten abgeglichen hinsichtlich Ihrer Aufenthaltserlaubnis. Reine Routineüberprüfung«, versuchte einer der beiden Männer zu beschwichtigen.

Ja, gut, das sei kein Problem. Nur, im Moment sehr unpässlich. Ob er sie nicht nach Dienstende aufsuchen könne, wollte er wissen.

»Tut uns leid, es ist dringend und wir möchten Sie bitten, uns sofort zu begleiten«, ergänzte der andere.

»Wenn das so ist«, sagte er verstört. »Bitte warten Sie einen Moment, ich ziehe mich rasch um.«

»Wir bleiben bei Ihnen, Herr Masaad!«

Er musterte die beiden Beamten irritiert, die ihm nicht von der Seite wichen und ihn in sein Dienstzimmer folgten. Wenig später waren sie dabei, wortlos die Station zu verlassen. Jennifer, der die fragwürdige Szenerie nicht entging und die sich in Flurnähe aufhielt, vermied jegliche Vertrautheit und fragte förmlich: »Ist alles in Ordnung, Doktor Masaad?«

»Ich denke schon«, beruhigte er. »Die Herren haben nur ein paar Fragen wegen meines Aufenthaltes hier. Könnten Sie bitte den Oberarzt informieren? Bis morgen dann.«

Die Herren vom LKA ließen nicht den Eindruck aufkommen, als wollten sie Fadi Masaad viel Zeit zur Verabschiedung lassen. Eng an ihnen, rief er ihr nach: »Wir telefonieren!«

Jennifer stand wie angewurzelt da, ohne sich einen Reim darauf machen zu können. Keine zehn Minuten dauerte die Aktion und nicht nur ihr kam das Ganze soeben wie schlechtes Kino vor.

»Was war denn das jetzt?«, hielt Sigrid im Türrahmen zum Schwesternzimmer inne. »Waren das Polizisten? Was wollten die?«, stockte ihr fast der Atem.

»Ich weiß es nicht. Irgendwelche Fragen hätten sie«, meinte sie sichtlich durcheinander. »Weißt du, wo der Oberarzt steckt?«

Sigrid wurde ganz ruhig, so, als überlegte sie angestrengt.

»Sigrid?«

»Bitte? Äh, der hatte bis vierzehn Uhr Beratung, müsste eigentlich gleich zurück sein.«

Sigrid stand die Verwirrung ins Gesicht geschrieben. Sie grübelte: »Er wird doch nichts ausgefressen haben?«

»Jetzt warte doch mal ab«, erregte sich Jennifer. »Das wird sich alles ganz schnell klären.«

In Sigrids Gesicht machte sich Misstrauen breit. »Und, wenn nicht?«

»Sigrid«, pustete sie durch, »Doktor Masaad ist ein vertrauenswürdiger Mensch, das solltest du doch inzwischen mitgekriegt haben, oder?«

»Ja«, meinte sie zögerlich und wog nachdenklich den Kopf.

Jennifer machte eine Pause, um sogleich an sie zu appellieren: »Ich denke, es ist nicht in seinem Sinne, das hier an die große Glocke zu hängen, verstehst du?«

Schwester Sigrid starrte betreten ins Leere, biss sich auf die Lippen und wandte sich zurück ins Dienstzimmer.

»Doktor Masaad bleibt vorläufig in Untersuchungshaft«, so die niederschmetternde Botschaft, die Oberarzt Meinhardt am nächsten Morgen zum Frühstück verkündet hatte und die in der Schwesternschaft für Betroffenheit sorgte. Ohne Nachfragen erklärte er, momentan nichts zu den gegen ihn erhobenen Anschuldigungen sagen zu können. Er stehe in ständiger Verbindung zu den ermittelnden Behörden und habe auch gestern Abend noch mit ihm persönlich sprechen können.

Die ungewohnte Stille im Schwesternzimmer wurde nur vom Brodeln der Kaffeemaschine unterbrochen. Jede der um den Tisch Versammelten war in sich gekehrt und ließ die Gedanken kreisen. Niemand traute sich, Mutmaßungen zur Festnahme Doktor Masaads anzustellen, und doch spürte Jennifer, wie ein Dutzend Augenpaare sie durchbohrten.

Conny, die aufgelöst aus der Cafeteria im Untergeschoss zurückeilte, durchbrach das Schweigen: »Syrischer Arzt ein eingeschleuster Terrorist?«, hielt sie den reißerischen Aufmacher des »Blick« für alle sichtbar vor ihre Brust.

»Um Gottes Willen!«, entfuhr es Sigrid, die Hand vor dem Mund. Fahrig schob sie den Stuhl zurück und verließ aufgebracht das Zimmer.

Conny schaute mit aufgerissenen Augen fragend in die Runde. »Das wäre ja furchtbar.«

»Jetzt lasst doch mal die Kirche im Dorf! Das können doch alles nur haltlose Anschuldigungen sein«, machte sich Jennifer Luft. Niemals traue sie Doktor Masaad ein solches Doppelleben zu. Dazu habe sie ihn als viel zu loyal kennengelernt. »Das wird sich alles als Irrtum herausstellen.«

»Denkst du, Jenny!«, glaubte Franziska, ihr einen Spiegel vorhalten zu müssen. »… Könne nicht ausgeschlossen werden, dass es sich bei dem in Untersuchungshaft Befindlichen um einen sogenannten Schläfer handelt. Fadi Masaad: ein falscher Arzt? Der Blick bleibt dran!«, zitierte sie.

Conny ließ innerlich einen Film ablaufen: »Also, ich mag auch nicht daran glauben. Er hatte ja wirklich Fachwissen und ich kann mir nicht vorstellen, dass es geheuchelte Sympathie war.«

Klangen Zweifel in ihren Worten? Nichtsdestotrotz – nachdem sich der erste Schock gelegt hattee, schloss sich ein Großteil der Frauen Connys Meinung an.

Sigrid hingegen, nach innen gewandt, kehrte unter allgemeiner Aufbruchstimmung starren Blickes in den Pausenraum zurück. Für sie schien die Angelegenheit weitaus beängstigender.

»Zu wem wollen Sie?«, fragte Oberarzt Meinhardt die offensichtlich überraschten jungen Männer. »Guten Tag«, erschrak der erstere und zog den Kopf aus einem Patientenzimmer zurück. »Robert Künzel, Blick-Zeitung, mein Kollege Biewert«, richtete er zu seiner kamerabehängten Begleitung. »Wir recherchieren in der Sache Fadi Masaad. Er hat doch hier gearbeitet, oder?«

»Es mag wohl bei Ihnen so Sitte sein, überall und ungefragt die Nase reinzustecken. Hier im Hause allerdings gelten Regeln, und das aus gutem Grund«, erzürnte sich der Oberarzt. »Was Ihre Frage betrifft: Doktor Masaad hat auf unserer Station seit geraumer Zeit sein exzellentes Fachwissen und darüber hinaus seine soziale Kompetenz überdurchschnittlich unter Beweis stellen können. Vielleicht berücksichtigt das Ihr Blatt und stellt sich einer fairen, objektiven Berichterstattung zu Herrn Masaad.«

»Sind Ihnen irgendwelche Auffälligkeiten …«

»Zu weiteren Auskünften wenden Sie sich bitte an die Pressestelle der Klinik – Guten Tag!«, schnitt er den umtriebigen Journalisten das Wort ab und wies ihnen die Tür.

Jennifer öffnete weit die Balkontür und stützte sich über die Brüstung. Der Sommer hatte eine kurze Pause eingelegt, doch die Wetterprognosen verhießen kaum Abkühlung für die kommenden Tage. Gedankenversunken klebten ihre Augen am Raddampfer »Pillnitz«, der sich angestrengt und reich an Passagieren besetzt stromaufwärts schaufelte. Sie schluckte kurz und senkte den Kopf, wandte sich zurück ins Wohnzimmer und drückte die Taste 'Stefan Arbeit' auf dem Schnurlostelefon. Melodiös tanzten die Zahlen in ihrem Ohr.

»Dresdner Tagespost, Stadtredaktion, Sekretariat – Flemming?«

»Radisch, Guten Tag. Ich hätte gern Herrn Mühlhaus gesprochen!«

Das tue ihr leid, Herr Mühlhaus befinde sich in einer Redaktionssitzung. Ob sie etwas ausrichten könne?

»Ja, er möchte bitte daheim anrufen, sobald er zurück ist.«

»Ah, privat, verstehe. Ich leite es gern weiter – äh, Moment! Herr Mühlhaus kommt gerade zur Tür herein.« Sie drückte den Hörer an ihre Brust: »Eine Frau Radisch, Stefan.«

»Fein, stell bitte durch.«

»Hallo Schatz?«, war er erfreut und bemerkte Susi Flemmings erstauntes Gesicht, die in Anbetracht einer privaten Angelegenheit sogleich die Tür schloss.

Er wusste um den aktuellen Stand in der Angelegenheit Fadi Masaad. »Wir besprachen gerade den Fall als Aufmacher für morgen in der Konferenz, Jenny«, sagte er.

Stefan und seine Redaktion hatten bereits Kenntnis von der Verhaftung Masaads in der Klinik, als ihm Jennifer davon berichtete.

Die Tagespost wolle erst mit der morgigen Ausgabe, nach Auswertung der Faktenlage, in die Berichterstattung einsteigen.

»Naja, du kennst doch den 'Blick'«, schnaufte er. »Soviel wir wissen, stützen sich die Ermittler gegenwärtig auf recht vage Anschuldigungen eines Landsmannes.«

»Anschuldigungen? Was denn für Anschuldigungen?«, verstand sie nicht.

»Jenny, ich habe gleich noch eine Besprechung mit meinen Lokalern. Wir reden später weiter, in Ordnung? Ich denke, in anderthalb, zwei Stunden bin ich hier raus. Dann …«

»Hab ich ein leckeres Abendbrot bereitet und …«

»Und…?«, wollte er, genüsslich im Lehnstuhl zurückgelehnt, wissen.

»…bin ich ganz für dich da.«

»Hey, mein Schatz«, schloss er sie in seine Arme. »Das riecht aber verdammt gut bei dir! Das sind doch nicht etwa …?«

Jennifer sog betont an ihrem Zeigefinger und machte ein unschuldiges Gesicht. »Ich wollte sie mal probieren. Aber so gut wie deine Mutter hab ich sie bestimmt nicht hinbekommen.«

»Na und«, küsste er sie in den Nacken, »ich bin anpassungsfähig und aufgeschlossen Neuem gegenüber, das weißt du doch.«

Und ob sie das wusste, durchzuckte es sie in seinen Fängen.

Sein Lieblingsessen kochte sie gern für ihn und er wusste es mehr als zu schätzen.

Trotz der lieblichen Harmonie ließ sich das Problem um ihren Freund Fadi Masaad nicht verdrängen.

»Fadi ist noch immer in Untersuchungshaft«, sagte sie betrübt. »Ich muss ständig an ihn denken, hoffentlich geht es ihm gut.«

Stefan stützte den Kopf in die Hände und strich sich durchs Gesicht. »Die Anschuldigungen, von denen ich sprach, scheinen zwar ziemlich vage, wie ich dir sagte, aber wiegen recht schwer.«

»Kannst du nicht darüber reden?«, wollte sie wissen.

»Das ist kein Geheimnis«, sagte er. »Der 'Blick' hat es ja bereits in seinem Stil offiziell gemacht. Mehr ist im Moment darüber nicht bekannt.«

»Aber Fadi ein Terrorist, ein Schläfer – das glaubst du doch nicht wirklich, oder?«, brüskierte sie sich.

»Natürlich nicht!«, wirkte Stefan kritisch. »Wenn ich an unseren Besuch bei ihm denke, mit welcher Offenheit er uns empfangen hat, dieser Herzlichkeit! Für mich bestehen da auch keine Zweifel. Aber…«, versuchte er deutlich zu machen, »ich stehe da in einem Gewissenskonflikt. Der Chef hat die Sache in meine Hände gelegt. Er weiß bisher nichts davon, dass ich durch unsere Bekanntschaft nicht gänzlich unbefangen bin. Ich hab das erst mal so für sich stehen lassen.«

»Ich verstehe nichts von journalistischen Regularien, wie da die Gepflogenheiten bei euch sind. Aber ich denke, er sollte es wissen«, überlegte sie.

Stefan, der in dieser Sache bereits weiterdachte, brachte hervor: »Wenn ein anderer den Fall übernimmt, könnte etwas auf der Strecke bleiben, verstehst du, was ich meine?«

»Du meinst, zu ungunsten Fadis?«

»Möglich, ja. Das waren auch Überlegungen.«

»Da könnte was dran sein. Denkst du, dass sich ein Außenstehender der Sache weniger engagiert annehmen könnte?«

»Das würde ich so keinem unterstellen wollen. Aber Schicksale und Personen sind Fälle, Journalismus ist berichten. Emotionen, gar persönliche Befindlichkeiten, haben da nichts zu suchen. Und wenn Fadi Masaad tatsächlich unschuldig ist, dann sollte ich alle mir zur Verfügung stehenden Mittel ausschöpfen«, machte er klar.

Jennifer lächelte ihn an und strich ihm über den Kopf. »Das hast du gut gesagt, Schatz! Vielleicht hast du recht und der Fall ist bei dir am besten aufgehoben«. An welche Mittel er denn gedacht habe, wollte sie wissen.

Ihn habe das Thema schon die letzte Nacht beschäftigt, meinte Stefan.

»Da wird willkürlich einer als Terrorist, als islamistischer Kämpfer, stigmatisiert. Das reicht doch hier aus, um ins Fadenkreuz zu geraten. Ich muss herausbekommen, von wo, beziehungsweise wem diese Anschuldigungen herrühren und …«, verstummte er.

»Und?«

»Ach, ich weiß nicht«, zögerte Stefan einen Moment. »Ich hab an Bernhardt gedacht.«

»An Bernhardt?«

Stefan war in Überlegungen vertieft, als ihr ein Licht aufging. »Bernhardt!«

»Er hat doch noch immer gute Kontakte zur syrischen Elite, wenn ich mich recht erinnere.« Er wolle die Entwicklungen des morgigen Tags abwarten und gegebenenfalls mit Bernhardt in Kontakt treten.

Stefan war ungewohnt früh ins Büro gekommen. Er wollte noch Unterlagen sichten, ehe er um zehn Uhr mit Sandra Forberg zur anberaumten Pressekonferenz ins Innenministerium fuhr. Er hatte sie zu den Recherchen ins Boot geholt, weil sie, seiner Ansicht nach, das notwendige Gespür in diesbezüglich prekären Angelegenheiten mitbrachte und als hartnäckig galt. Sie sollte zunächst das nähere Umfeld Fadi Masaads abklopfen: Einreise – wann und wie, Meldungen bei Behörden, Wohnheim, Freunde. Einzig Fakten waren es, die er und die Redaktion brauchten, um die Unschuld des Freundes zu beweisen.

Der geräumige Presseraum war gut besucht. Sandra neben ihm hatte bereits den Laptop aufgeklappt und ihre Finger zappelten über die Tastatur. Stefan überflog die Reihen, hin und wieder nickte er mit einem kurzen Lächeln. »Schau mal rüber«, hob er das Kinn. »Schneider vom Blick hat ja eine ganze Meute seiner Bluthunde geschickt.«

Ein Sprecher des Ministeriums begrüßte die gedrängten Medienvertreter von Presse und Funk durch einen wirr vor ihm installierten Mikrofonsalat. Teleskopähnlich ausgefahrene Fotoapparate klickten und hinter giraffenförmig aufgebauten Kamerastativen tummelten sich Filmleute.

Die Sachlage in der Angelegenheit des Syrers Fadi Masaad stelle sich auch Stunden nach seiner Inhaftierung als undurchsichtig dar. Nach derzeitigem Erkenntnisstand könne nicht ausgeschlossen werden, dass der Beschuldigte mit einer terroristischen Vereinigung in Verbindung stehe. Zudem hätte belastendes Material, was bei ihm gefunden wurde, den Verdacht gegen ihn erhärtet.

Vor einigen Tagen sei eine Anzeige eines syrischen Landsmannes des Beschuldigten bei der Dresdner Polizei aufgenommen worden. Dazu erhielt die Stabsstelle im Innenministerium wenig später Kenntnis, die hierüber das Bundesamt für Verfassungsschutz informierte. Zum gegenwärtigen Zeitpunkt könnten keine detaillierten Angaben gemacht werden, auch weil Ermittlungen dazu noch am Anfang stünden und in Absprache mit den zuständigen Behörden erfolgten.

»Wie ernst ist die Lage? Besteht oder bestand eine reelle Terrorgefahr für Dresden?«, wollte der 'Blick' wissen.

»Das lässt sich derzeit noch nicht genau sagen. Sie können aber davon ausgehen, dass die Sache sehr ernst genommen wird«, so der Mann hinter den Mikrofonen.

»Der Verdacht gegen Herrn Masaad«, hob Stefan den Stift, »stützt sich auf Behauptungen, wie Sie verlauten ließen. Welchen Wahrheitsgehalt messen Sie dem bei? Können Sie nähere Angaben zu dessen Hervorbringer machen?«

»Bitte haben Sie Verständnis, dass wir dazu noch nichts sagen können, auch weil diesbezüglich umfassende Ermittlungen laufen«, so der Sprecher. »Sobald sich neue Erkenntnisse ergeben, werden wir die Öffentlichkeit informieren – vielen Dank.«

Ein Grummeln ging durch den Presseraum.

»Larifari, wie immer«, bemerkte Stefan.

»Was hattest du erwartet?«, wusste Sandra Forberg.

»Anhaltspunkte beispielsweise, worauf sich ihr Verdacht stützt. Die Faktenlage ist mehr als dünn. Mich wundert, dass der 'Blick' noch nichts Näheres dazu rausbekommen hat«, sagte er.

Die Sonne drückte bereits wieder ordentlich, als sie das Ministerium verließen.

»Ich könnte versuchen, etwas über die Hintergründe rauszubekommen«, meinte sie und ließ spontan folgen: »Gehen wir noch einen Kaffee trinken?«

»Vielleicht ein anderes Mal, Sandra«. Und Investigativjournalismus sei nicht der Anspruch der Tagespost, erklärte er auf ihr Vorpreschen. »Wir greifen auf fundierte Quellen zurück.«

»Schon gut, bleib mal locker, Stefan«, tat sie gereizt.

»Ich bin locker!«, entgegnete er.

»Du steckst irgendwie zu tief drin, habe ich den Eindruck. Ich vermute mal, es hängt mit deiner Krankenschwester zusammen, hab ich recht?«

»Was hat denn Jennifer damit zu tun?«, war er ungehalten.

»Ach, Stefan, mach dir doch nichts vor. Jennifer Radisch und Fadi Masaad…«, stockte sie.

»Worauf willst du hinaus?«

»Ach, vergiss es!«, wiegelte sie ab.

»Es besteht eine Freundschaft zwischen den beiden, mehr nicht!«, stellte er klar. »Und falls es dich interessiert: Ja, eine gewisse Emotionalität in der Sache bestreite auch ich nicht!«

»Dann solltest du das mit dir ausmachen«, hörte er ein Aufschwingen aus ihren Worten. Der Chef sollte von seiner Befangenheit am Besten nichts erfahren, schickte sie nach, als sie bereits die Redaktion erreichten.

»Von Befangenheit kann überhaupt keine Rede sein, Sandra.« Das sei ja wohl mehr als abwegig.

Vielleicht war es doch keine so gute Entscheidung, gemeinsam mit ihr den Fall zu übernehmen, ging es ihm durch den Kopf.

»Machst du bitte den Beitrag von der PK fertig? Ich kümmere mich inzwischen anderweitig um die Angelegenheit«, ließ er offen.

Das Telefonat führte Stefan besser von zu Hause. Vermischungen von Dienstlichem und Privatem mochte er nicht von Arbeit aus tun.

»Hallo, Mama, geht's euch gut?«

Nein, nein! Alles in Ordnung, erklärte er der verwunderten Mutter. Er könne doch auch einfach mal ganz spontan unter der Woche anrufen, oder? »Naja«, gestand er, »ganz ohne Hintergrund hätte ich mich heute vielleicht nicht gemeldet. Sag mal, ist Bernhardt in der Nähe?«

Da habe er Glück, denn zurzeit ist er in den letzten Zügen, seinen Haushalt aufzulösen. Sie reiche mal weiter. »Tschüss, mein Junge!«

»Stefan, schön dich zu hören – alles in bester Ordnung in Dresden?«

»Grüß dich, Bernhardt, ja, Elbflorenz steht noch und uns beiden geht's gut«, meinte Stefan.

»Na prima. Wie kann ich dir helfen?«, fragte er mit klangvoller Stimme.

Stefan berichtete über Fadi Masaad und dessen missliche Lage. Als welch angenehmen Menschen sie ihn kennenlernen durften und dass ihnen, auch aus freundlicher Verbundenheit zu ihm, sehr daran gelegen sei, Licht ins Dunkel zu bringen.

»Er sieht sich einer verächtlichen Anschuldigung ausgesetzt«, zitierte er Aussagen des Oberarztes Meinhardt, der als einziger Außenstehender Kontakt zu ihm habe. »Gibt es aus deiner Sicht eine Handhabe zur Reputation? Ich meine, es sieht nicht gut für ihn aus und die Möglichkeiten, das Gegenteil zu beweisen, laufen gen Null.«

»Ohne Zweifel, das ist schon harter Tobak«, überlegte Bernhardt. Er wusste auch von Fällen zu berichten, die sich als haltlose Denunziationen herausstellten, aber eben nicht schadlos an den Betroffenen vorüber gegangen seien. Er meine aber, dass Beschuldigte, denen willkürliche Verdächtigungen ohne Beweise anhängen, nicht unbefristet festgesetzt werden dürften.

»So wie es aussieht, reichen die Unterlagen eures Arztes nicht aus, um die hiesigen Behörden von seiner Unschuld zu überzeugen. Also, eine Idee hätte ich da vielleicht«, überlegte Bernhardt. »Das müsste ich aber zunächst mit deiner Mutter besprechen. Können wir nachher noch mal telefonieren?«

»Natürlich«, freute sich Stefan, der eine vage Vorahnung hatte, in welche Richtung Bernhardts Gedanken gingen.

Die beiden Männer verabschiedeten sich vorerst, als Jennifer in die Tür trat und er sie in seine Arme schloss. »Hallo, Schatz!« Sie wirkte abgespannt aber dennoch erfreut, ihn zu sehen. »Wie ungewohnt, du bist ja schon zuhause.«

Er berichtete von der Pressekonferenz und seinem Anruf soeben bei Bernhardt.

»Glaubst du wirklich, dass er das macht?«, fragte sie unschlüssig.

Stefan zog die Schultern nach oben und drückte die Lippen zusammen. »Vorstellbar wäre es. Natürlich weiß ich nicht, ob es seine Zeit zulässt.«

Am späten Nachmittag sah Stefan am heimischen Laptop die für die morgige Ausgabe bereiteten Artikel durch und erteilte dem diensthabenden Redakteur grünes Licht. Sandra hatte den Aufmacher über die abgehaltene Pressekonferenz objektiv in Szene gesetzt und er als Chef der Lokalredaktion war gerade dabei, in einem gesonderten Kommentar seine unvoreingenommene Sichtweise zu den Vorwürfen gegen Fadi Masaad darzulegen, als Bernhardt zurückrief.

Ja, er werde zusammen mit seiner Mutter für ein paar Tage nach Beirut reisen und von dort aus versuchen, Verbindung zu syrischen Behörden aufzunehmen. Seine Kontakte bis hin zur Botschaft in Damaskus seien nie abgerissen, auch wenn die gegenwärtige Situation keine leichtere geworden ist.

»Ich denke, da sollte etwas über euren Doktor herauszukriegen sein«, meinte er.

»Ich hatte ehrlich gesagt die leise Hoffnung, Bernhardt, dass du Möglichkeiten siehst«, freute sich Stefan. »Aber dass ihr gleich selbst vor Ort fliegt? Und Mutter war sofort einverstanden?«

»Na, sagen wir mal so«, holte Bernhardt süffisant aus. »Ich musste das Ganze noch ein wenig hübsch verpacken. Sie wollte ja schon immer mal die Altstadt von Jerusalem und die hängenden Gärten der Bahai sehen, das wusste ich. Und so verbinden wir gleich das Notwendige mit dem Schönen.«

»Großartig!« Stefan blieb fast die Spucke weg über so viel Spontanität. »Wie wollt ihr, wie willst du es in der Kürze der Zeit bewerkstelligen?«

Bernhardt räusperte sich. »Ich mach mich heute Abend gleich daran, meine Leute, von denen ich denke, dass sie uns weiterhelfen können, zu kontaktieren. Die meisten von ihnen leben ja im Libanon im Exil, das sollte nicht das Problem sein«, merkte er an und bat Stefan um Übersendung aller vorliegenden Informationen zu Fadi Masaad.

»Die schicke ich dir in der nächsten Stunde«, sagte Stefan erfreut und verabschiedete sich.

Er ließ sich in den Lehnstuhl zurückfallen und verschränkte die Arme über dem Kopf. »Das ist ja unglaublich!«

»Was ist unglaublich?«, stutzte Jennifer.

»Bernhardt und meine Mutter wollen sich tatsächlich ins gelobte Land aufmachen.«

Auch ihr stand die Sprachlosigkeit ins Gesicht geschrieben. »Tatsächlich?«

Stefan nickte gedanklich, als habe er nicht ernsthaft an diese Möglichkeit geglaubt. »Bernhardt ist ein Gerechtigkeitsfanatiker«, sagte er. »Er weiß von ähnlichen Fällen, die sich im Nachhinein als Verleumdung herausstellten, aber für die Betroffenen mit einer zeitnahen Ausweisung, aufklärungsunabhängig, einhergingen.«

»Die Zeit drängt also?«

Stefan nickte. »Bernhardt ist sich dessen bewusst. Sie wollen nach Möglichkeit bereits morgen runter fliegen«, berichtete er.

»Das nenn ich mal Nägel mit Köpfen machen«, entfuhr es ihr und war guter Dinge. »Ich denke, Fadis Schicksal ist bei Bernhardt in guten Händen.«

*

19

Von Entspannung konnte keine Rede sein. Auf Geheiß Hubrichs trat Frömmel an diesem Samstagvormittag zum Rapport beim Innenminister an.

»Ich verlange umgehend eine Erklärung, wie du darauf kommst, dass diese Bedrohung nicht existent ist«, ließ Hubrich Frömmel keine Zeit seines Statements.

Der Revierleiter unterrichtete Hubrich zu seinen Aufschlüssen und dem Treffen mit dem Studenten Tobias Stegner.

»Sag mal, Bernd, bist du von allen guten Geistern verlassen? Ich hatte ausdrücklich angeordnet, keine Alleingänge. Wie stehen wir jetzt da?«

»Du warst nicht erreichbar und die Sache duldete aus meiner Sicht keinen Aufschub. Dass die anderen das nicht schon vorher erkannt hatten und sich stur auf den Syrer eingeschossen hatten, grenzt in meinen Augen an schlampige Ermittlungsarbeit«, brachte er hervor.

Ihm schwante, was Hubrich dachte.

»Hast du auch nur einen Gedanken daran verschwendet, dass die Sache hätte gefährlich aus dem Ruder laufen können?«

Natürlich, hatte er. »Ich wollte herausbekommen, wer der zweite Mann aus der Straßenbahn ist. Dass sein Onkel ihm glaubhaft jedwede Straftaten absprach, hat mich veranlasst, mit Stegner persönlich zu sprechen.«

Der Minister wippte in seinem Sessel und starrte ins Leere. »Noch mal«, wollte er Klarheit darüber, dass es sich tatsächlich so verhielt, wie Frömmel berichtete. »Der Zettel, das Kärtchen mit der vermeintlichen Anschlagsdrohung gehört zu diesem Studenten und hat nichts mit dem von uns observierten Hamidi zu tun?«

»Genauso ist es. Ein Karteikärtchen von vielen, worauf Stegner verschiedene Handlungsabläufe seiner Romanfiguren festhielt, um sie den jeweiligen Charakteren zuzuordnen. Das geht überzeugend aus seiner Geschichte hervor. Hier auf dem Stick ist sein Manuskript.«

Unaufgeregt schob er Hubrich das Speichermedium über den Tisch.

»Gut. Ich werde mir unverzüglich selbst ein Bild davon machen, bevor ich bei den Kollegen alles abblase.«

Zweifel klangen in seinen Worten und er schob nach: »Dir ist klar, Bernd, dass das Konsequenzen haben wird, egal, wie das Ding ausgeht…«

Der Revierleiter legte die Stirn in Falten und meinte gelassen: »Wie lange kennen wir uns, Volker?«

Pünktlich zur Mittagszeit kehrte Frömmel nach Hause zurück. Nun konnte das Wochenende beginnen.

»Hmm, das duftet aber gut bei dir!«, schaute er seiner Frau über die Schulter. Irene stand am Herd, schniefte durch die Nase und griff nach dem Taschentuch in der Kittelschürze.

»Du weinst ja!«, erschrak er.

Sie schüttelte den Kopf und schnäuzte abgewandt. »Hast du großen Hunger?«

»Was ist denn mit dir?«, bohrte er.

Peinlich gerührt und wohl auch über sich selbst verwundert zeigte sie auf den Tisch. »Die Geschichte…«

Er schaute ungläubig, griff nach Stegners Manuskript und ließ den Daumen durch die Seiten fahren. »Sollte ich den Schmöker vielleicht doch noch zu Ende lesen?«

*

20

»Herr Oberarzt, hätten Sie heute ein paar Minuten Zeit?«, passte Jennifer den Chefarzt ab.

»Gern. Ich hätte heute sowieso das Gespräch mit Ihnen gesucht. Sagen wir, in einer halben Stunde?«

Seit Doktor Masaad aus der Klinik abgeführt wurde, lasteten alle medizinischen Untersuchungen und Behandlungen auf den Schultern des Oberarztes. Auch durch den krankheitsbedingten Ausfall Doktor Lyssells herrschte auf unbestimmte Zeit akute Ärztenot auf der Neurochirurgie.

Als wäre dies nicht heikel genug, sorgte die Verhaftung Masaads unter der Ärzte- und Schwesternschaft der gesamten Klinik für Bestürzung und Unbehagen. Hätte die Klinik womöglich einem Anschlag gegolten? Machten radikale Islamisten jetzt nicht mal mehr Halt vor Krankenhäusern? Gab es Komplizen und wurde ein Anschlag möglicherweise in letzter Minute verhindert?

»Glauben Sie mir, auch ich sehe mich seit einigen Tagen despektierlichen Kollegen gegenüber: ‘Wie konntest du dich nur für diesen fragwürdigen Arzt stark machen?’«, berichtete er. »Und wissen Sie, was ich denen antworte?«

Jennifer spürte seine Erregung.

»Ich vertraue ihm – und das bis heute!«

Es seien die Vorurteile, die ihn auf die Palme brächten. »Die Medien haben sich auf ihn gestürzt, schaffen Tatsachen, zerfleischen einen Menschen und lassen kein gutes Haar an ihm – und nichts, aber auch gar nichts ist bewiesen«, echauffierte er sich und sie konnte sich nicht erinnern, ihren Chef je so aufgebracht erlebt zu haben.

»Wie geht es Doktor Masaad?«

»Er ist gefasst, aber natürlich ist ihm seine Situation bewusst.« Er habe vieles aus der Vergangenheit Revue passieren lassen, berichtete Meinhardt. Er könne sich die Sache nicht erklären, wisse nicht, wer hinter all dem stecke. Es hätte keine Anfeindungen, weder in Syrien, im Libanon, noch während seiner Zeit, die er hier lebte, gegeben. »Ich bin ein friedlicher Mensch, Oberarzt – das müssen Sie mir glauben, hat er gesagt!«

»Kennen Sie nähere Einzelheiten zu den Vorwürfen?«, wollte Jennifer wissen.

»Alles, womit man ihn konfrontiert hat, ist die Anschuldigung eines seiner Landsleute, ihn im Flüchtlingscamp als sogenannten Kämpfer des islamischen Staates wiedererkannt zu haben. Bei Durchsuchungen hätten sie außerdem einen ernstzunehmenden Hinweis auf einen beabsichtigten Anschlag gefunden.«

»Ein Anschlag? Fadi Masaad?«, erregte sie sich und blies die Backen auf. »Hat man sie auch befragt?«

»Ja sicher, natürlich. Wie ich auf ihn aufmerksam wurde, sein Auftreten, sein Verhalten, Verdächtigkeiten. Aber ich hatte das Gefühl, meine Einschätzung und Wahrnehmung hat niemanden ernsthaft interessiert«, konstatierte der Oberarzt. »Das Schlimme ist, dass wir dem Ganzen ziemlich hilflos gegenüber stehen.«

Jennifer versank mit ihren Blicken. Von Stefans Idee, Bernhardt in die Spur zu schicken, mochte sie im Moment nichts hervorbringen.

»Was meinen Sie, wie könnte es jetzt weitergehen?«, forschte sie.

»Oh, ich glaube, da bin ich der Falsche. Ich kann nur hoffen, dass sie den Beschuldiger richtig in die Mangel nehmen. Das kann nur ein Irrtum sein«, vernahm sie Resignation in seiner Stimme. »Die Angst, ausgewiesen zu werden, sitzt sehr tief bei Doktor Masaad!«

»Auch wenn sie ihm nichts nachweisen können?«

»Ich denke, in Anbetracht der Sensibilität des Ganzen machen die Behörden keinen langen Prozess. Auch, wenn sich der Verdacht gegen ihn nicht erhärtet, um mal das gängige Sprachvokabular zu bemühen, ist sein Ansehen ruiniert und eine Rückkehr als Arzt wohl unwahrscheinlich«, mutmaßte er.

'Gott hilf, dass Bernhardt seine Unschuld beweise', sinnierte sie.

Kurz entschlossen hatten Bernhardt und Christa für den Folgetag die Flugtickets nach Beirut gebucht. Auch Christa wusste um die Dringlichkeit in der Sache des Freundes ihrer Kinder, wie viel ihnen an der Ausschöpfung aller Möglichkeiten gelegen war und dass jeder Tag zählte.

Via Skype-Internettelefonie, so Bernhardts Vorschlag, wollte er zu Stefan Kontakt und ihn zu seinen Recherchen auf dem Laufenden halten.

Endlich. Am Abend des dritten Tages ihrer Ankunft im Nahen Osten ein erstes ersehntes Lebenszeichen.

»Hallo, ihr zu Hause, lieber Stefan, liebe Jennifer, wir grüßen euch ganz herzlich aus dem Morgenland!«

Christa, die sich hinter Bernhardt beugte, winkte in die kleine Kamera: »Hallo, Kinder!«

»Grüße zurück – die Verbindung scheint ja super?«, bemerkte Stefan.

»Ja, prima, ich sehe dich auch, siehst gut aus, mein Junge«, freute sich Christa.

Sie hätten hier ausgezeichnete Internetverbindung und auch das ganze Drumherum sei optimal, so Bernhardt. »Lass uns nicht lange mit der Vorrede aufhalten«, meinte er. In Sachen Fadi Masaad sei er ein gutes Stück vorangekommen. Bereits vor ihrer Abreise habe er Verbindung zu seinem langjährigen Journalistenkollegen Aiman Al Aitoni in Beirut aufgenommen, der ihnen freundlicherweise Quartier in seinem Haus anbot und dessen Kontakte sich als goldwert herausstellten.

Unerwartet schnell gebe es interessante Neuigkeiten zu vermelden. Aitoni war sich der prekären Lage Masaads in Deutschland sofort bewusst. Für Denunzianten, gerade im Ausland, sei es ein Leichtes, rechtschaffene Landsleute, aus welchen Gründen auch immer, skrupellos mit ruinösem Makel zu behaften. Auch ihm seien Fälle bekannt, in denen zweifelhafte Anschuldigungen unangenehme Folgen für die Betroffenen gehabt hätten.

»Bei Fadi Masaad«, erklärte Bernhardt, »erscheint vieles überzeugend und eindeutig. Die Masaads waren als wohltätige Familie in ihrer Umgebung bekannt.«

Der ehemalige Stadtteilbürgermeister Mamadou Ayan, ein enger Freund der Familie Masaad, konnte Aitoni zweifelsfreie Angaben, auch zu Fadi Masaad selbst, geben. Nie und nimmer glaube er an eine radikale Gesinnung des Sohnes seines Freundes. Zu vertraulich wäre ihr Verhältnis untereinander gewesen. Im Gegenteil – die Familie gehörte einer christlichen Glaubensgemeinschaft an, die Terror und Gewalt verabscheuten. Nur widerwillig habe Masaad seinen Wehrdienst in der syrischen Armee abgeleistet, versicherte der Freund der Familie überzeugend.

»Die Unterdrückung ihrer gläubigen Minderheit durch muslimische Religionsgemeinschaften und den Radikalen selbst scheint mir ein wesentlicher Knackpunkt zu den fragwürdigen Anschuldigungen eures Arztes zu sein. Radikalisierung passt da nicht ins Bild«, meinte Bernhardt.

»Wie sieht's aus mit der Rückverfolgung seines Werdegangs, gibt es zeitliche Lücken, die die Behauptungen des Freundes der Familie in Frage stellen könnten?«, wollte Stefan wissen.

»Ayan kann sich an keine längere Abwesenheit Fadi Masaads aus dem elterlichen Haus erinnern. Das betrifft sowohl sein Studium, das er an der Universität in Homs absolvierte, als auch seine Zeit nach dem Armeedienst. Die Familie lebte quasi ständig unter einem Dach und ist bis zur gemeinsamen Flucht nie länger getrennt gewesen«, hatte sein Freund Aitoni in Erfahrung gebracht.

»Das sind gute Neuigkeiten, Bernhardt. Da hast du ja alle Register gezogen«, war Stefan beeindruckt. »Jetzt müssen wir Möglichkeiten finden, den hiesigen Behörden schnellstmöglich entlastende Unterlagen zukommen zu lassen.«

Bernhardt nickte bestätigend. »Ist schon in Arbeit. Ayan, der Bürgermeister, hat sich persönlich bei der hiesigen Botschaft stark gemacht und Unterlagen, Masaad und seine Familie betreffend, sowie Bürgschaften mit dem Verweis auf außerordentliche Dringlichkeit eingereicht. Du siehst, ein Rädchen greift ins andere.«

»Die Botschaften tauschen sich dann untereinander aus?«

»Davon gehe ich aus.«

Stefan war verblüfft von dieser Fülle rascher Ergebnisse und legte seinen Arm um Jennifer. »Du siehst uns sprachlos, Bernhardt.«

»Das sind so tolle Neuigkeiten. Jetzt wollen wir hoffen, dass sie hier schnell Gehör finden«, rang auch Jennifer um Fassung.

»Ja, ich denke mehr ist im Moment hier nicht herauszuholen«, erwiderte Bernhardt. »Alles, was eurem Freund jetzt zuträglich wäre, ist ein schnelles Handeln der syrischen Botschaft in Berlin. Die sollten im Verlauf des morgigen Tages davon Kenntnis bekommen.«

»Dann hoffen wir jetzt!«, antwortete Stefan. »Damit ist deine Mission ja wohl mehr als erfüllt. Und ihr bleibt nun noch ein paar Tage?«

»So ist der Plan. Wir werden morgen rüber nach Jerusalem reisen.«

»Die Klagemauer …«

Bernhardt schaute sich nach Christa um. »Das hatte ich ja deiner Mutter versprochen.«

»Dann wünschen wir euch noch eine wunderschöne Zeit und hoffen auf ein gesundes Wiedersehen.«

»Alles klar, Stefan, so machen wir's – bleibt optimistisch und seid gedrückt«, verabschiedete sich Bernhardt aus dem Orient.

In den darauffolgenden Tagen überschlugen sich die Ereignisse, nicht nur, was die Sache Fadi Masaad anging.

Ohne öffentliches Statement wurde der Arzt nach neuntägiger Untersuchungshaft wieder auf freien Fuß gesetzt. Der 'Blick' wusste tags darauf von käuflicher Erpressung zu berichten und titelte in großen Lettern: »Für tausend Euro: Landsmann denunziert syrischen Arzt!«

Die Nachricht verbreitete sich rasch und in einer zögerlich herausgegebenen Pressemitteilung sprach das Justizministerium von erpresserischer Verleumdung, was zur sofortigen Freilassung Masaads geführt habe. Zeitgleich hätten hoch angebundene Einwände die Unredlichkeit des Inhaftierten bezweifelt und mit Verweis auf beglaubigte Schriften widerlegt.

Dies, war Stefan klar, kam einer nahezu völligen Rehabilitierung Fadi Masaads gleich und sei nicht zuletzt das Verdienst Bernhardts und seiner Bemühungen im Nahen Osten.

Die Anschuldigungen gegen den seit zwei Jahren in Dresden lebenden syrischen Staatsbürger und Arzt Fadi Masaad, so entnahm er der Mitteilung, hätten sich als haltlos herausgestellt. Vielmehr wurde dieser Opfer eines ebenfalls aus Syrien stammenden Asylbewerbers, der in keiner Verbindung zu Masaad stehe und aus erpresserischen, niederen Gründen als Verbindungsglied fungiere. Hinsichtlich möglicher Drahtzieher machte der Beschuldigte nur ungenaue Angaben. Nach seinen Darstellungen sah er sich zur Nötigung der Falschaussage von einem Mitarbeiter der Asylbehörde, unter Androhung der Ablehnung seines Asylantrages und einer Zahlung in Höhe von eintausend Euro, gezwungen. Als vorgeblicher Patient im Flüchtlingscamp sollte er dazu dem dort praktizierenden syrischen Arzt ein Schriftstück in dessen Sakko lancieren, das die Vermutung eines bevorstehenden Terroranschlages nahelegte.

Letztendlich habe sich der Denunziant jedoch bei mehreren Befragungen in Widersprüche verwickelt, die zur Wende des Falls führten.

»Herzlich Willkommen zurück, Doktor Masaad!« Conny drückte seine Hand und umarmte den Arzt. »Wir freuen uns, dass Sie zurück sind«, zeigte auch Petra Rührung. Schwester Sigrid nickte ihm verschämten Blickes zu und Jennifer kam nicht umhin, ihr ein bestätigendes Lächeln zuzuwerfen.
»Gott sei Dank hat sich alles aufgeklärt!« Sie hielt seinen Arm und flüsterte ihm ins Ohr: »Schön, dass du wieder hier bist!«

Er nickte und meinte vertrauensvoll: »Wir haben noch eine Menge zu bereden, Jennifer.«

»Melde dich einfach bei uns, wenn du Muße hast«, sagte sie und steckte ihm einen Zettel mit den Telefonnummern von sich und Stefan zu.

Petra, der die Vertrautheit unschwer entging, zog den Kopf ein und kniff die Augen zusammen.

Oberarzt Meinhardt ließ es sich nicht nehmen, die Rückkehr des rehabilitierten Arztes, auch hausintern, zu begleiten. Unter dem Klinikpersonal war unschwer erkennbar, dass beide mehr als Berufliches verband.

Jennifer war auffallend glücklich und erleichtert ob dieser unerwarteten Wendung.

Nach Dienstschluss wollte sie noch Besorgungen im Einkaufsmarkt erledigen und beeilte sich, die Arbeit hinter sich zu lassen. Sie bückte sich nach dem Pfandchip, der nach dem Einrasten des Einkaufswagens zu Boden fiel. »Oh, sehr freundlich von Ihnen!«, bedankte sie sich bei dem jungen Mann. »Sebastian?«, stutzte sie.

»Jenny, na, das ist ja ein Ding. Wie lange haben wir uns nicht gesehen?«

Sie zog die Schultern hoch. »Gut siehst du aus. Bist ja ein richtiger Mann geworden«, entwich es ihr. »Entschuldige!«. Ihr entging nicht sein verlegenes Lächeln.

»Ich weiß nicht«, überlegte Beas Sohn. »Ein halbes Jahr?«

»Wie geht's dir, macht deine neue Arbeit Spaß?«

»Oh, Jenny, danke noch mal«, erinnerte er sich ihrer Fürsprache. »Apropos: Arbeitet Thomas jetzt auch auf der Behörde?«, fragte er.

Jennifer stutzte. »Thomas? Nicht, dass ich wüsste. Wie kommst du darauf?«

Sie sah sein fragendes Gesicht. »Ich dachte, ich hätte ihn kürzlich bei uns gesehen, also, als Mitarbeiter.«

Jennifer schnaufte kurz und verzog den Mund zu einem Lächeln. »Das kann nicht sein, vielleicht eine Verwechslung. Er ist nach wie vor bei der Bahn«, sagte sie und spürte noch immer ihr Lächeln, das ihr wie gefroren vorkam.

»Ach, wer weiß, wen ich da mit ihm verwechselt habe«, wiegelte Sebastian ab. »Sonst alles in bester Ordnung?«, wollte er wissen und bemerkte ihre plötzliche Abwesenheit.

Wie aus einem Traum zurückkehrend meinte sie: »Äh, ja! Alles okay!«

»Na, dann grüß mal schön – ich muss«, verabschiedete er sich.

Ihre Gedanken kreisten noch immer um die Begegnung mit Basti, als Jennifer am Abend Stefan vom Treffen mit Beas Sohn berichtete.

»Traust du ihm denn so etwas zu?«, schaute Stefan skeptisch.

Sie brachte kein Wort hervor und war in ihren Gedanken versunken. Wie sollte sie die Wahrnehmungen von Sebastian einordnen? Und welchen Zusammenhang gäbe es zwischen Thomas und Fadi Masaad?

»Ach, das ist doch alles Quatsch, das macht doch keinen Sinn!«, überlegte sie laut. Wenn Thomas auf jemanden eifersüchtig sei, dann doch nicht auf ihn. Außerdem kannte er Fadi Masaad überhaupt nicht. Nie habe sie ihn erwähnt. Augenblicklich stockte sie: das Foto, schoss es ihr in den Kopf. »Das Foto, Stefan …«

Er verstand nicht. »Foto? Was für ein Foto?«

»Na, in der Zeitung. Vor einigen Wochen. Im Flüchtlingscamp.« Sie ließ den Nacken in die Lehne fallen und sagte: »Thomas muss es gesehen haben. Er liest ja jeden Tag die Tagespost!«

»Und er hat dich nie daraufhin angesprochen?«

Jennifer schüttelte den Kopf. In ihr lief gerade ein Film ab, in dem sie versuchte, hunderte Puzzleteile zu einem Ganzen zu fügen und überhörte dabei Stefans Worte. »Entschuldige bitte, was hast du gesagt?«

»Ach, nicht so wichtig.«

»Gutaussehender Mann?«, rätselte sie in seinen Wortscherben.

»Ich sagte, erinnerst du dich, was ich dich damals fragte, als das Foto in der Zeitung erschien – wer der verdammt gut aussehende Mann an deiner Seite ist?«

Sie zog die Augenbrauen hoch und stieß durch die Nase.

»Du hast recht, Schatz, das ist nicht witzig«, wollte er sachlich bleiben.

Sie war wie in Schockstarre, konnte das alles, wenn es denn tatsächlich so sei, nicht glauben. »Das ist nicht seine Art, das passt eigentlich nicht zu Thomas!«, konstatierte sie. Ja, sicher. Manchmal war er etwas eigen, verschloss sich dann gern. Aber ihr derart schaden? Diese Energie mochte sie ihm nicht unterstellen. »Das glaube ich nicht.«

»Könnte er von jemandem beeinflusst worden sein?«, überlegte Stefan.

Im Geiste ging sie seine Verbindungen durch. Andy …, nee, solch anstiftende kriminelle Energie traute sie dem Langweiler nicht zu. Seine Kollegin!

»Er scheint seit seinem Unfall einer Kollegin sehr zugetan«, überlegte Jennifer laut. Zumindest hätten sie nach wie vor vertraulichen Kontakt miteinander, wie ihr zuletzt nicht entgangen war.

»Aber aus welcher Motivation heraus?«, schien das Ganze Stefan unlogisch. »Eine Nebenbuhlerin kann doch kein Interesse daran haben, den Geliebten der Frau ihres Geliebten außer Gefecht zu setzen.« Es fiele ihm schwer, einen Komplott dahinter zu vermuten. »Vielleicht hast du deinen Mann unterschätzt?«

Noch während sie grübelte klingelte ihr Handy. »Bea – das nenne ich Gedankenübertragung. Wir haben gerade von Basti gesprochen«, freute sie sich über den Anruf.

»Wir?«, fragte Bea?

»Stefan und ich. Ach, Bea«, fiel es ihr wie Schuppen von den Augen, »ihr kennt euch ja noch gar nicht. Es wird aber mal wieder höchste Zeit für uns beide. Es gibt so unglaublich viele Neuigkeiten.«

»Deswegen rufe ich ja an, meine Liebe.«

Jennifer wusste, dass sie Bea nicht ständig vertrösten konnte. Und eigentlich wollte sie sich wieder melden, und nun war es Bea, von der stets die Initiative dazu ausging.

»Nein, wunderbar«, das passe. »Baden? Klar, warum nicht. Gib's zu, Du willst doch bloß wieder über die nackten Dickbäuchigen an der Heidemühle lästern«, meinte sie und lächelte Stefan zu, der aus gespielter Verständnislosigkeit heraus den Kopf schüttelte.

»Prima, ich freu mich auch, Bea. Ja, bis morgen. Ich dich auch!«

Ihr entging nicht sein genüssliches Grinsen. »Was lachst du?«, wollte sie wissen.

»Ich stelle mir gerade zwei erwachsene Frauen vor, die sich wie pubertierende Mädchen im Strandbad über nackte Tatsachen lustig machen«, sinnierte er.

»Männer und ihr Kopfkino!«

»Ich fahre morgen nach dem Treffen mit Bea noch mal zu Thomas«, kehrten ihre Gedanken abrupt zurück, »es lässt mir keine Ruhe.«

»Wäre es nicht besser, ich würde dich begleiten?«

Sie schüttelte den Kopf. »Lieb von dir, aber das krieg ich alleine hin.«

Die Zahnbürste kreiste in ihrem Mund. 'Wird Thomas Licht

ins Dunkel bringen?', überlegte sie und spuckte weißen Schaum ins Waschbecken. Seitlich strich sie ihren Bauch und sah sich verzückt im Spiegel an.

»Hallo Thomas, ich würde dich morgen Abend gern sehen. Bitte gib mir Bescheid, wann ich dich erreiche. Gruß, Jenny«, tippte sie vor dem Schlafengehen in ihr Handy.

»Nutze den sonnigen Nachmittag noch einmal«, wünschte Fadi Masaad Jennifer einen erholsamen Feierabend. »Ich glaube, das Wetter soll umschlagen.«

»Das mache ich, und sogar richtig! Ich gehe baden«, strahlte sie und tat vertraulich: »Weibernachmittag!«

»Wo kann man denn hier schön baden?«, wollte er wissen.

»Wir fahren meistens an den Heidemühlenteich in die Dippser Heide, ein ruhiger Naturteich«, frohlockte sie.

Ihr Freund lachte: »Na, dann pass gut auf dich auf!«

»Mach ich«, rief sie ihm nach, als ihr Handy in der Kitteltasche vibrierte – Neue Nachricht Thomas: »Hallo Jenny, du kannst heute Abend gern kommen, bin zu Hause und freue mich auf dich! Liebe Grüße, Th.!« Sie zog die Brauen hoch, 'Die Freude wird vermutlich nicht lange anhalten, mein Lieber'.

Bea wartete bestimmt schon draußen, beeilte sie sich beim Umziehen.

»Na, du strahlst ja Lebensfreude pur aus«, begrüßte Bea sie und schloss sie in die Arme.

»Grüß dich, Bea! Wartest du schon lange?«

»Nicht der Rede wert«, wiegelte sie ab. »Lass dich anschauen – gut siehst du aus! Steig ein, hast du alles dabei?«

Das hatte sie, und zur Arbeit sei sie heute früh mit der Straßenbahn gefahren, »du setzt mich doch auf dem Rückweg zu Hause ab?«, meinte sie eher feststellend.

»Klar, kein Problem. Wo ist denn jetzt dein Zuhause?«, wollte sie wissen.

Gut eine halbe Stunde dauerte die Fahrt vom Klinikum zum Heidemühlenteich und Jenny erzählte ihrer Freundin ausführlich, wie sich in der Zwischenzeit ihr Leben verändert hatte.

Nein, das hatte Bea nicht für möglich gehalten. »Dass du mal ernst machst, Jenny, alles umkrempelst, das hätte ich dir wirklich nicht zugetraut«, klang Bewunderung aus ihr.

»Das Leben ist nicht planbar, Bea, aber so, wie es im Moment ist, könnte ich mir kein größeres Glück vorstellen«, ließ sie sie an ihrer Lebensfreude teilhaben.

Bea verschloss den Wagen am Waldparkplatz und voller Vorfreude auf das erfrischende Nass spazierten die Frauen den schattigen Kiefernweg in den Grund.

»Dein Stefan ist also Journalist?«, zeigte sie Interesse am Neuen an ihrer Seite. »Sprachst du denn letztens nicht von eurem syrischen Arzt, der so umwerfend sei?«

Jennifer bemerkte die Irritation in Beas Worten und lachte. »Das ist er bestimmt, aber zusammen bin ich nicht mit Fadi Masaad, sondern mit Stefan. Ich wollte es bei unserem letzten Treffen noch nicht an die große Glocke hängen, es stand ja gerade erst am Anfang«, versuchte sie zu erklären.

»Große Glocke, bin ich denn die große Glocke für dich, Jenny?«, fragte sie beinahe empört.

»Nein, Bea, das bist du nicht. Aber versteh mich doch auch – ich war zu dieser Zeit vielleicht innerlich noch nicht so frei, verstehst du?«

Das wäre ja nun kein Drama, entscheidend sei doch nur, dass sie endlich wieder glücklich ist, versuchte Bea zu beschwichtigen.

Trotz der sommerlichen Temperaturen herrschte Beschaulichkeit am Teich und somit konnten sie ihre Decken ausbreiten, wo es ihnen beliebte. Zwei, drei Pärchen sonnenbadeten und ein halbes Dutzend Jugendlicher imponierten sich gegenseitig ufernah im Wasser.

»Fällt dir was auf?«, forderte Jennifer Beas Aufmerksamkeit, während sie sich die Kleider abstreiften.

Offensichtlich nicht, denn Bea verzog den Mund und schaute argwöhnisch.

»Die entblätterten Dickbäuchigen«, half Jenny auf die Sprünge.

»Stimmt«, rang sich Bea ein schales Lächeln ab und Jennifer kam es vor, als schien ihre Freundin abwesend.

»Alles in Ordnung, Bea?«

»Wie bitte? – Ja, natürlich«. Sie lachte stumpf und schaute sich nach allen Seiten um, so als suchte sie. »Sag mal, Jenny«, stutzte Bea, sie im Bikini betrachtend, »nein! das ist jetzt nicht wahr, oder?«

Verschämt und mit stolzem Lächeln im Gesicht nickte Jennifer. »Doch!«

Bea, mit zusammengekniffenen Lippen, stand da, wie angewurzelt.

»Freust du dich nicht?«, fragte sie die ungläubig schauende Freundin.

»Aber natürlich«, antwortete sie emotionslos.

Komisch, dachte Jennifer, der ihr Verhalten heute zu denken gab. Wo war ihre Euphorie geblieben?

»Zweiter Monat«, klang sie freudig.

»Mensch, Jenny, komm mal her und lass dich drücken«, war sie wie ausgewechselt und schien wieder ganz die Alte. »Dann lag es also an Thomas?«

Eine Antwort auf Beas Feststellung erübrigte sich für die schwangere Jennifer. »Na los, ab ins Wasser«, forderte sie.

»Mach vorsichtig, werdende Mutter«, wollte sie ihren ungezügelten Elan bremsen.

Die Abkühlung tat gut und Bea, ganz in ihrem Element, verschwand wegtauchend. »Och nee, Bea«, verspürte Jennifer keine Lust auf Wettschwimmen. So eine verrückte Nudel! Ihre Freundin hatte natürlich wieder als Erste das gegenüberliegende Ufer erreicht und winkte ihr zu. Nein, so weit – das musste nicht sein, und schloss sich Beas Rückkehr ans Ufer an.

Sie frottierten sich wortlos und Jennifer fand Bea heute recht distanziert.

»Ist alles in Ordnung bei dir?«

Ihre Frage schien sie zu erschrecken. »Ja!«, machte sie Jennifer glauben.

»Du wirkst so abwesend heute, gibt's irgendwelche Probleme?«

»Nein!«, betonte sie forsch. »Nichts!«

Jennifer war unwohl in ihrer Situation. Sie spürte, dass Bea etwas bewegte. Dabei hatte sie sich so auf den Tag heute mit ihr gefreut. Jetzt wirkte sie seltsam verschwiegen, irgendwie anders.

»Bea, ich merk doch, dass etwas nicht stimmt«, ging sie auf sie ein.

Auffällig in sich gekehrt, ließ sie sich auf der Decke nieder und starrte auf den See. Unvermittelt huscht ihr ein kühles Lächeln übers Gesicht, als sie in kühler Monotonie meinte: »Ich war auch mal schwanger.«

Der skeptische Blick Jennifers ließ sie wieder angestrengt auf den See schauen.

»Natürlich«, vermochte Jennifer ihre diffusen Worte nicht zu deuten. »Basti ist ja auch ein ganz Lieber«, gestand sie verlegen.

»Entschuldige, ein Klient, da muss ich ran«, meinte Bea, als ihr Handy klingelte.

Jennifer rutschte auf der Decke nach unten und schloss die Augen. Was war nur los heute mit ihr? So kannte sie ihre Freundin überhaupt nicht.

Dass sie sich zum telefonieren entfernte, bemerkte sie erst, als sie ihre Stimme nicht mehr hörte.

»Was gibt's? Heute Abend?«, fragte sie überrascht und ließ ein hämisches Lachen folgen. Er solle nicht so viel hineininterpretieren. »Das kannst du dir abschminken, vergiss sie! Wann begreifst du endlich, dass sie dich nur ausnutzt? Nein, niemals, glaube mir!« Stille. »Natürlich ahnt sie nichts!«. »Wo ich bin, willst du wissen?"

Er vernahm ihr zynisches Gelächter am anderen Ende: „Am Meer … und rate mal, mit wem?"

In boshafter Genugtuung hauchte sie: »Ich bringe jetzt das zu Ende, wozu du Feigling nie den Mumm hattest!« Mit verächtlichem Ton drückte sie ihn weg.

»Nicht einmal in seiner Freizeit verschonen einen die Klienten«, entschuldigte sie und rückte wieder an Jennifer heran. »Aber, Jenny, jetzt erzähl doch noch mal von deiner neuen Liebe, das interessiert mich doch«, machte sie wieder auf zutraulich.

Thomas lief wie ein Getriebener durch die Wohnung. Was hat sie vor, spukte es unaufhörlich in seinem Kopf. *'Zu Ende bringen'*, was zum Teufel will sie zu Ende bringen? Und wo verdammt sind die beiden? Welches Meer? Es gab mehrere Möglichkeiten, wo sie sein konnten. Jenny war in großer Gefahr, das wurde ihm augenblicklich klar, vielleicht sogar in Lebensgefahr. Sie hatte immer wieder mit so viel Hass von ihr gesprochen, wenn sie allein waren. Jetzt dämmerte es ihm: Sie hatte ihn die ganze Zeit benutzt! War sie mit Jenny zusammen, dann spielte sie ihr die beste Freundin vor. *`Aber doch nur, verdammt, damit sein Verhältnis zu ihr unter der Decke blieb`*, glaubte er. Nein, sie spielt ihr eigenes Spiel! Sie hat ein dunkles Geheimnis und begleicht die Rechnung jetzt auf eigene Faust, um Himmels Willen. 'Jenny', dachte er.

Der Doktor! Ja, ihr Doktor, schoss es ihm durch den Kopf. Der arbeitete bestimmt schon wieder in der Klinik. Der wusste es bestimmt.

Er riss die Autoschlüssel vom Schlüsselbrett und schmiss die Tür hinter sich zu. Die Reifen wollten nicht aufhören zu quietschen, als er das Gaspedal durchtrat. »Fahr, du Idiot!«, schrie er und umfuhr den Wagen an der roten Ampelkreuzung, nur das eine Ziel vor Augen: Doktor, sei da – bitte! Sei da!

»Das ist ein Notfall, mach die Schranke hoch!«, rief er fahrig dem Pförtner zu.

Der Pförtner erhob sich gemächlich aus seinem Stuhl, als wolle er sich von der Dringlichkeit des Begehrs überzeugen.

»Mach hoch, das Ding!«, wiederholte er ungehalten.

Der Wachmann erkannte keine weiteren Insassen in dem Wagen, trat vor die Tür und machte auf ruhig. »Wo soll's denn hingehen?«

Thomas gab Gas und unter qualmenden Autoreifen flog das simple Stück Schranke wie die Latte eines reißenden Hochspringers zu Boden.

Im Rückspiegel sah er den Pförtner, der sich gerade noch mit einem beherzten Sprung zur Seite retten konnte.

»Es scheint, als hättest du dein Glück gefunden«, vernahm Jennifer mehr Feststellung in ihren Worten.

»Es ist kein Schein, Bea, es ist endlich wieder Liebe, glaube mir! Und es fühlt sich wunderbar an« Mit welch seltsamem Unterton sprach sie heute, grübelte sie. Sie klang ja nahezu manisch.

»Und die trägst du jetzt sogar in dir«, säuselte sie entfernt und kreiste mit dem Finger um ihren Nabel.

Beunruhigt, ob des Gebarens ihrer Freundin, mochte Jennifer nicht die Augen öffnen und rang sich ein Lächeln ab.

»Ich war auch mal schwanger…«, wiederholte Bea mit feenhafter Stimme.

Jetzt hob sie den Kopf und sah ihre Freundin mit zugekniffenen Augen an. »Das sagtest du bereits, Bea«.'Vermittle ihr bloß nicht, dass du an ihr zweifelst', dachte sie. Was war denn das heute mit ihr?

»Schau mal, wie zutraulich die Entchen sind. Die haben überhaupt keine Scheu!«, tat sie erfreut, wie ein kleines Kind. So sprach sie schon eine Weile, immer mit einem festgefrorenen Lächeln um die Augen, wurde Jennifer klar.

»Du hast es gut, Jenny«, drehte sie sich zu ihr.

Jennifer blickte zu den Wolken und schüttelte innerlich den Kopf.

»Das stimmt, Bea, aber hast du es nicht auch gut?«

»Aber du hast eine neue Liebe, einen neuen Mann und bald noch ein Kind«, säuselte sie.

»Das ist wahr.« Sanft strich sie ihrer Freundin über die Haare. »Bist du nicht glücklich, Bea?«

»Was ist denn Glück?«

Die offensichtliche Kühle und Hilflosigkeit in ihrer Stimme irritierte Jennifer zunehmend. »Glück definiert wohl jeder auf seine Weise«, ließ sie offen. »Ich zum Beispiel fühle mich glücklich, dich als Freundin zu haben. So, und nun lass uns unsere Sachen zusammenpacken und heimfahren. Wir sind inzwischen die Letzten hier, schon bemerkt?«

Bea richtete sich auf und schaute sich um. »Stimmt. Aber vorher drehen wir noch eine Runde, ja?«

»Och, Bea, schau mal auf die Uhr. Ich wollte nicht so spät zu Hause sein.«

»Komm«, bettelte sie. »Nur fünf Minuten noch.«

Jennifer schnaufte und lächelte sie an: »Überredet!«

Thomas parkte in zweiter Reihe und nahm die Stufen hoch zur Neurochirurgie paarweise.

Außer Atem rannte er den Gang entlang und blieb gekrümmt, keuchend vor Schwester Petra stehen, die sich ihm in den Weg stellte.

»Thomas?«

»Wo ist der Doktor?«, stieß er hervor. »Wo ist der Doktor?«, schrie er Petra ungehalten an und bekam einen Hustenanfall. »Schnell«, räusperte er, »es geht um Leben und Tod.«

»Welchen Doktor meinst du?«, wurde Petra ungehalten.

»Der ausländische«, würgte er. »Der Araber!«

»Doktor Masaad?«, begriff sie. »Ich glaube in einem der hinteren Zimmer. Ich schau fix nach, okay?«

Wenig später stand Fadi Masaad tatsächlich vor Thomas Radisch. »Was gibt es für ein Problem?«, erkundigte er sich.

Thomas sah in sein markantes Gesicht, fixierte seine schwarzen buschigen Augenbrauen und verstummte für einen Moment. »Wohin… ist Jennifer baden gefahren?«, fragte er ihn, noch immer außer Puste. »Hat sie es … Ihnen gesagt? Bitte, sie ist in großer Gefahr!«

»Jennifer in Gefahr?«, runzelte er die Stirn und sah sich augenblicklich mit dem Ernst der Lage konfrontiert. »Ja«, pflichtete er ihm bei, »sie sagte, sie wolle baden fahren – mit einer Freundin.« Er überlegte. »Ein Heideteich, glaube ich …«

»Am Heidemühlenteich? Sind Sie sicher?«

»Heidemühlenteich«, nickte Fadi Masaad. »Halt! Warten Sie«, hielt er Thomas auf. »Ich komme mit!«

Flüchtend entrannen sie dem Klinikgebäude und wollten ins Auto steigen, als Thomas einen festen Griff an der Schulter spürte.

»Halt! Stehenbleiben!«, vernahm er den strengen Ton des Uniformierten. »Polizeiobermeister Schiller – können Sie uns erklären, was Sie hier veranstalten?«

Im Blickwinkel nahm Thomas den fassungslosen Pförtner

wahr. »Hören Sie, meine Frau schwebt höchstwahrscheinlich gerade in Lebensgefahr. Sie ist mit einer Freundin zum Baden gefahren, die ihr nichts Gutes will«, fasste er in Kürze zusammen.

Er vernahm das unschlüssige Schauen des Polizeimeisters.

»Bitte, fahren Sie vornweg und machen Sie Dampf«, flehte er.

Selten so überrumpelt, stammelte der Beamte: »Wo soll das sein?«

»Heidemühlenteich.«

»Heidemühlenteich? Bei Dipps?«

»Genau«, schaltete sich Doktor Masaad ein, der sich an Jennys Worte erinnerte.

»Sie wissen, welche Folgen Irreführung von Polizeibeamten haben?«, warnte der Obermeister.

»Fahren Sie endlich los!«, drängte er.

»Sie lassen Ihren Wagen aber hier stehen und fahren mit uns«, forderte er Thomas Radisch und Doktor Masaad auf.

»Ich war auch mal schwanger«, wiederholte Bea eindringlicher denn je, als sie sich weit vom Ufer entfernt hatten und gemeinsam in Seemitte schwammen.

Jennifer erschrak und schaute besorgt zu ihr. Beklemmung überkam sie, als kalte, hasserfüllte Augen der Freundin sie ansahen. Ihr Herz pochte. »Ich möchte umkehren, Bea.«

Panisch drückte sie Arme und Hände gegen das Wasser und setzte zur Kehrtwende an. Sie spürte ein hilfloses ausgesetzt sein Bea gegenüber. *'Was will sie? Was hat sie vor?'*

»Umkehren?«, fragte Beate und lachte verachtend. Sie schien von Hass getrieben. Ihre Stimme gewann augenblicklich an Festigkeit.

»Umkehren – dieses Wort gab's doch nie für eine Jennifer Böhmert«, sagte sie bestimmt.

»Bea, was soll das? Wovon redest du?« Und warum brachte sie ausgerechnet jetzt ihren Mädchennamen ins Spiel?

»Davon, dass ich auch mal schwanger war, du miese, dreckige Schlampe.«

Jennifer schluckte. Schlagartig durchfuhr sie fürchterliche Angst. »Kannst du mir erklären, was dein Problem ist?«, wollte sie Zeit gewinnen.

»Mein Problem?«, lachte sie höhnisch. »Ich hab kein Problem. Nicht mehr, meine Liebe. Aber du hast jetzt eins!«

Hastig schob Jennifer das Wasser zur Seite. Sie spürte die Erschöpfung in ihren Armen, hechelte. Weinen überkam sie und das Ufer so weit weg! »Kannst du mich bitte aufklären?«

»Du bleibst jetzt hier«, forderte Beate und packte ihre Schulter.

Jennifer erschrak und ihrem Mund entfuhr ein lauter Schrei: »Lass los!«

Der Angler im Schilf schob das Basecap aus der Stirn und erhob sich bedächtig aus seinem Hocker. Hörte er richtig? Er hatte die beiden Frauen beiläufig im Blick und maß den lärmenden Auseinandersetzungen bisher keine ernsthafte Bedeutung bei.

»Du hörst mir jetzt schön zu«, befahl sie überlegen und riss an ihr. »Über zwanzig Jahre habe ich auf diesen Augenblick gewartet, dich jammern zu sehen, 'Bea, vergib mir!'«

Was sollte sie ihr vergeben?, flehte Jennifer weinend. Ihre Arme und Beine ruderten auf der Stelle. Suchend schaute sie sich um. Niemanden am Ufer konnte sie ausmachen, den sie hätte mit Hilferufen auf ihre bedrohliche Lage aufmerksam machen können. Jetzt dämmerte es ihr, warum sich ihre Freundin den ganzen Nachmittag so absonderlich verhielt, sich fortwährend umschaute, als suche sie jemanden. Nein, sie hatte gezielt Ort und Zeit ausgewählt, gewartet, bis alle Badegäste gegangen waren, und sie schließlich nochmals ins Wasser gelockt. Oh, mein Gott: Was hat sie vor? Sie ist ja krank! In Sekundenschnelle spulten ihre Gedanken die letzten Tage, Wochen und Monate ab. Nein, es lagen ja Jahre zurück, als sie sich beim Klassentreffen wieder begegnet waren. War die Freundin seither von ihrer Rachsucht ihr gegenüber besessen? Aber wieso erst jetzt? Und warum war ihr nie etwas aufgefallen an ihr?

»Es spricht für deine Kaltschnäuzigkeit, Jennifer Böhmert, nicht die geringsten Schuldgefühle zu verspüren.«

»Was für Schuldgefühle?«, schrie sie, einem Weinkrampf nahe.

Der Blinker zappelt, wieder und wieder. Der Angler stand fest am Ufer, die Hände in der Hüfte verankert, schaute er, die Frauen nicht aus den Augen lassend, dem mysteriösen Treiben im See zu.

»Schuld dafür, dass ich mein Baby verlor, damals, kurz nach der Schulzeit«, drückte sie sich mit weitaufgerissenen Augen bedrohlich heran.

Angsterfüllt paddelte Jennifer hilflos umher, blickte sich um, verstand nicht, wovon sie sprach.

»Oder erinnerst du dich nicht mehr, hm? Dann helfe ich dir gern auf die Sprünge«, gewannen ihre Worte an Schärfe. Von Hass getrieben drückte sie sie mit aller Kraft unter Wasser.

Jennifer spürte unnachgiebige, kräftige Hände auf ihren Schultern, kämpfte gegen tönernes Brodeln im Dunkeln. Tief Luft holend schob sie den Kopf empor, ihre Gedanken ängstigten sie: *'Schwäche. Ausgeliefert sein. Hass - unendlicher Hass'.*

»Nein!«, flehte sie und rang nach Kräften. »Hil-fe!«, brachte sie nur noch kläglich hervor.

Beate nahm sie rücklings in den Schwitzkasten und hielt ihren Mund zu. »Martin Sukow, der Name sagt dir doch noch was, oder? Nein? Würde zu dir passen«, redete sie sich in Rage. »Er war der Vater meines Kindes … und du hast ihn mir ausgespannt – Drecksstück«, trat sie Jennifer in den Rücken.

»Ich erinnere mich, Bea, das ist doch so lange her«, versuchte sie zu beschwichtigen und bemühte sich um Aufklärung. Sie schüttelte den Kopf. »Martin? Ja. Das stimmt, er wollte mal was von mir. Aber …«, überlegte sie, »wir hatten uns nach unserer Schulzeit aus den Augen verloren, erinnerst du dich? Ich wusste doch nichts von eurer Beziehung. Ich hätte mich doch nicht darauf eingelassen, wenn ich gewusst hätte …«

»Halt endlich dein dreckiges Maul. Kein Wort glaube ich dir, verlogene Schlampe.«

Jennifer flehte: »Bea, bitte, lass uns zurück schwimmen und über alles reden.«

»Nichts wirst du, du hast dein Leben verwirkt und endlich – endlich …« Sie stürzte sich auf sie und vollendete unter Anstrengung ihren Satz, den Jennifer nicht mehr vernahm: »wirst du … dafür … büßen …!«

Wild um sich schlagend, versuchte sie, sich aus der Umklammerung Beates zu befreien, brachte für Sekunden den Kopf über Wasser und stieß unter schwerem Atmen ein kaum hörbares 'Hilfe' aus. Wie im Rausch vernahm sie das Drücken und Zerren an Armen, Kopf und Beinen.

Mit Blaulicht und Martinshorn düste der Streifenwagen durch die Stadt. »Und Sie denken, von einer der Frauen gehe Gefahr aus«, richtete sich Polizeiobermeister Schiller gelassen an den im Fonds sitzenden Thomas Radisch.

»Die starke Vermutung habe ich, ja.«

»Ich fordere mal noch vorsichtshalber den Rettungsdienst an«, entschied der andere.

In Höhe Bergstraße, unmittelbar nach dem Fritz-Förster-Platz, verstopften Autos die Straße und ließen wertvolle Zeit auf dem Weg ins Osterzgebirge verstreichen.

Fadi Masaad kramte in seiner Kitteltasche nach dem Zettel, auf dem Jennifer ihm ihre und Stefans Telefonnummer aufgeschrieben hatte.'Hoffentlich kommen wir nicht zu spät', durchfuhr es ihn beim Eintippen der Zahlen. Hektisch wählte er Stefans Nummer und wartete.

»Stefan? Fadi Masaad hier.«

»Fadi?«, war Stefan erstaunt und konnte sogleich keinen Zusammenhang herstellen. »Woher hast du denn die Nummer? Du, können wir später telefonieren? Ich sitze gerade in einer Redaktionsbesprechung«, bat er.

»Das geht nicht, Stefan, du musst sofort kommen, Jenny ist in Lebensgefahr!«

Thomas schaute verstört zu Doktor Masaad.

»Jenny? Was ist mit Jenny?«, erschrak Stefan.

»Das ist noch unklar. Ihr Mann sagt, sie ist mit einer Freundin zum Baden. Sie will ihr Böses tun.«

»Wo seid ihr?«

»Mit der Polizei auf dem Weg zum Heideteich in Dipps.«

»Heidemühlenteich!«, brüllte Thomas ungehalten.

»Heidemühlenteich«, korrigierte sich Fadi Masaad.

»Ich bin sofort da«, brach Stefan das Gespräch ab.

Nach knapp zwanzig Minuten Fahrzeit erreichten sie den zum See führenden Waldweg und Thomas stieg eilig aus, um den Schlagbaum aus der Halterung zu nehmen.

»Hey«, rief der Angler bestimmt. Jetzt verflogen letzte Zweifel und er erkannte den Ernst der Lage, streifte in Windeseile die Schuhe ab und hechtete ins Wasser.

Die Frauen bemerkten sein Herannahen nicht. Jennifer war der robusteren Beate unterlegen und schien bewusstlos, als der Mann sie erreichte. Er ergriff Beas Arme, riss sie von Jennifer los und versetzte der Angreiferin einen Kinnschlag. Den Augenblick der Außergefechtsetzung der Widersacherin nutzte er, die taumelnde Jennifer unterzuhaken und ans Ufer zu ziehen. Bea, zäh und unnachgiebig wie ein Kampfterrier, attackierte aufs Neue. Mit energischen Fußtritten gelang es dem Retter, sie von sich und der erschöpften Jennifer fern zu halten.

Holprig und mit pochenden Herzen erreichten Thomas und Fadi Masaad im Streifenwagen kurze Zeit später das Ufer des Sees. Noch vor Halt des Wagens eilten sie die von Kiefernwurzeln verwachsene Böschung herunter und im Laufen entledigte sich der Arzt seines Kittels. Aufgeschreckt vom Schneiden des Wassers, flüchtete die kleine Entenfamilie auseinander; nur die Mutter folgte ihrem flaumigen Nachwuchs beiständig, während der Erpel mit gedämpften rääb – räb – räb – räb das Weite durch die Lüfte suchte.

Gut zwanzig Meter im Seeinneren machten sie drei Personen ausfindig und Thomas erkannte die wild fuchtelnde Bea. Jennifer fand erschöpft Halt vor der breiten Brust des Anglers. Auf Leben und Tod lieferten sich die Männer ein Wettschwimmen.

»Lass sie los, verdammtes Miststück!«, rief ihr Thomas entgegen.

Bea, sich der aus dem Ruder laufenden Situation bewusst, schimpfte auf ihn ein: »Hau ab, du Schlappschwanz! Machst alles zunichte.«

Thomas ergriff sie, drehte ihre Arme nach hinten und schob sich rücklings ans Ufer. Spürbar Boden unter den Füßen, entriss sie sich aus seinen Fängen und rannte, den Polizisten ausweichend, geradewegs den Waldweg entlang. »Hau ab!«, schrie sie dem Mann entgegen, der versuchte, ihr mit ausgebreiteten Armen und in eingenommener Kampfposition den Weg abzuschneiden. Aus vollem Lauf und mit Geschrei eigener Kraftverleihung, stieß sie ihn jäh zu Boden. Wenig später hatten die Beamten Beate eingeholt und führten sie in Handschellen zurück ans Teichufer.

»Wo bleibt der Rettungswagen?«, machte Fadi Masaad in Sorge um Jennifer bei den Polizisten Druck.

»Sie sind Arzt?«, brachte Polizeiobermeister Schiller mehr feststellend hervor. »Kommen Sie, da oben liegt ein Verletzter.«

»Reden Sie mit ihr. Lassen Sie sie nicht aus den Augen«, forderte Masaad Thomas auf, sich um seine Frau zu kümmern.

»Gehen wir«, machte sich der Arzt mit einem Beamten auf zum Verletzten.

»Stefan…«, erschrak Doktor Masaad. »Wir brauchen sofort einen zweiten Rettungswagen, veranlassen Sie das bitte!«

Stefan Mühlhaus lag in einer Lache aus Blut. Neben seinem Kopf thronte ein abgeschlagenes Felsgestein, von dem es karminrot herab lief. Rasch entledigte sich der Arzt seines T-Shirts und versuchte den Blutfluss zu stoppen. »Stefan, es kommt gleich Hilfe, hörst du?«

Reglos schaute Stefan Fadi Masaad aus angestrengten Augen an.

»Rede jetzt nicht, wir bleiben bei dir, bis der Krankenwagen kommt. Du bist gestürzt, dein Kopf blutet«, beruhigte er.

Der Notarzt ließ nicht lange auf sich warten. Polizeiobermeister Schiller manövrierte den ersten der beiden zeitgleich eintreffenden Rettungswagen auf engem Waldweg ans nahe Ufer, um Jennifer zu versorgen.

»Vermutlich Schädelbruch, Compressio cerebri, Mund, Ohren, Nase ohne Ausfluss, bedingt ansprechbar«, diagnostizierte Fadi Masaad, abgewandt von Stefan, dem Notarzt.

»Sie sind ein Kollege?«

»Ja, Neurochirurgie, Stadtklinikum Dresden. Bitte, wenn die Zeit ausreicht, überstellen Sie ihn dorthin. Ich informiere sofort meinen Chef, dass wir schnellstmöglich operieren können«, bat er.

»Dann fahren Sie am besten gleich mit uns«, sagte der Rettungsarzt, nachdem er Stefans Herz-Kreislauf und die Atmung stabilisiert hatte.

Doktor Masaad nickte. Er wusste, Jennifer war ansprechbar und die ihr jetzt zuteil werdende Hilfe machte seine Anwesenheit nicht zwingend erforderlich. Vielmehr musste er alle Vorbereitungen für Stefans OP auf dem Weg nach Dresden treffen.

Jennifer hatte auf Anraten des Notarztes die Nacht in der Klinik verbracht.

Am Morgen wurde sie gründlich untersucht und ihr Zustand nach der erlebten Tortur für stabil befunden. Dem Kind sei glücklicherweise nichts passiert, bestätigte der behandelnde Arzt.

Trotz der guten Nachricht saß ihr der Schock noch immer in den Gliedern, als Fadi Masaad an ihr Krankenbett trat.

»Jenny«, nahm er sie behutsam in die Arme, »wie geht es dir?« Sichtlich gerührt von seinem Besuch und in Erinnerung an das Geschehene rannen Tränen über ihre Wangen. Sie weinte und gewann erst nach einem Moment die Fassung zurück. »Wo ist Stefan, wieso kommt er nicht?«

Fadi strich ihr über den Arm und wich ihren Blicken aus. Ihm war klar, dass er Stefans Zustand nicht bagatellisieren oder schön reden durfte. »Stefan ist unglücklich gestürzt und liegt auf der Intensivstation«, schluckte er und sah in fragende Augen.

»Gestürzt? Was ist passiert? Wie geht es ihm?«, durchfuhr sie panische Angst.

»Kannst du dich an die Geschehnisse gestern erinnern?«, wich er aus.

»In großen Teilen, ja. Aber bitte sag mir, wie geht's Stefan?«, bedrängte sie ihn.

Fadi Masaad holte hörbar tief Luft und berichtete von dem tragischen Ereignis. Auch dass viel kostbare Zeit zwischen dem Unfall und der Operation vergangen sei.

'Zu viel? Nein, Jenny, bitte frag mich das nicht', flehte er innerlich.

Sie hielt die Hände vors Gesicht und konnte nicht mehr an sich halten. Hemmungslos brach es aus ihr heraus. Sie zitterte, sah ihn an, weinte und ihre Finger gruben sich in seinen Armen ein. Er drückte sie fest an sich, hielt ihren Kopf und schwieg. Minuten, die ihm wie eine Ewigkeit erschienen.

»Wie schlimm ist es?«, wischte sie gefasst mit dem Arm über die Nase und starrte aufs Bett.

Fadi hielt einen Augenblick inne und suchte nach Worten. »Er hat schwere Kopfverletzungen davongetragen, wir mussten ihn vorerst ins künstliche Koma versetzen, um den Stoffwechselbedarf der Nervenzellen und die Druckverhältnisse in Kopf und Gehirn zu reduzieren.«

Jennifer wusste, was das bedeutete. Sie kannte Patienten im Haus, die nach Schädel-Hirn-Trauma in Langzeitnarkose versetzt wurden und dass diese, je länger ihr Zustand anhielt, die Behandlung nicht überlebten.

»Wir sollten die Hoffnung nicht aufgeben«, wollte Fadi Masaad trotz der schwierigen Umstände den Blick nach vorn richten. Vielleicht erlange er schneller als gedacht die Kontrolle über seine Körperfunktionen zurück, senkte er den Kopf.

Erneut befielen sie bleischwere Gedanken, die sie tränenreich ins Kissen fallen ließen.

Es klopfte, als Fadi ihre Hand hielt und versprach: »wir lassen nichts unversucht, Jenny!«

»Entschuldigung, die Blumen wurden für sie abgegeben, Frau Radisch – mit besten Genesungswünschen vom Angler, sie wüssten schon«, mochte die Schwester nicht länger stören.

*

21

Jennifer öffnete die großen Flügel der Terrassentür. Die Frische des neuen Tages vermischte sich schwadenhaft mit dem vorüberziehenden Elbwasser.

»Schau nur, mein liebes Geburtstagskind, was für ein schöner Morgen!«, schob sie Stefan heran und strich ihm sanft durchs Haar. Mit einem Tuch tupfte sie Speichel aus dem Mundwinkel und seinen ausgestoßenen Lauten entnahm sie Wohlbehagen.

»Ich mache jetzt Frühstück und dann gehen wir spazieren, ja?«, sprach sie eindringlich wie zu einem Kind, wohl wissend, vergeblich auf eine Reaktion ihrer Worte zu hoffen.

Mit starrem Blick vernahm er ihr Tun in der Küche. Ihr Reden am Telefon schaukelte wie ein tanzender Schleier in seinen Ohren.

»Prima, Fadi, dann kann ich mich Charlotte widmen und wir kommen alle vier zusammen raus«, freute sie sich. »Du auch …, mach's gut, bis nachher.« Sie lächelte am Telefon und schien nicht unglücklich.

»Hast du gehört?«, bemühte sie angestrengt den kleinen Löffel in seinem Mund unterzubringen. »Fadi kommt dann und wir gehen gemeinsam spazieren.« Sie erkannte ein Leuchten in seinen Augen und eine Träne rann ihr über die Wange.

Angestrengt griff sie unter Stefans Arme und hob ihn aus seinem Rollstuhl. Lethargisch, mit verdrehten Beinen, stützte er sich taumelnd an der Wandhalterung und Jennifer öffnete seine Hose. Schwerfällig sackte er auf die Toilette, als es klingelte. »Halt dich schön fest, Schatz«, erhob sie den Zeigefinger.

»Hallo Fadi, komm rein«, öffnete sie ihm rasch mit einem Lächeln.

»Ach Schatz, nicht wegkippen«, richtete sie Stefan wieder auf, der in der Stützhalterung versackt war.

»Hey, mein Freund, guten Morgen«, trat Fadi Masaad ins Bad und bedeutete Jennifer, dass er sich um ihn kümmere.

Dass er ein Glückspilz sei, so tolles Wetter an seinem Geburtstag zu haben und dass er ihm Sonnenrosen mitgebracht habe, vernahm sie seinen Worten beim Aufräumen in der Küche. Jennifer holte tief Luft und ihre Gedanken kreisten.

Fadi hatte sich in den zurückliegenden Monaten als echter Freund erwiesen, insbesondere in der langen, schwierigen Zeit nach dem folgenschweren Unfall am See.

Sechs Wochen lag Stefan im künstlichen Koma, als Oberarzt Meinhardt und er als behandelnde Ärzte den Zustand für stabil ansahen, ihn langsam ins Leben zurückzuholen.

Schädel-Hirn-Trauma, dritten Grades, irreparable Schädigungen neuronaler Strukturen, so ihre niederschmetternde Diagnose vor einem Dreivierteljahr. Trotz aller medizinischen Bemühungen würden schwerste Schädigungen bis an sein Lebensende bestehen bleiben, machten die Ärzte wenig Hoffnung auf Besserung.

Sie hatte sich mit dem Schicksal Stefans, aber auch mit ihrem eigenen, so gut es ging arrangiert und versuchte alles in ihrer Kraft stehende daran zu setzen, Stefan im Rahmen seiner Möglichkeiten am Leben und seiner Umgebung teilhaben zu lassen.

Seit einigen Wochen war er in einer Ganztagespflegeeinrichtung untergebracht, erhielt Krankengymnastik und Ergotherapie, wurde geholt und nachmittags zurückgebracht. Ihre Arbeit in der Klinik hatte sie bis zum Eintritt des Mutterschaftsschutzes auf Tagesschicht umstellen können, um für ihn da zu sein.

Ihren gemeinsamen drei Monate alten Wirbelwind Charlotte werde er wohl wahrnehmen, dachte sie, auch wenn er keine Reaktion zeigte. Es brach ihr noch immer fast das Herz, wenn sie versuchte, ihm die Kleine nahe zu bringen.

Christa und Bernhardt waren jetzt öfter in Dresden, auch um ihr bei ihren Sorgen und Nöten beizustehen. In Absprache mit ihr hatten sie seine Eigentumswohnung verkauft und ganz in der Nähe eine großzügige, barrierefreie Souterrainwohnung erworben. Sie halfen wirklich, wo sie nur konnten, wusste sie und freute sich auf ihr heutiges Geburtstagskommen.

»Also, wir wären dann so weit«, rollte Fadi, dem Jennifers Grübeleien nicht entgingen, Stefan zurück ins Wohnzimmer.

»Jenny, aufwachen!«, stupste er sie an.

»Ja«, lächelte sie sich zurück, »meinetwegen können wir. Ich zieh nur noch rasch Charlotte ein Jäckchen über.«

»Ich gehe dann mal wieder«, sagte Fadi leise zu Jennifer.

»Aber, Fadi, nicht doch, nicht wegen uns«, meinte Christa, der seine Diskretion nicht entgangen war. »Wir freuen uns, dass du da bist, und Stefan ganz sicher auch«, wusste sie und schickte sich an, seine Schulter zu umfassen: »Du gehörst doch zur Familie!«

Alle vernahmen seine Rührung, als er sich beinahe schüchtern zu ihnen an den Tisch setzte.

Mit Bernhardt verstand sich Fadi prächtig. Es gab so vieles, worüber sie sich austauschen konnten, was sie verband. Seine persönliche Rehabilitierung hatte er nicht zuletzt auch ihm zu verdanken.

»Jenny, ich finde das Sahnekännchen nicht«, lockte Christa sie in die Küche.

»Oben links«, meinte Jennifer und kam ihr zu Hilfe.

Christa ergriff ihre Hände. »Mein Kind, es ist eine Menge Zeit vergangen, du meisterst alles so hervorragend. Ich kann dir gar nicht sagen, wie dankbar ich bin«, sagte sie und drückte sie an sich heran. »Denk auch an deine Zukunft, versprich mir das!«

Tränen schossen aus ihr und sie vermochte nicht, Christa in die Augen zu sehen.

*

Der Autor

Mario Tippenhauer, 1963 in Dresden geboren und aufgewachsen, lebt am südlichen Stadtrand der Elbmetropole, wo er insbesondere das Flair des Landlebens schätzt.
Zum Schreiben selbst ist der Berufskraftfahrer eher zufällig gekommen – als freier Journalist für regionale und überregionale Tageszeitungen, für die er vielfältigste Beiträge veröffentlichte.
Die Hingabe zur Belletristik verspürte der vierfache Vater erst in jüngerer Zeit. In seinem vorliegenden Debütroman vermengt er diffuse aktuell politische Geschehnisse seiner Heimatstadt mit dem Beginn einer wunderbaren Liebe – zwischen Ängsten und Glückseligkeit, Fiktion und Wirklichkeit.

mario.tippenhauer@t-online.de